我们家的"二胎"争夺战

淡水不淡 著

南方出版传媒
花城出版社
中国·广州

图书在版编目（CIP）数据

我们家的"二胎"争夺战 / 淡水不淡著. -- 广州：花城出版社，2021.10
ISBN 978-7-5360-9464-2

Ⅰ. ①我… Ⅱ. ①淡… Ⅲ. ①长篇小说－中国－当代 Ⅳ. ①I247.5

中国版本图书馆CIP数据核字(2021)第177117号

出 版 人：肖延兵
责任编辑：欧阳蘅　李珊珊
技术编辑：薛伟民　林佳莹
封面设计：庄海萌

书　　名	我们家的"二胎"争夺战
	WOMENJIA DE ERTAI ZHENGDUOZHAN
出版发行	花城出版社
	（广州市环市东路水荫路11号）
经　　销	全国新华书店
印　　刷	佛山市浩文彩色印刷有限公司
	（广东省佛山市南海区狮山科技工业园A区）
开　　本	880毫米×1230毫米　32开
印　　张	8.75　1插页
字　　数	160,000字
版　　次	2021年10月第1版　2021年10月第1次印刷
定　　价	39.80元

如发现印装质量问题，请直接与印刷厂联系调换。
购书热线：020-37604658　37602954
花城出版社网站：http：//www.fcph.com.cn

1

一个家庭最大的事情莫过于家庭成员的变化，生育、去世、娶入、嫁去、分家、出走、组合……而生育迎来的家庭变化，无疑是各种变化中来得最安详的。

这一年的除夕夜里，南方的少子市乍暖还寒，客厅中空无一人，无人收看的电视机正播报着一条漫不经心的新闻：国内人口首次突破14亿，但是出生人口却继续降到新低。

屋子里年轻的夫妇伍自强、陆灵姗罕见地联袂做起了晚饭来，外婆戚郁霞正在给即将三岁的伍愉悦洗澡，唯独她的老伴陆之彦无所事事。头发偏黑、浓眉大眼、略带鹰钩鼻的陆之彦心情阴郁已久，今天总算好了一点，这个学期他刚从老家老龄村的乡村小学校长位置退休。这个退休是他极度不情愿的提前退休，因为学校招不到学生，只能直接关门，人员当即遣散，提前退休已是无可奈何的退出方式。不过，陆之彦终于接受了这个安排，选择和小女儿一家团聚，他到了该过上另一种生活的时候了。

一个月前，陆之彦就搬过来和伍自强、陆灵姗一起住。而他的学生仍然不忘教育之恩，纷纷往他的新居寄来新年礼物。今天，他的兴致特别高，便拆起了这几天收到的新年礼物。他选择先拆开扁平的礼物，那明显就是画了。拆开的第一幅画是《桃李满天下》，这是他十多年前教过的学生送来的。画中，一个老师在教导着几个学生，四周的桃花叶子飘落了一地。陆之彦会心一笑，自己在讲堂上用心教育过那么多的学生，多年来，学生还能惦记着他，他的人生满足感油然而生。自己在老家的乡村小学深耕多年，培育了众多家乡子弟，业绩斐然，然而最后因招生不足而倒闭，他也落得英雄无用武之地，每每想到这里，他终究会由骄傲转为惭愧。此时，他心里的图景正是：天下尽桃李，我家独荒漠。一边是城里好小学挤破头，另一边是农村小学扎堆关门，这世界还能更加讽刺吗？

陆之彦放下《桃李满天下》，拆开了第二幅画。当包装纸掀开后，陆之彦神情凝重起来了，这是一幅《子孙满堂》的图画，里面是一个老爷爷被几个童男童女包围着，孩子争相向老人献上蟠桃。他坐不住了，专门找出老花眼镜戴上，认真研究着画像，低头不语，憧憬起理想中的家族来：子孙和睦，一起合力做出大事，愚公移山！不久，他却叹了一口气，对比着墙上的全家福来，自己的子孙确实太少了，自己只有两个女儿，这两个女儿又各只有一个儿子，两个小外孙和理想中的子孙满堂比起来相差太远了。他又摸了摸画像里面的小女孩，心里好像有一道刺梗在了心里，感叹地说了一句："这个活泼的小女孩画得真像伊姗小时候，那个文静的女孩特别像灵姗呢。"陆之彦坐在床上想了想，不久，他站了起来，舞动着自己的"小文台"，郑重其事地写起一副对联来。

厨房里的陆灵姗突然嘴巴一噘，她撒起娇来："老公，你来剁鸡肉吧。"伍自强停下手中的锅铲，他朝陆灵姗那边瞄了一眼，咦，那不就是普通的生鸡肉嘛。他反问着："老婆，怎么啦？这鸡肉没啥问题呀。你还剁不动吗？"陆灵姗放下手中的菜刀，脸上透露出淡淡的忧愁："这鸡肉的颜色太苍白了，和新生婴儿一样，我下不了刀子。碰上处理这东西，你专业一点。"伍自强郁闷了，这鸡肉不就是白了一点而已嘛，难道看见白墙也要联想到人的肤色苍白？他突然间想到了妻子前几天接生到了一个死胎，估计她还心存余悸。伍自强就接过菜刀来，自嘲道："算啦，由我来吧。你的刀是用来接生的，我的刀天生就是用来切死肉的。"

厨房以外，白白胖胖的伍愉悦刚洗完澡，他不愿意穿上衣服，反而淘气着、满屋子奔跑，惹得戚郁霞愈发力不从心。戚郁霞发根几近全白，只靠染黑头发来保持"年轻"，额头上的皱纹愈加明显，她渐渐地感到了外孙一天天地长大，她自己的体力很快就要赶不上伍愉悦了。戚郁霞使出了最大的劲儿，终于抓住了伍愉悦。伍愉悦被抓住后，当即向外婆露出了阳光般的笑容，然后，他突然一甩，又跑了出去，还不忘逗着戚郁霞玩："外婆再来抓我呀。"戚郁霞摇摇头，呵斥着："你个臭小子，我实在赶不上你了，别玩了，赶紧穿衣服！"伍愉悦并没有立刻听话，他趁机真心地提出了最后一个要求，轻声说着："那你就抱抱我，抱抱我后，我就穿衣服！"戚郁霞拿他没办法，这孩子从小就那么爱撒娇，比女孩子还娇气，却让她欲罢不能。每次戚郁霞都下定决心要孩子戒掉依赖，可是，只要伍愉悦一撒娇，她最后还是会满足他。

戚郁霞又妥协了，她嘴角一扬，哄着孩子："小乖乖，天气冷，让外婆抱抱你。"说完，她搂着伍愉悦，她想着抱起孩子到她的身上，哪想到孩子长得太快，她使出了很大的劲，可还是抱不起伍愉悦。戚郁霞并不气馁，她用尽全身的力量，终于把伍愉悦抱了起来。可是，就在伍愉悦悬在半空的时候，戚郁霞的腰闪了一下，一阵剧痛刺痛了她的神经，她拿出自己所有的意志，把伍愉悦安全放在地上，自己却跪在地上了。这实在是太疼了，自伍愉悦出生以来，这是戚郁霞第一次因体力不支而受伤，她赶紧扶爬到附近的沙发躺着深呼吸，好在自己年纪只有五十多，身体应该不至于产生损伤，歇歇就好。

伍愉悦明显感觉到外婆的不适，他内疚地走到外婆前面，握着戚郁霞的手，虔诚地道歉着："外婆，我错了，你怎么了？"戚郁霞缓了缓后，感觉自己应该没有大碍，不需要惊动其他人。她就抚摸着伍愉悦的头发，有气无力地说道："小愉悦要乖，外婆身体不行了，以后不能再淘气了，你自己穿好衣服后，就在这儿乖乖地看电视，让外婆静躺一下吧。"伍愉悦知道自己闯祸了，连忙点点头。

天色渐渐变暗，陆之彦终于写好了对联。这时，客厅里传来了怪异的味道，看样子是法医女婿和妇产科大夫女儿拼凑的晚饭终于做好了，陆之彦放下墨宝和心爱的"作品"，赶紧前往客厅，他知道不应该让大家等着自己吃饭。即使大家会尊陆之彦为一家之主，每一次吃饭也都是等陆之彦上座后大家才吃饭，然而，在这个家很长一段时间里，没有人敢提这是伍家还是陆家。陆之彦快步向前，他觉得自己要做好长辈的样子，准备在除夕饭提出二胎的问题，为这个家庭做长远的打算。

客厅里，大家已经坐好了，伍愉悦和戚郁霞坐在一边说着悄悄话，伍自强和陆灵姗坐在另一边，留下中心位置等待陆之彦就座。戚郁霞歇了一小会儿，她缓过来了，其他人也并没有看出她剧痛过。伍自强则规规矩矩地坐在那里等待着老丈人，反倒是陆灵姗坐在边上玩着手机。陆之彦走到饭桌，发现是六人方形餐桌，心里嘀咕要是再添一个孩子，刚好。他坐下后，看了看正对着他的空座位，心里痒痒的，又低头看着那几盘长得不惹人喜欢的饭菜。还没等他开口，伍自强先说话了："爸爸，不好意思，平时我和灵姗没怎么做饭，这次又做失败了，还倒了几个炒煳了的菜，这个除夕夜团圆饭咱们只能将就着吃了。"

陆之彦不在乎这个，他很高兴地和家人坦白："自强、灵姗，难得你们自告奋勇，用心准备了一桌除夕大餐，我看着就开心。心情好，吃啥都是开心的。好了，趁饭菜还暖，大家赶紧吃吧。"大家提起了兴致，动起了筷子，没想到刚提起筷子，陆之彦和伍自强碰巧地夹到了一根豆角的两头。伍自强迅速放开了筷子，然后知趣地对岳父赔了一个笑。

陆之彦也觉得尴尬，自己和女婿一起生活了已有一个月，他知道女婿是个孤儿，连面对家人时都往往显得自卑。除夕夜了，伍自强还退让得如此谦卑，实在不像是一家人。陆之彦考虑着以后碰到此类细微的尴尬事必然不少，他选择摊在桌面上来说。陆之彦露出了笑容，说道："自强，不用那么拘谨，咱们是一家人了，你就把我看作你的亲生父亲就行了。"

陆之彦这么刻意一提，反倒引起其他人的注意，伍自强也不善言辞，他只得"是、是、是"地回复着。陆之彦是教育界的元老了，既然这个"半边儿子"的心病不是一天形成的，那就不能急于动手，就让岁月慢慢把伍自强融入这个家庭吧。

戚郁霞虽然没有陆之彦那么老练，但她还是想有一个温暖的家庭气氛,她热切地说道:"今年除夕夜,一家五口人这么整齐,实在太难得了,你们夫妇,一个管'生'人,一个管死人的。去年过年灵姗值班去坐诊,前年过年自强去验尸,老伴是头一回在这里过年……"戚郁霞有感而发,却浑然不察觉这些话在除夕夜说起来是很不吉利的,甚至是刺痛人心,特别是对于伍自强。

陆之彦听着就觉得不舒服,他打心底里是非常喜欢这位女婿的,但是天天和死人打交道确实不是能放在台面上聊的事情,他就插嘴转移话题了:"咦,灵姗,我退休前,同事和我聊天时说过,妇产科是医院里面唯一一个经常能听到欢笑的科室,是这样的吗?"

陆灵姗大概知道父亲只是想她活跃一下气氛,她就侃侃说了起来:"对呀,一般人去医院都是看病的,哪能笑得出来。硬要说没有悲伤的科室,还能拉上体检中心、财务室、人事科吧。但是我们产科里面,亲人家属看到新出生的小孩确实是都挺欢快的……"

饭餐渐入佳境,陆之彦决定先烘托一下气氛,于是他把电视节目调到前几天讲述生育困境的访谈节目,有意识地引导着话题。

就在这个时候,伍自强的电话响起来了,他顺势接起了电话,面无表情、低声地说出"喂,什么事"、"哦,可以"。陆灵姗听到"可以"两个字后,脸色立刻变了。在她的印象中,伍自强说"好的",一般是指加班去验尸,他说"可以",可能就是接到秘密任务——去执行死刑。近些年来,为了多获取一些收入,伍自强靠自己的努力学习,经过层层选拔、过关斩将,最终成为省里屈指可数的死刑执行法医。而今,钱是拿到了,意想不到的是，这个工作任务更让他难堪。

伍自强挂断电话后，发觉陆灵姗和戚郁霞一脸阴郁地看着他。他感觉奇怪了，问道："怎么了？有什么事吗？"陆灵姗看了一眼伍愉悦，然后转头小心翼翼地问伍自强："你，是要去执行任务吗？"她尽量讲得婉转，生怕儿子知道爸爸的工作任务。伍自强摇摇头，回答着："没有啊，同事问我可不可以过几天去替他值班，我回答可以。"陆灵姗舒了一口气，小声地说着："唉，被你吓到了，你平时不要用'可以'这样的字眼好吗？怪吓人的！"

伍自强知道妻子的暗示，妻子没有恶意，他也习惯了逆来顺受，回复了一个"哦"字。实际上，在这个家里，最把伍自强当作不祥人的，不是妻子，不是岳母，正是他自己，他每次下班后就在单位立刻洗手，回到家后再深度洗一次手，也不知道他想清洗的是手上沾着的尸菌还是自己的羞愧感。人，最无可救药的是，无病的自己非要认为自己有病。

陆之彦坐不住了，好好的一个除夕饭，咋就让女婿那么不愉快呢。他给伍愉悦夹了一个鸡腿，尝试着打开这个闷局，劝说道："乖孙子，来，尝个鸡腿，吃鸡腿能长高高。"

伍愉悦咬了一口鸡腿，撕开一块肉后，他看着就觉得不对劲了，对戚郁霞撒娇："外婆，这里面的鸡腿肉是生的吧？"

伍自强感到不妙了，他探头一看，还真的看到鸡腿肉红红的，应该是不熟。他一脸的歉意，说："儿子，对不起啊，是爸爸刚才关火早了，爸爸现在再拿去煮一煮，等多一小会儿就好啦。"

就在伍自强站起来之际，他被陆之彦拦下了，陆之彦示意他坐下，说："算了，自强，坐下继续吃吧，这里的菜够吃了，不用再忙着倒腾了，你忙了一整年了，该好好吃饭了！"

大家又重新坐了下来吃饭，陆之彦见大家都不说话了，实在等不到好的时机。他的目光注视着自己对面的空座位，鼓起勇气，点燃了重量级话题："刚刚你们在做饭的时候，我在房间里写了一副对联，你们看看我写得好不好？"说完，他径直到房间拿出了自己精心书写的春节对联，铺在茶几上展示给大家看，上联是"春风时雨花千树"，下联是"子孝孙贤福满门"，横批为"家和业旺"。他工整的字迹和用心之深邃，让大家鼓掌叫好，伍自强还赞叹道："爸爸写的对联比咱们买的对联好多了，等吃完了饭，我就把外面的对联换掉！"

原本阴郁的局面就这样被陆之彦缓和了，大家放下了碗筷，打算再听陆之彦有何高见。陆之彦见到大家积极的反应后很是满意，借机把最重要的话说了出来："我的对联写得不错吧，子孙多了，才会福满门！小愉悦长大了，政策也放宽了，希望你们夫妇，快点生个二宝。"

然而，陆之彦的话并没有让大家继续乐融融，大家的反应让他有点意外。戚郁霞摇了摇头，摸了摸疼得厉害的老腰，她没有太多的力气否决老伴，暂且静观；陆灵姗当作没听见，掏出手机来看了看；伍自强低下头静静吃着白米饭，连伸手去夹菜都不愿意。

陆之彦见女儿和女婿没点反应，原本眉开眼笑的他愁云密布。但他从来就不是一个轻易放弃的人，转头问了问伍愉悦："小愉悦，你想要一个弟弟或者妹妹吗？"

伍愉悦才不管他是外公还是校长，不足三岁的伍愉悦直截了当地说："不想要！"而且摆着一副很坚决的样子。陆之彦窘迫了，他失去耐心，准备和小外孙好好"聊聊"。正当陆之彦想开口教导伍愉悦之际，伍愉悦用无辜的双眼看着他，这下陆之彦改为叹息了。陆之彦是个有三十多年教育经验的老者了，他深知长篇大论并不适合三岁的小孩。孩子的想法那么坚决，定是受到他父母平日的影响。

陆之彦把目光对准女儿和女婿，只见他们俩正在低头吃饭，显然是刻意躲着他。陆之彦这三年就是独居在学校，和女儿、女婿有些疏远，他只能把自己三十多年的教学经验搬出来，把女儿和女婿当成自己的学生，谆谆教诲起来："现在国家都放开二胎了，很多年轻人都在谋划着二胎，我看呀，你们两个生二胎的条件特别成熟。你们看，经济能力也有，还有我们两个老人可以给你们带小孩，小愉悦过几个月就能上幼儿园了……"

老伴戚郁霞听得腰更疼了。心想，这一个月来，主要是她带着伍愉悦，陆之彦只是跟着，他走走逛逛，清闲得很，她呢，每天都弄得腰酸背痛，再来一个二胎，岂不是要了她的老命？孩子们不敢先撕破父亲的脸皮，就由她来吧。戚郁霞放下了筷子，大声地说："我说，老伴，你先正儿八经带一个星期小愉悦再说吧，到时候恐怕你说不出这样的话来。"

陆之彦一听，面有难色，他认为自己做得挺不错了，只是戚郁霞不顾及自己的身体，日夜操劳。陆之彦极力纠正道："不是我不带小愉悦，是你带孩子的方式有问题。他都三岁了，快要三十斤的孩子，你还整天抱来抱去的。我让他好好锻炼一下身体，你还怕他累着，照你这样带二胎，当然是不行的。要是生了二胎，你就省力一点照看着就行……"

陆灵姗也知道自己的妈妈过于溺爱自己的孩子,对于父亲纠正母亲带孩子的方式,她是赞成的。问题是,父亲渐渐把话题引到二胎了,陆灵姗就沉不住气了,她反驳着:"爸爸,以前你在学校的时候不是阻止别人生二胎吗?怎么现在倒过来,怂恿我们生二胎了呢?"

陆之彦听着有点来气了,他辩驳着:"那怎么是一样的呢?当时是不允许生二胎!"陆灵姗这些天来的压抑爆发了,她不打算息事宁人,放下饭碗,恼怒地看着父亲,一字一句、清清楚楚地责问:"爸,你阻止过多少老师生育二胎了!"

伍自强感觉到火药味了,他赶紧给陆之彦和陆灵姗都夹上菜,劝和着:"都除夕夜了,你们俩就不要争吵啦,以后再好好说吧,好好吃饭!"

戚郁霞了解老爷子和小女儿的韧劲,那说不定就是遗传而来的,劝架是必须的了。不过,这一次戚郁霞的立场完全倒向了女儿这一边,她似乎有意无意地点评着:"老爷子,你没有当家很久了。生孩子是人家夫妇的事,你要尊重他们夫妇的意见。"

对于陆灵姗的指控,陆之彦是必须要辩驳的,那时候是计划生育年代,他只是履行公职,并不是他的本意。当今的政策允许多生一个了,而且多生一个孩子对于家庭来说怎么都算是一件大好事,老伴和女儿、外孙现在不想生而已,以后说不定会回心转意的。可是,戚郁霞偏偏提醒着:这里当家的是灵姗夫妇!陆之彦犹如吃了一记闷棍,头都昏了。陆之彦生着闷气,始终不吭声,闷头吃着饭,眼神怒不可遏。

除夕饭突然变得安静起来了,大家都沉默了。伍愉悦不明白为什么大人突然变得静悄悄的,突然,一道闪光照射进饭厅来,伍愉悦快乐地大喊："是烟花！有人在外面放烟花！"伍愉悦的天真活泼总算让大家提起了春节该有的兴致，戚郁霞摸了摸伍愉悦的额头，提议着："小乖乖，你现在好好吃饭。等你吃完饭，我带你到下面去看烟花，好吗？"伍愉悦高兴地点点头，然后聊起了自己春节想去哪里玩，戚郁霞都一个接一个答应着。

接下去的饭席里，大家全然不提二胎的话题。陆之彦是个明白事理的人，他不再纠缠了，而是摆出开明的样子，默默收起他的对联，和家人过好这个春节。

晚饭过后，一家人来到海边放烟花，腰酸背痛的戚郁霞和略带阴郁的陆之彦站在一边，看着孩子们尽情地放烟花。突然，不远处有人点燃了升上高空的巨大烟花，轰隆隆，轰隆隆……一个明亮而硕大的烟花在夜空中绽放，闪烁，整个天空都被点亮，新的一年又要开始了！伍愉悦笑开了花，没有什么比家庭美满更快乐的了。戚郁霞敲了敲背，为自己打气，她的身体还有潜力！陆灵姗为前几天救治不了的孩子默哀，自己尽力了，但愿孩子能安息。伍自强在随之飘来的硝烟中默默期待着天下太平，但愿自己不要在新的一年碰上太多的惨案，更不要再去执行"任务"了。烟花留下的痕迹彻底消散后，陆之彦感悟了：人是渺小的，他们开心就好，就不坚持了，独生子也挺好。于是，陆之彦点燃了一根小烟花，陪伍愉悦玩了起来。大家似乎忘记了晚饭时发生过什么，全情投入了除夕夜的嬉戏，玩得不亦乐乎。直到人群消散，他们才跟着退去。

深夜的家中，伍愉悦早早便已睡下，陆灵姗陪着儿子入睡，看着熟睡的儿子，她心里还是感叹着儿子确实是太孤单了。

隔壁房间里，陆之彦晚饭时把憋在心里的话全说完了，便能心安理得地睡着了。

戚郁霞临睡前给陆之彦收拾了学生送来的礼品，无意中发现了《子孙满堂》图，不由得多看了几眼。临睡时，尽管她浑身上下在隐隐作痛，但因太累，依然睡得很香。梦见众多的孙子孙女围着她团团转，都在争着尽孝心，犹如她活在那一幅《子孙满堂》里。

大年初一的钟声敲响了，新的一年也到来了，屋外的烟花如交响乐般接连不断地绽放。伍自强无心安享春节的喜悦，他独自坐在客厅里，静静地看着有关二胎的电视剧，不由得想起自己破碎的童年。伍自强的人生是窘迫的，面对着自己的儿子，尚且没有太大的信心能让孩子过上幸福的生活，再来一个二娃，全家人的幸福生活就更难以保障了。

有时，我们不得不在残酷的现实面前低头、投降。

第二天一大早，愉悦在床上蹦起来了，他兴奋地大声嚷嚷着："今天是大年初一，我要出去玩，我要出去玩！"

陆灵姗一把遮住了儿子的嘴巴，低声说道："乖，别吵醒爸爸，今天是爸爸的生日，你要小声一点，让爸爸多睡一会儿。"说完，她拉着儿子悄悄地走出卧室。

待陆灵姗母子走出客厅之时，戚郁霞已经给他们准备好了早餐。陆灵姗坐在饭桌前感觉惬意极了，她兴致勃勃地教孩子向外公、外婆拜年。忽然，戚郁霞的手机响起，聊完几句就把手机转交给陆灵姗，陆灵姗便猜到了：电话那头肯定是最爱给她催生的小姨——戚郁霞的妹妹打来的。果然，陆灵姗一味"嗯、嗯"地回复着，小姨还是对陆灵姗狂轰滥炸，更声称要来家里，吓得陆灵姗想去加班了。

好不容易应付完小姨的电话，一家人便围坐着，聊起如何给伍自强过生日。正当大家聊得起劲、方案接近完美的时候，陆灵姗却又收到一个电话，只听电话里说着："喂，灵儿，今天我们家集体拜访你们，一起给自强过生日，合适不？"给她拨打电话的，正是老同事加老朋友钟婕婷。

陆灵姗心里嘀咕着计划跟不上变化，但还是很感谢钟婕婷记得伍自强的生日，她欣然答应了。不过，只要孩子们聚在一起，大人的生日便会变成"孩子们的聚会"。每一次，只要钟婕婷带着她的儿子黄庭满出现时，这两个最要好的小朋友总要玩个天翻地覆。去年，陆灵姗的生日最后就演变成两个小朋友的狂欢会。

此时的伍自强还在睡梦中，梦中两位慈祥的老人声音呼唤着伍自强："自强，自强，今天是你的生日，爸妈第一次来给你过生日了……"伍自强突然间兴奋地跃起，却发现这只是一场梦。他有些落寞与哀伤。严格意义上讲，他是一个孤儿，在一个寒冷的凌晨被亲生父母遗弃在孤儿院大门前面，婴儿的襁褓中记录着自己的出生信息，以及亲生父母留下的小玉佩。他不止一次揣测着亲生父母当时的处境，只可惜，这些年来，他依然追寻不到亲生父母的任何蛛丝马迹……伍自强选择起床，大年初一加上自己的生日，在这个重要的日子里，不能再纠缠着过去不堪回首的往事。

伍自强出了房门后，发现家人已经准备好礼物等待着他。他欣喜地接过家人精心准备的礼物，感动万分。

这时，陆灵姗说："本来我们还想着一家五口外出游玩的，结果早上接到一个电话,蛇鼠一窝要给猪头贺寿了。"伍自强笑了,他很清楚,"蛇鼠一窝"指的是他们最好的夫妇朋友——黄广耀和钟婕婷,他们一个属蛇,一个属鼠,陆灵姗经常戏谑他们夫妇是蛇鼠一窝,而猪头就是指伍自强了,谁让他是猪年第一天出生的孩子呢?伍自强想着想着,感到无奈了:他们夫妇有两个小孩,大儿子黄庭满是伍愉悦的好朋友,挺好,可是小女儿粉粉才三个月,不方便到处走动,那婴儿原则上就是要窝在屋内的,这不就意味着他今天要被小粉粉困在家里了吗?他原本还想着去野外走走的呢。

留给伍自强郁闷的时间并不多,他们家的门铃响了,想必是黄广耀、钟婕婷来访了。伍愉悦飞快地开门,迎接好朋友黄庭满。门开了,黄广耀推着婴儿车,钟婕婷手中拿着不少礼品,黄庭满提着蛋糕走在最前面,他高声祝贺着:"祝强叔叔生日快乐,祝大家新年快乐!"这时,伍自强蹲了下去,摸了摸他的小脑袋,准备要赞扬他挺乖的。可是,伍自强在无意中看到了婴儿车里面放着笔记本电脑,心想:黄广耀这家伙,该不会今天想来我家办公吧?唉,那么,我今天的快乐生日铁定要泡汤了……

黄广耀一家人受邀进屋后,积极地给老人家拜年:"叔叔阿姨新年好,今天来打扰你们了。"黄广耀转过身来对伍自强抛了个媚眼,对他说着:"自强小哥,今天麻烦你了!"伍自强疑惑地问了问黄广耀:"你,今天是想让我帮你带带孩子吧?"黄广耀拍了拍伍自强的肩膀,笑呵呵地说道:"你一身照看新生婴儿的真本领,要是白白失传了,那得多可惜呀。于是,我就带着三个月的小粉粉让你温故而知新,让你生二胎时还能当超级奶爸!"陆之彦眼前一亮了,他早就听说过自己的女婿是难得一见的"带娃能手",之前一直没有机会亲眼见识过,这次他能近距离观察一下。然而,让他们意想不到的是,陆灵姗抢先抱起了小粉粉,逗她玩了起来。陆灵姗还拿出了不少送给小粉粉的礼物,连小粉粉两岁时的玩具、衣服都备齐了,陆灵姗对小粉粉的喜爱让黄广耀、钟婕婷受宠若惊。

两家人坐下来后第一件事便是互赠压岁钱,陆灵姗嘟了嘟嘴巴,开玩笑说着:"婕婷,去年咱们两家只是交换了压岁钱,今年你们一收就收两份压岁钱,我们家还只是收到一份,我亏了!"钟婕婷和陆灵姗已然是多年的损友了:"灵儿,你何止压岁钱收少了,你闭上眼睛想想,我还休着产假呢,不爽吗?生个二胎呀!"黄广耀也用财经记者的角色接过妻子的话开始了长篇大论:"是呀,国家都放开二胎几年了,估计过不久就会像欧洲、日本那样,政府出钱让大家生孩子。"陆之彦一听黄广耀如此关心国家的长远大计,对黄广耀多了几分好感。

戚郁霞想起当年为了生陆灵姗花了多大的力气、付出了多大的代价,东奔西走的,只为了证明肚子里的陆灵姗是计划内生育的。现在时代不一样了,政府出钱让大家生孩子了。戚郁霞问黄广耀:"小黄,听说你去年到欧洲采访了,那里的政府真的出钱让人民生孩子吗?"黄广耀推了推自己的眼镜,娓娓道来:"是呀,有些国家的妇女生小孩比上班更划算!俄罗斯总统在国情咨文,也就是一年里面最重要的一次讲话,第一句话就是'俄罗斯的命运和历史前景取决于人口',还说要出大钱补贴俄罗斯人民生育。日本就更加严重了,首相说孩子生少了是国难,国难啊!战争打输了都还不至于说是国难呀!我相信,我们国家总会有一天意识到,孩子是未来的纳税人,孩子少了,以后谁来养那么大的国家和那么多老人呢？我看过一个报道，说日本老龄化严重，这些年的经济发展很慢。表面上看呢，日本GDP增速比美国慢很多，一看人均GDP增速呢，就差不太远了，但是一看每个劳动者创造的GDP增速呀，日本那是比美国还高……"

陆之彦听着觉得有一点道理，但发觉和自己之前的认知不太一致，便问："小黄，以前不是说生孩子少一些会比较好吗？我们确实也看到了少生优生的年代里面经济发展是最好的。"黄广耀摇摇头，回答道："叔叔，我们不能只看到上一个四十年，您要是看到这几年的形势，再想想下一个四十年，就会发现我们已经透支了整个社会的潜力啦！您试想一下，以家庭为例，二十世纪九十年代的家庭里面，很多时候是两个中老年人、两个年轻人劳动赚钱，才养育一个小孩，家里就显得富裕了。现在呢，老龄化社会，之前的中老年人彻底变成了老年人，经常是一对夫妇养育四个老人和一两个孩子，这就是透支了前期潜力的结果。再往后呢，这些现代的家庭已经没有潜力可以透支了，只能'还前债'咯。所以，有些年轻人就没能力再生了。"陆之彦听着感觉还是不对，反驳道："可是，有些老年人有养老金呀，不需要年轻人抚养。"黄广耀不慌不忙地回答道："我以前也是这么想的，直到有一次，有一个同事，他家老人生病住院一段时间，独生子女嘛，白天还要上班，最后只能请医院护理工。那护理工的工资涨得可猛了，老人几个月的养老金都够不上护理工一个月的工资，更别说医药费了。说到底，只有亲人，才是最可靠的，多孩多福绝对是人类实践几千年来的智慧……"

大家听得入神了，黄广耀的见识让大家觉得很新鲜。可是，陆灵姗满不在乎地说道："那你好好准备三胎哟，国家就靠你了！"黄广耀感觉到女主人不喜欢这个话题，便立刻转移话题："陆叔叔，来这边住了一个多月，过得还舒服吗？"于是，从这个话题开始，他们便开始寒暄起来。不远处，伍愉悦和黄庭满两个小朋友前几天都独自窝在家里，今儿总算有玩伴了，两人早就找了个角落玩了起来。

大家聊了一会儿后，陆灵姗和钟婕婷主动选择去做饭，把孩子交给两位父亲看着，两位妈妈有说有笑地走进厨房忙碌着。黄广耀见自家老大在一边玩着，老二恬静地睡着，他顺势翻开自己的笔记本电脑，等着"开工"。伍自强早已习惯了他的"不客气"，但是勤劳到大年初一还工作，伍自强反而就好奇了，问道："大年初一了，你还继续工作？是不是新买的大房子压得你透不过气来？"黄广耀的手指暂时停止了敲打键盘，他头一斜，敲了敲自己的肩膀，弯了弯自己疲惫的腰，有气无力地说了起来："是呀。现在城市的房价都很贵，修路、建地铁这些基建砸钱下来就是给土地升值的，生活便利了，房子也就贵了。我自己就是做财经记者的，懂得行情，也就认赌服输了。所以呢，也只能自己拼命赚钱、换套大房子，给老二腾出点生活空间来咯。"

陆之彦喜欢勤劳肯干的年轻人，他走近黄广耀，拍了拍黄广耀的肩膀，说："多劳兴邦，年轻人，多干一些，没事的。"黄广耀被陆之彦赞扬后心里美滋滋的，更加侃侃而谈起来："难得陆校长那么深明大义。我们做记者的，有空就写报道的啦，才不管它是除夕夜还是大年初一。我自己跟着婴儿潮一起出生的，婴儿潮带来经济增长，但是竞争也大，倒逼着人们拼命工作，到头来经济发展、市场做大了，机会反倒也多。现在我家老二出生了，怎么能不抓紧机会、加把劲赚钱呢？"说着，黄广耀瞄了一眼伍自强,继续说,"自强几年前不也是为了生小愉悦,想多赚点钱,才去干执行死刑那个事嘛。"

伍自强被戳中痛点,叹了一口气,说着:"唉,别提了,我们单位前段时间有个小伙子,说离职就离职,他就孤身一人,完全不用畏惧。我们这些有小孩的,都被磨炼得服服帖帖的。我们说自己是给单位打工的,其实自己就是给孩子打工的!"黄广耀一边敲打着键盘,一边调侃着:"是咧,有个同事感叹,说他工作越来越没有尊严了,我就和他说'你都当老爸了,还要那么多尊严来干啥?'为了养家糊口,当爸的只能硬着头皮上了……"陆之彦听着年轻父亲的诉苦,摸了摸自己额头,这个问题虽然有辱斯文,读书人好歹要谈点高尚点的东西吧。不过,陆之彦回想起自己人生最压抑的时候,确实就是养育孩子的那段时期,他不禁用怜悯的眼神看着为全家生计奔走的年轻父亲。

突然之间,伍自强调高了音调,喊了起来:"你写的是什么东西呀?怎么看着和我家的情况那么像呢?"黄广耀漫不经心地回答着:"你猜对了,我就是以你们家为原型写一个预备二胎家庭的经济账,在你们家写这篇报道是再适合不过了。现在二胎话题正火着,读者一定会喜欢的!你放心好了,我的报道完全不侵犯你的隐私,仅仅用于给读者看看中产阶级养育一个孩子得花多少钱而已。"伍自强感觉自己道行太浅了,不过,反正都上了贼船了,索性就坐在他旁边看看他是怎么算账的吧。

戚郁霞觉得黄广耀显然是小题大做了,她反问着:"瞧你这说的,养育一个孩子就说得那么严重,我自己的两个小孩不也简简单单就拉扯大了吗?"黄广耀一边写着报道,一边回答着:"阿姨,你是没打听现在幼儿园的学费要多少钱吧,在大城市上一年的幼儿园学费,说不定比你两个闺女四年大学的学费还多呢!过去,在农村养育个小孩,能健康长大就差不多完成任务了;现在,大城市的生活成本特别高,要是不多花钱让孩子读点书、掌握一门技术,怕是生存不了。培养孩子,这个本身也是投资嘛,投资教育比投资房产有价值多了!"

黄广耀说着说着,他的账已经算出来了。伍自强看着就感到压力不是一般的大,惊呼:"啥,我这样子的家庭,生一个二胎到养大,要多花一百多万!这还不包括要换大房子、物价上涨之类的情况。真的假的?"陆之彦和戚郁霞一听到一百多万,耳朵都竖起来,他们不吱声了,毕竟这个数字对于他们老夫妇俩可是天文数字。黄广耀详细地分析着:"是呀,孩子的吃喝拉撒经费,还要请保姆,还要掏钱给孩子课外补习,培养一两门兴趣的……"

正当黄广耀给大家一样接一样地算细账时,躺在婴儿车的小粉粉咿咿呀呀哭了,是哥哥黄庭满冲了过去,摸了摸妹妹的头:"小粉粉,安心地睡吧,我会让爸爸讲话小声一点的。"大人们听到三岁的黄庭满这样训导着爸爸,他们都捂住嘴巴笑了。不远处的伍愉悦就不理解了,他对黄庭满说:"小满哥,你的妹妹有大人照顾,我们继续玩吧。"黄庭满很坚决:"不行,我妹妹在哭呢。你自己玩。"伍愉悦就更加不能理解了,明明就是有大人照看着小宝宝,他们一起玩不好吗?结果,伍愉悦呆呆地站在那里看着。

黄广耀开始着急了,对财经之事侃侃而谈,但对婴儿的哭泣他显得束手无策,他连忙抱起小粉粉,左摇右摇的,可是小粉粉就是不如他所愿。小粉粉哭声越来越大了,两个小腿还使劲地蹬,这下黄广耀冒汗了,急忙向伍自强求救:"强哥,你说她是哪里不舒服了?怎么老是哭着不停?"

伍自强仔细地观察着,分析道:"看看她没有找妈妈的样子,就不像是饥饿;只是两个小腿在蹬,手上又没有明显动作,排除体感过热;据我观察,小粉粉应该是拉屎拉尿之类的,你打开她的纸尿裤看看吧。"黄广耀赶忙解开小粉粉的连体衣纽扣,看到胀鼓鼓的纸尿裤,纸尿裤的三根线全已显示绿色,这下黄广耀就比较明确是该换纸尿裤了。黄广耀向伍自强双手作揖,又提出了新的要求:"强哥,你的观察力太强大了,我非常佩服。只是,我还不太熟悉怎么更换纸尿裤,每次都换得让孩子感觉很不舒服,你能不能……"伍自强笑着,很熟悉地给小粉粉换起纸尿裤来,他的动作是那么娴熟和温柔,小粉粉的哭声慢慢变小,不一会儿粉嘟嘟的小脸蛋绽开了笑颜。

在一旁看着的戚郁霞对陆之彦讲解着:"看到自强这表现,我就想起愉悦小时候,自强那时候把小愉悦照顾得健健康康,连灵姗都对着我感叹,她管生孩子就行,养孩子交给他。"陆之彦听着不时点点头,没想到一个大男人比年轻母亲更熟悉婴儿的习性。陆之彦发觉自己对女婿还是了解太少了。

纸尿裤很快就换好了,接着,在伍自强的抚慰下,小粉粉又沉入到了睡梦中,这一切,让黄广耀羡慕不已。

小粉粉入睡后,伍愉悦拉了拉黄庭满的衣服,催促着:"小满哥,你的妹妹睡着了,咱们继续玩吧。"黄庭满松开了他的手,轻声地说道:"我要守着妹妹睡觉,你自己去玩吧。"大人听了都赞扬黄庭满有兄长风范,只剩下心情不太舒服的伍愉悦,他呆呆地站在原处,心里想着:就是因为这一个小妹妹,大人和小满哥才不理睬我的!"

房子的另一边,在厨房做着饭的陆灵姗了解到丈夫"宝刀未老",她开心地笑了。钟婕婷见她那么乐,就和她聊了起来:"你这些年,日子过得可轻松了吧,强哥那么细心,据我看呀,他比你还懂孩子!"陆灵姗会心一笑:"是哩,他哦,在准爸爸产前培训班上把老师问得一愣一愣的,老师都感叹自强是她见过的爸爸中育儿知识准备最齐全的。还有更经典的,有一次,自强带小愉悦去做婴幼儿体检,医生出去了一会儿,回来发现自强在给别家的孩子像模像样地做体检了……"每当陆灵姗讲起伍自强的模范父亲事迹来,她脸上总泛着光。

钟婕婷会心地笑了,然后顺势地说出:"我看出来了,你那么喜欢小粉粉,是想要一个女儿吧。我看强哥呀,应该也很喜欢小孩吧。真的,你们赶紧再要一个吧。"陆灵姗一声叹息,摇摇头,简单地回应着:"不了,条件不合适。"钟婕婷很清楚她的脾性,知道不能再往下说了,只是不清楚为何她总是拒绝考虑二胎,却又不愿意说出原因。钟婕婷索性不再继续这个话题,专心做菜了。

沉默了片刻,陆灵姗突然问:"你们家小庭满是不是过几天就上幼儿园了?"钟婕婷笑着说:"是呀,他满三岁了,我家也没人带他,我们就送他去幼儿园了。你呢,想这个学期送小愉悦上幼儿园吗?"陆灵姗又叹了一口气,说:"我也有过这个考虑,毕竟小愉悦是独生子,在家比较孤单,况且,我妈老是惯着他。我就想让他上幼儿园,养成良好的生活学习习惯。可是嘛,他又不足三岁,我怕他身体扛不住、老生病,我妈呢,也不断劝我把愉悦给她带,还说连我爸都过来了,两个老人带孙子正好。"钟婕婷没有正面回答她的话,只是稍微提醒了一下:"灵儿,你还是多关注一下幼儿园的事情吧,说不定,你突然会在哪一天想让他尽快入学的。"陆灵姗默不作声,继续做着菜。

夜晚,黄家的人已经离去了,客厅里只剩下伍自强在收拾着屋子,陆之彦默默地跟着他收拾起来。其间,陆之彦瞄了伍自强几眼,看着他就是一副惯常做家务的样子。陆之彦赞赏起伍自强来:"你挺能沉得下去呀,会做家务,还能带小孩。你是我见过唯一一个比妈妈还专业的爸爸!"伍自强有点受宠若惊了,他小心翼翼地擦着桌子,生怕打翻桌子上的玻璃物品,回应着:"其实我之前也没有带过小孩,我是之前查过很多资料,还专门上了爸爸培训班,最后用小时候的黄庭满来练练手,实践到熟练的。"陆之彦对伍自强的答案很满意,不愧是他看中的女婿。接下去,伍自强说:"我呢,总是害怕做错东西,所以平时做什么东西之前都要提前调查研究,做好策划准备,做着做着还要不断总结提高。"陆之彦看着他严肃的样子,感觉他的话不像是备好的"标准答案"。陆之彦感叹了:"你这样活着,多累呀。"伍自强笑称:"呵呵,习惯了。"陆之彦看着伍自强拘谨地笑着,他很想提升女婿的自信度,可是,他实在想不到有什么好办法。

快乐的春节假期,对于伍自强来说,特别的短暂,毕竟人类死亡是从来不挑选日期的。大年初二,他早早就出门上班了,严格意义上说,这是他值班的一天,没有可预期的工作。

伍自强哼着歌下楼,看着自己的车子,他很快就眉头一皱,好好的车子硬生生被陆灵姗装扮得全身粉红。伍自强考虑到大年初二的公共交通实在行不通,只能无奈地上了小粉车,要是在平时，他早就坐上网约车出发了。

到了单位，伍自强罕见地泡了一壶茶，咬着饼干，准备悠闲地值班。非常不巧，其他同事历次值班期间都相安无事，而伍自强今天一值班，屁股还没有坐热，就收到一个电话，要他去一个疑似跳楼自杀的现场去做鉴定。伍自强是老法医了，意外经常发生，可是大过年的就碰上这种事，可谓人间悲剧。转而他又想，伍自强便立刻带着助手，以最快的速度赶到案发现场。

挤过人墙，伍自强终于见到了尸体，这下，他的情绪从不安立刻转为怜悯，这情景实在太惨了：一个年轻的妈妈为何要抱着婴儿一起跳楼呢？两个可怜的无辜生命就这样从世间消失，生活再辛苦，活着不是最重要的吗？警察向伍自强走过来，对他简要讲述完案发经过并说："伍法医，从整个现场来判断，自杀的可能性比较大，希望您好好鉴定一下。"伍自强点点头，他思索着：按道理来说，年轻妈妈当然不会闲着没事抱着孩子留在高处，然后被人推下，无论怎么看，自杀的可能性是最大的。不过，推理归推理，经验归经验，伍自强还是宁愿相信母性，先不考虑母亲携儿自杀，暂时考虑为他杀案件，他始终相信：做妈妈的，应该不会那么狠心，自己不活，也要孩子跟着她不活吧！

伍自强特别仔细地查看着尸体上的各种蛛丝马迹，除了摔到在地面的撞击外，确实看不到有别的伤痕。伍自强无奈了，只能向警察坦承："警察同志，据我初步鉴定，死因是坠楼，没有其他外伤。"警察交代着："法医，有劳您回去再做进一步鉴定，包括确认落地的情况和死亡时间……"伍自强点点头，指示助手把两具尸体运上法医车，还特别交代对婴儿动作要轻一点。

在车上，助手开着车，见伍自强闷闷不乐的，就和他聊了起来:"强哥,咱们好像是第一次接到这么可怜的婴儿吧。"伍自强同意道:"是呀,这么多年来,我也是第一次见到带着那么小的孩子自寻短见。毕竟孩子是无辜的!"助手并不知道伍自强的孤儿身份,随口说了一句:"也许年轻妈妈想着自己死了,孩子会过得很艰难,大概率是被送到孤儿院受罪去。"

伍自强听到这里,拳头都攥起来了。他小时候曾经这么想过:是不是当时自己的母亲狠心地放下了他,才去自杀呢?如果真的是这样,他宁愿妈妈当时带着他一起去死。

可是,当这具婴儿僵硬的尸体摆在他面前的时候,他反而不这么想了,他突然有些理解自己的母亲。助手并没有领会到伍自强此时此刻复杂的心情,进而说出让伍自强更难堪的话:"这个妈妈太不负责任了,要是不打算好好养育孩子,当时就不要把孩子生下来呀!"伍自强沉默了,助手见他脸色不对就不再往下说了。如今的他渐入中年,特别是自己当上爸爸后,已慢慢理解为人父母的困难,也切身地体会到父母对子女深沉的爱。所以,他更加坚信,那一年父母遗弃他,背后一定是有极大的苦衷,但是亲生父母为何要抛弃他,仍是个心结,让他隐隐作痛。

伍自强回到单位的停尸间后,他和助手再一次检查了尸体,伍自强没有找到谋杀的任何证据。突然间,他发现了一个细节:婴儿身上有抓痕,看样子是生前被抱得特别紧而产生抓痕的。在生命的最后一刻,也许这个妈妈后悔了,想耗尽最后一丝力气保护自己的孩子,但是为迟已晚……她选择了极端的、错误的、无法挽回的方式。

此时,助手已下班,他则坐在地上,想起了自己的亲生父母当年是如何做出抉择的。三十多年前,父母把嗷嗷待哺的他放在孤儿院门前的几个小时里,他们也是内心挣扎过,在愧疚和无奈中度过的吧。

伍自强忘记了时间,助手早已下班离去,整个单位只剩他一个人。夜色渐晚,他草草吃了点东西。他突然感觉自己今天好像找到一点亲生父母的线索,便迫不及待地往家里赶。一进家门,他沉重地与妻子讲起:"今天我碰到一起命案,一个妈妈抱着自己的孩子跳楼了……"

此时,陆灵姗正在给儿子讲睡前小故事,哄着他睡觉。伍愉悦听到父亲突然插进的恐怖事件后,他立刻蜷缩在妈妈的身边,发出颤抖的声音:"妈妈,我怕。"陆灵姗见过不少生死的场面,可儿子并没有!

他立刻退出卧室,空荡的客厅里,只有他独自一人坐在沙发上。他深深地叹了一口气,开始变得冷静起来。平时,他多半是沉默寡言。今天,他罕见地有感而发,特别想找人聊一下心里话。然而,眼之所见,没有人能够理解他的想法。即使是枕边人陆灵姗,要是今天夫妇俩心平气和地聊天,她也只会像往常那样不痛不痒地安慰着他:"别多想了,能碰见你的亲生父母时再勇敢去相认吧,平时花那么多心思在这方面,不好的。"是的,当他冷静下来的时候,他也知道妻子说的是对的,可是,他实在控制不住自己,这是父母健在、双亲陪伴多年的陆灵姗没办法理解的事了。

夜越深,就越冷。要是下雪嘛,还能让人看看雪花,可是窗外偏偏下起了冻雨,冷得让人瑟瑟发抖。整个城市似乎被冻雨冻坏了,街道冷清,雨滴声清晰而刺耳。

伍自强的心情差到了极点,又冷又悲。他决定了:既然是这样，干脆多喝一些酒，好让自己把这些话吞回肚子里，再一睡了之。伍自强打开小酒柜，从里面开了一瓶酒，自己咕噜咕噜地喝了起来。曾经，他自认为自己历经苦难，意志强大到可以靠自制力轻松戒掉毒瘾一般，然而，自己却软弱到不敢直面亲生父母远去的事实。很多年了，自己都不敢和别人说起内心深处的真心话，特别是对自己的养父母，那一对把自己看成是死去儿子替代品的老夫妇。唯一的例外，是孤儿院时期的那一个哥哥——陆部通，陆部通在孤儿院里面是他最知心的朋友，也是他至今唯一深交过的人。伍自强看着窗外的雨滴，又大喝了一口苦酒，陷入了另一个问题：自己当年被养父母收养走了，过上了正常孩子的生活，那么陆部通此时在何方呢？他过得幸福吗？

伍自强喝完一整瓶酒后，实在扛不住睡意了，才回房间睡觉，他太累了，实在是想一睡不复醒。第二天，接近中午，他才睁开双眼，再重新面对这个世界。他顶着剧烈的头痛，自己给自己打气：就让过去的往事像昨晚的酒一样，消化过去吧，新的一天开始了，忘掉昨日！

房间里面就伍自强一人，看了看手机的消息，他才知道陆灵姗和伍愉悦在外面玩着。伍自强静悄悄地打开房门，听到了戚郁霞在通电话，依稀间，他听到："伊姗，你在婆婆那边好好过年吧，我在这边过得挺好的，毕竟自强无父无母的，会对我们二老好好的。"伍自强挠了挠头，换作别人，对这些话感觉会很平常，但是，他听起来总觉得怪怪的，他选择再次躲进房间，免得打扰岳母和大女儿聊天。午饭只是自己和岳父、岳母无声无息地吃了。在这个家里，他越来越感到孤独了。

午饭过后，陆灵姗带着伍愉悦回来了，伍愉悦一副愤愤不满的样子，到处翻腾东西。伍自强问他了："宝贝，你咋不睡觉，在干啥呢？"伍愉悦一边翻看着抽屉，一边说道："今天早上，黄庭满给我看他父母的毕业证和毕业照片，可威风了。爸爸，你也让我看看吧。"正当伍愉悦说着的时候，他已经翻到了伍自强的毕业证书了，翻开毕业证一看后，他就感到奇怪了，问："爸爸，怎么这个名字和你教我认的'伍自强'不太一样？"伍自强收回了自己的毕业证书，又看了看孩子求知的眼神，他很想和儿子分享自己的全部往事。可是，孩子才三岁，怎么能理解他曲折的人生呢？"小愉悦，爸爸以前的名字叫作郭甄弼，后来觉得笔画太多了，生怕小愉悦认不出来，就弄了个好认的'伍自强'给小愉悦认识。你看，'伍自强'是不是写起来特别容易？"

当伍自强提到"郭甄弼"三个字的时候，脑海中涌现出来的是养父母一遍又一遍地教年幼伍自强的画面："你记住，你的名字是郭甄弼，不是伍自强了！"时间久了，每当听到养父母呼叫"甄弼"时，伍自强便知道是喊他自己，听到叫"弼儿"时，便知道是指养父母的亲生儿子，那个青少年时期便去世、本名才叫作"郭甄弼"的孩子。

伍愉悦看完父亲的毕业证书，没有发现什么新奇的东西，便去翻腾其他老照片了。很快伍愉悦就从中抽出一张老照片，拿到伍自强跟前，问："爸爸，这是爷爷奶奶吗？"伍自强接过儿子手中的照片来，他一眼就认出那是他大学毕业那天的全家合照，当时养父母都七十多岁了，同学们一直以为那是他爷爷奶奶。拍照片时，养父母费了不小的劲才能坐好拍照，更难忘的是，他那天被迫穿着原版郭甄弼的衣服和养父母拍照留念。养母拍照时还一度真情地流下眼泪，感慨着："要是弼儿能活到大学毕业，那该多好！"伍自强知道自己终究还是郭甄弱的影子，恰逢养父母没过多久就先后去世了，他才毫无顾忌地把名字改回亲生父母赋予的名字——"伍自强"，做回他自己。

伍愉悦看出伍自强的老照片里面实在有太多反常的地方，于是多了很多问题，缠着伍自强求解答。而伍自强实在不想做过多的解释，他连忙用转移注意力的办法，哄伍愉悦早点午睡。

深夜的少子市渐渐地安静下来，伍自强的内心却继续躁动着。他回想起十年前，自己专门请了一个月的假期，跑遍窟南县派出所、各大医院查找自己的出生资料，然而他还是查不到自己的出生地，仿佛他就是突然冒出到人间一样。之后他登出了寻亲启事，确实有过回应的，但当他再深问几句，便失望地发现那是假冒的。

春节假期很快就过去了，人们渐渐回到正常的工作状态。

伍自强平安无事地度过了闲暇的几天后，又碰上了一起命案。作为一个久经沙场的老法医，他已经能做到面对各种场面都能保持一个表情了。这一次，他来到又一个自杀现场，一个荒芜的村庄，一个贫困潦倒、六十多岁的农妇倒在地上，身边还放着半瓶农药，嘴边有一些呕吐物，闻起来就像是农药的刺鼻味道。

伍自强和往常一样认真地检验着尸体的情况，离他不远的地方，村民们向警察讲述起死者的身份来了："这位伍女士搬来这里将近三十年了，她一直都是孤身一人，人挺好的，但是没有一个亲人来看过她。但她确实和我们说过，她有一个失散的儿子……"其中有一个村民突然间走向伍自强，对他左看右看还围着他走了一圈。伍自强问："这位大叔，我怎么啦？你怎么老是看着我？"大叔凑近了他的脸，说了一句让他很震惊的话："我看，你长得和她有点像。"伍自强突然间冒冷汗了，旁边的村民一听到这话，都把注意力转移到伍自强身上，他们围观了伍自强后纷纷说道："一点都不像吧。"伍自强停下手里的工作，认真地看了看死者的脸，心里默念着：看上去，没有一点儿是像的呀。

　　警察感觉村民好像在捉弄伍自强，便劝阻着村民："好啦，你们别和法医开玩笑了，人命关天，这是很严肃的事情。我问你们，她身上带着的身份证，显示她的户籍在外省一个叫窟南县的地方，你们知道她是从窟南县直接过来的，还是从哪个地方过来这里的吗？"伍自强的心脏跳动突然加快，他心里想着："窟南县，这，不就是我所在孤儿院的那个地方吗？比我大二十多岁，长得和我像，和我一个姓氏，这世上真有那么巧的事情？"

　　伍自强越想越不对劲了，他压抑不住寻亲的冲动了。本来，这样的自杀事件没什么疑点就可以直接送殡仪馆火化处理遗体的，可是，伍自强向警察坚持要回尸体，谎称还有疑点，还需要再认真检查。最后，警察拗不过他，只能让伍自强带走了尸体。回去单位的路上，伍自强在电话里头草草地和陆灵姗说今晚要加班工作，不回去睡觉。陆灵姗听到是工作的事，只能理解通融了，简单嘱咐着他不要只想着工作，要多点休息。但是，坐在伍自强旁边的助手就感到不妙了，助手试探性地问："强哥，咱们今晚要加班再验验吗？"伍自强低着头，低声回应着："你回去吧，我一个人查验就可以了。"助手更加不能理解了，他小心翼翼地观察着伍自强的神情，他感觉到伍自强在打尸体的主意。伍自强突然发问："你，觉得我和她长得像吗？"助手此时很肯定伍自强想向他求证什么，他老老实实地回答："强哥，说老实话，我真的觉得不像。"伍自强看了他一眼，没有多说啥。

夜里，伍自强如一个孝子般守在伍女士尸体的旁边忏悔着，他努力地拼凑着记忆碎片，却有太多的事情想不通。一阵阴风气流飘过了他，他打破沉默了，轻声地喃喃着："伍女士，你是我的母亲吗？真的是我的妈妈吗？"停尸间里没有其他的声响，伍自强叹了一口气，现在自己除了在这里等待，等警察查出伍女士更多的资料外，他实在做不了更多的东西。于是，他便去了休息室，打算先睡一觉。这些年来，伍自强但凡在单位睡觉，他也会和其他同事一样，多多少少有一些较难克服的胆战心惊。毕竟这里有巨大的停尸间，大家都被"阴气"吓得想开灯睡觉、聚众睡觉之类的。而此次伍自强却没有这一份顾虑，他只是一直在思索着，万一伍女士真的是自己的母亲，他该如何是好，想着想着，他就睡着了。

深夜，伍自强做了一个梦。梦里，伍女士的容貌回到了二十多岁的年景，她轻轻地抚摸着伍自强的头发，悲情地说着："自强，没想到咱们是以这种形式来见面。妈也不想这样子的，我当时生了你后，在病床上动弹不得，是人贩子把你从医院偷走的。我的儿啊，我找你找了太久了，请你原谅妈妈！你知道吗？在妈妈的坚持下，最后是你跟我姓的，而且'自强'这两个字也是我给你取的，希望你以后能坚强。现在看到你成了堂堂正正、自强不息的大丈夫，妈妈感到很欣慰。……"梦中的情景是那么栩栩如生，伍自强大声地呼喊出了一个"妈"字来，却把他自己都唤醒了。伍自强扫视了休息间的各个角落，只有他自己一人，他疑惑了：难道这是妈妈托梦给自己？伍自强敲了敲自己的额头，不会的，自己读了那么多年的书，还是学医出身的，怎么会相信托梦这样的说法呢。不过，这该死的梦，怎么这么懂他的心思！

伍自强惆怅地坐了起来，一遍又一遍地念着自己默念过多次的古诗："梦中不见母音容，夜半醒来放悲声。再无慈母门前盼，泪洒归途履如封。"

就在伍自强夜宿单位的时候，伍愉悦想念起爸爸来了，他整晚地翻腾着，不时地问陆灵姗："妈妈，爸爸呢？他怎么还不回来？我等着爸爸唱歌给我听呢。"陆灵姗无奈地重复解释着："今晚爸爸在工作呢，小愉悦今晚就体谅一下爸爸吧，咱们早点睡觉，好吗？"可是，陆灵姗的话怎么可能打消伍愉悦的思父之情呢，他依旧不依不饶地闹着。陆灵姗感到棘手了，伍自强唱歌哄儿子入梦的功力，陆灵姗是自愧不如的。好在，她有自己的绝手妙招，她和伍愉悦温柔地讲起了小故事，听着一个又一个的小故事，伍愉悦渐渐平静下来，在困意的驱使下，他总算慢慢闭上双眼，安静地睡着了。

忽然，细微的雷光闪起，低沉的雷声轰鸣从远处传来，之后还有连续的雷光。伍愉悦从小就害怕打雷，雷电的闪烁让他不安地睁开眼睛来，永不迟到的轰隆雷声一赶到，伍愉悦就被吓得紧紧抱住了母亲。不管陆灵姗怎么安慰着，他就是哭着喊："爸爸呢？爸爸在哪儿？"陆灵姗此时已是非常疲倦，自己哄了儿子一整晚了，儿子还只是惦记着他的爸爸，生气了。她稍稍推开了儿子，低声责怪着："你这个没用的东西，我像你那么大的时候爸爸也不在家，不也是靠自己撑过来的吗？"伍愉悦的哭声更大了，这下他冲到妈妈的跟前，紧紧地抱着妈妈，哭着说："妈妈，不要，不要不管我，我害怕……"陆灵姗被儿子的哭声融化了，她也紧紧地抱着儿子，口中不断安抚着儿子，心里却愧疚着：自己儿时的不愉快经历为什么要发泄到儿子身上呢？陆灵姗调整了自己的情绪，柔和地对伍愉悦说道："小愉悦，妈妈唱歌给你听好吗？"伍愉悦点点头，陆灵姗随后便和他唱起《世上只有妈妈好》之类的歌曲，直到深夜，伍愉悦才勉强睡着。

第二天，陆灵姗一睁开眼睛，发现儿子已经睁睁看着她了，她就打开了手机，点击视频打算与伍自强视频聊天。当其时，伍自强站在伍女士身旁一个多小时了，却思绪全无，他便接受了视频聊天。陆灵姗看到伍自强身后是停尸间，既有些放心，又有些不安，她勉强挤出笑容，催促着丈夫："你快点回来吧，你儿子昨晚想你想得不愿意睡觉了，打了一个雷吓得他一直在呼喊你呢。"伍愉悦看到了爸爸后非常高兴，手舞足蹈地，还大喊着："爸爸，我想你了，我想你了！"伍自强不好意思地笑了，赔礼道："对不起呀，工作的关系，昨晚没有回家。"陆灵姗斩钉截铁地说："没关系，今天早点回家吧，大家都等着你呢。"她的语气是那么坚决，完全不想给伍自强拒绝的余地。伍自强转头看了看伍女士的尸体，感觉自己确实没有什么东西可以做的，他便答应了陆灵姗的要求。

视频挂断后，伍自强瘫坐在椅子上，不舍地看着伍女士的尸体，警察那边的消息也没有传来，而同事也差不多该上班了，他不可能永远都守候在她的身边，即使那真的是他的妈妈。忽然，一个不太礼貌的念头敲击了伍自强的脑袋，可是，真要动手时，他又怯懦了。时间即将到八点半，同事准备要到单位了。到了该决断的时候了，伍自强顾不了那么多，他向伍女士鞠了一个躬，虔诚地道歉着："对不起，失礼了，伍女士，我没有更好的办法了。"说完后，他的手抖动着，想去拔下几根头发来，他的手实在没有力气去冒犯伍女士，仿佛拔下来的不是伍女士的头发，而是他的肌肤。可是，剪头发之类的方法又会干扰检验DNA的准确性。伍自强终于斗不过自己的寻亲愿望，他向伍女士跪了下来，叩了三个头。单位的楼下依稀出现人声了，伍自强惦估着同事即将来到停尸间，他拿出莫大的勇气，终于拔下几根带着毛囊的头发，迅速塞进准备好的小信封里面。

当伍自强刚把信封塞进口袋的时候，同事推开门了，疑惑地问道："哟，自强，是你呀，你昨晚没有回家吗？"伍自强故作镇定，缓缓地回答："是呀，你们来了，我就放心了，这位伍女士的案情好像有疑点，我要明天才上班，今天就劳烦你们保存好她的遗体了。"同事一听到案情有疑点就认真询问起来了："这样子呀，有哪些疑点呢？我拿笔记下来。"伍自强又一次感觉到自己不会说谎了，这谎话他没有能力再编下去，就连忙敷衍着："具体我也不知道呢，是警察告诉我的。不说了，我还有事，先走了。"说完，他一溜烟地跑了，不给同事留下深问的机会。

"逃"出自己单位后，伍自强立马去了一家专业亲子鉴定机构。他没有想太多，交完费、照实留下自己家庭的地址，快速扯下自己的头发，小心地交出伍女士的头发信封。做完与伍女士的亲子鉴定后，来不及等待结果，他就匆匆忙忙回家了。

在回家的公交车上，伍自强托着下巴，迷茫地看着窗外的景色，却是一脑子混乱的思绪。忽然，他接到了警察的来电："伍法医，我们联系上了伍女士的户籍派出所了，她不到十岁就离开窟南县，一直在外漂泊。"伍自强一听就急了，打断了警察的话："你的意思是，她不到十岁离开了窟南县，然后就再也没有回去过？"警察很肯定地回答："是的。"此时的伍自强失望透顶，如果伍女士成年期间基本上没在窟南县，那么她应该就不是伍自强的亲生母亲了，而伍自强很肯定自己就是在窟南县出生，有父母最后的字条为证。伍自强哀叹了，是自己病急乱投医，一听到有一个村民说他和伍女士长得像，就匆忙地把伍女士认成自己的母亲，然后混混沌沌地替别人做了一晚的"守灵孝子"，还打扰伍女士的遗体了，他感到自责。自己昨晚做的梦，应该就是他自己为母亲遗弃他造成的过错而找到最温暖的解释了吧。他扇了自己一巴掌，又想着：那么，我的亲生父母如今会在何方呢？是否还活着呢？他又陷入了无休止的沉思中。

公交车继续晃动地行驶中，离他座位的不远处，有一个老奶奶正教导着孩子："春节刚过几天，你怎么可以说一些不吉利的话呢？赶紧说'大吉大利'，元宵之前你都要继续说吉祥的话！……"伍自强猛然想起自己口袋还存有伍女士剩余的头发，他本来还想带回家做纪念的，他甚至还想好，如何和陆灵姗好好沟通，让她愿意接受他的"宝物"。看来，一切都白忙活了。

伍自强回到自己家门口，并没有开门而入的打算。在收到警察电话前，他本来已经想好怎么和陆灵姗解释的，现在，他又觉得没有必要多说啥，反而把这些事都说出来嘛，弄不好还搞得妻儿睡不好呢。想好了以后，他就假装什么事都没有发生过，带着笑容进屋子了。

刚开始的时候，家里人也没有看出伍自强有什么破绽，直至，陆灵姗收拾伍自强的大衣时掏出了一张几千元的收据，而且还是一个DNA鉴定机构发出的。陆灵姗当场就呆了，她疑惑着：

伍自强怎么了？为什么他自己掏了几千元做DNA鉴定呢？难道，他怀疑伍愉悦不是他的亲生儿子？

陆灵姗瞬间感到很沉重，她想：自己和伍自强夫妻多年，偶尔会有一些争吵，但感觉整体上夫妻俩还是挺恩爱的，他怎么会这样怀疑我出轨呢？可是，铁证如山，伍自强就是验DNA了，要是直接问他，他会怎么回答？他会说真话呢，还是编一个经不起考验的理由呢？陆灵姗心神不宁。她的目光不知不觉移到一家三口的合照，她又想着：万一确实只是她误解了，却搞得和伍自强大吵大闹，那该怎么收场？陆灵姗感觉头痛了，她选择了先沉默，找机会与伍自强沟通。

陆灵姗走出了房门后一看，就看出了端倪，伍自强和儿子玩的时候显得心不在焉，他不时发着呆，又不时划着手机。陆灵姗看在眼里，急在心里，她终究还是没控制不住自己，怒气冲冲地走到伍自强面前，压低音量对伍自强说："你跟我进来一下房间。"伍自强有些错愕，但还是跟着她进入房间。

陆灵姗面有愠色，示意伍自强坐在她的旁边，然后审问道："你有什么东西瞒着我的吗？"伍自强犹豫了，妻子往日对他"专和死人打交道"虽然没有直接挑剔，但是时间久了他也看出陆灵姗颇有不悦的。更别说这两天，他为了那么一个不切实际的理由，花了半个月的工资验DNA，还干了那么多的傻事。这些傻事他哪能说得出口？他便支支吾吾着，就是说不出话。陆灵姗看着他遮遮掩掩的样子，就咬定他干了亏心事。她拿出了DNA鉴定的收费单据甩到桌子上，质问着他："这个DNA鉴定你怎么解释？你平时生活抠抠搜搜的，吃个五十元的便当都心疼个半天，这下怎么大大方方掏出几千元来做鉴定，而且还是亲子鉴定！"陆灵姗越说越激动,她的手大力拍在桌子上,激动地说:"你是不是不相信我?"伍自强没想到自己因为羞愧而没有说出来的东西,会让陆灵姗联想到可怕的家庭危机。伍自强连忙解释道:"灵姗,不是你想的那样子,是我验一个死者和我的亲子鉴定。"陆灵姗将信将疑地看着他,问着:"真的?"伍自强掏出了手机,解锁后直接向陆灵姗展示着,还说:"你看,我刚刚收到鉴定机构发来的结果通知,我和她不是亲子关系。"

陆灵姗认真地比对着DNA鉴定收据的序号等信息,看着看着,她的脸色由恼怒转为羞愧,她温和地道歉了:"对不起啦,你该不会生我的气吧?"伍自强憨厚地苦笑,回答着:"我怎么会生你的气呢,我昨天一开始就没有和你好好说说,只是我自己在瞎猜,要是你在的话,说不定我就不会干那么多无意义的事了。"陆灵姗正想着说伍自强是没事找事的时候,她突然注意到丈夫的神情是多么哀伤,在她印象中丈夫平时都是一副坚强的样子,很少那么落寞过,她的心立马就软下来了。陆灵姗搭着丈夫的手,问:"你是不是很想念你的亲生父母?"伍自强哽咽了一下,说不出话,只是点点头。陆灵姗站了起来,把坐着的伍自强抱入怀中,她隐隐约约感觉到伍自强的眼泪顺着脸庞滑落。她轻轻地抚摸着他,就像是抚摸着伍愉悦一样,却说不出一句话。都老夫老妻了,语言有时候是苍白无力的,远不如一个拥抱来得直接。

房外的两个老人刚才还听到陆灵姗大声斥责伍自强,也多多少少偷听到一些对话,这下似乎是和平解决了,一时间,他们心里是乐中有忧。这些小争吵很快就平息,也没有影响到谁,在戚郁霞看来是家里的琐碎小事,她已经见怪不怪了。但是陆之彦却不这么看,他习惯了平静,有一丁点儿争吵他都觉得是"千里之堤,溃于蚁穴"。陆之彦实在坐不住了,他把戚郁霞拉到一个角落,偷偷地问她:"他们俩之前一直都这么小吵的吗?"戚郁霞一边回忆着,一边说着:"没有呀,小愉悦刚出生的时候,我就搬来和他们住,当时他们两人很合力的,不知道怎么的,最近反而就容易吵了起来。"陆之彦不是得过且过的人,他向老伴求策着:"总不能让他们俩老是这样小吵下去吧,你有什么办法吗?"戚郁霞摇摇头,斜视着他,慢悠悠地说着:"没有!大家都是过来人了,夫妻间有些争执不都是很正常的嘛。"陆之彦挠了挠头发,还是放心不下,他换了个角度询问戚郁霞:"那他们什么时候最团结呢?"戚郁霞闭上眼神想了想,一个个暖心的场面涌现在她的记忆之中,她的脸色渐渐转为阳光,慢慢地睁开眼睛,说道:"是小愉悦刚出生的时候,那时候,他们俩特别合拍,简直就是左右手搭配!"陆之彦总算看到希望了,嘴上嘟囔着:"孩子出生的时候,孩子出生的时候……"

  晚上,把伍愉悦哄睡觉后,陆灵姗心里还是牵挂着白天发生的事,她转身看了看伍自强,他闭上了眼睛,不知道是真睡着了呢,还是闭目思索呢?陆灵姗知道自己不善言辞,而且孩子也睡着了,就不方便发出声响了。遇上不好说出口的话,陆灵姗会选择用聊天软件发出,她拟好少许文字再配上表情,就发到伍自强的手机了:自强,你今天会不会生我的气?

  实际上,伍自强确实是没睡着,他的手机屏幕亮了一下后,他就立刻拿起手机看了看,然后回复着:生什么气,连我自己都觉得做了傻事。

  陆灵姗安慰,她飞快地打好字,发送出:如果你真的遇上你的亲生父母,你会怎么做?

伍自强有些茫然了,想了一会儿后,才回复:真不敢想象,相遇的那一刻……

陆灵姗也理解了,她不得不承认,换作是她,她也不知道自己该怎么办。

第二天上班后,伍自强恭恭敬敬地处理了伍女士的遗体,把她正式移交给殡仪馆。虽然她不是他的母亲,但是没有亲人为伍女士送行,伍自强本着对生命的敬畏,一如他处理过的一切遗体一样,给予她生命应授有的尊严。不,是如亲人一般的对待,伍自强这次向单位请假,腾出时间为伍女士办妥一切后事。伍自强为她上了三炷香,祈祷着:尊敬的伍女士,但愿你失散的儿子能尽快得到你的消息,把你的骨灰带回家!

走出殡仪馆门口的时候,他慢慢睁开眼睛,看着漫山遍野的墓碑,满心惆怅。即使他见证过太多的非正常死亡,但是这情景还是让他感悟着:生命的意义何在?

陆灵姗是少子市小有名气的妇产科医生,一号难求,孕妇们热切盼望着陆灵姗大开金口:"放心吧,你肚子里面的宝宝很健康!"

这一天上班,陆灵姗的小脸紧绷着。昨天夜里,伍自强又在外加班,伍愉悦不断缠着戚郁霞闹腾着要吃零食,甚至瘫在地上撒泼,不管陆灵姗怎么劝导,伍愉悦就是找最软的戚郁霞讨要零食。陆灵姗的耐心被耗尽了,她把伍愉悦带进房间里隔开妈妈,不再让妈妈继续"放水"给儿子,然后任其哭闹。然而,伍愉悦越闹越大,最后撕烂了陆灵姗的一张奖状。虽然陆灵姗拿过的奖状堆积如山，但是陆灵姗对每一张奖状都视如珍宝。陆灵姗迅速涨红了脸，狠狠地教训了他一晚，而副作用就是她自己也把气堵在心里，整晚都想着把不听话的儿子重新塞进肚子里！直到第二天，陆灵姗依旧心情不畅。

陆灵姗上班不久，一个不速之客来到陆灵姗处看诊，她叫林之华，第一次慕名前来挂陆灵姗的号。当她进入陆灵姗诊室的时候，陆灵姗怔住了，林之华一头偏棕色的短发，戴着墨镜，背着豪华的包包，穿着昂贵的商务装，修长的身材还踩着孕妇平日里不怎么穿的高跟鞋。那一只高挺的鼻子最不愿意的是呼吸着庸俗的空气，涂上了西柚色口红的嘴唇无须开口，就能让人停下来聆听她的教导。只可惜岁月不饶人，她脸上的肌肤不再紧致了，近看就知道她有些年纪。最引人注意的是她身后站着一位年轻女性，穿着比林之华低配一些的商务套装，恭恭敬敬的样子，应该是她的秘书？这样的排场和装束，即使林之华想低调一点，也难以掩盖她出众的气质，一看就知道是一位不愿意在公众场合露脸的大人物。

好家伙，陆灵姗还是第一次看见带着秘书来看诊的。陆灵姗上下打量了林之华，心里无形中有了几分压力，她还记得，上一位这么干练的病人还反过来向她讲解着病菌的详细分类，听得她都不好意思说自己是医生。如陆灵姗所料，林之华一开口就让陆灵姗压力颇大，她用恭维的口气说道："陆大夫，我早就听说您是这里最厉害的妇产科医生，救过无数的产妇。今天一看果然气质极佳，我还听说您非常有医德……"这是陆灵姗第一次听到如此奉承的话语，她立马提高警觉，谨慎地回答着："林女士，不用抬举我了，照顾好每一个病人是我们的本分工作。"林之华并没有随之平静下来,她摘下墨镜,展示出犀利的眼神,继续吹捧着陆灵姗:"对对对,现在像陆大夫这样谦虚的医生真的不多了,能让您给我们看诊,这是我们孕妇的福气。"陆灵姗听着就感觉林之华把她当领导来恭维了,她有点不耐烦地说了一句:"我们能直接看诊吗?后面还有很多孕妇等着的。"林之华诡异地笑了笑,她用心地观察着陆灵姗的表情,然后,这么说话:"我是第一次当妈妈,很多规矩都不懂,也只是问过几个朋友,她们说给医生的红包需要那么多,你看够不够?"她一边说着一边示意秘书翻开包包,看样子是想掏出红包给陆灵姗。陆灵姗接触过很多类似的病人,她熟练地压着秘书的手,一本正经地说道:"请你放心,我们医院是真的不收病人的私下好处,我们对每一位孕妇都是竭诚服务的。"陆灵姗的话打消了林之华的部分疑虑,林之华示意秘书停止,并道歉赔笑。对于林之华来说,她接触到的世界都是这样的人,一手交钱一手利益交换,突然碰到陆灵姗规规矩矩做事的,她反而有点不习惯了。

三人坐了下来,秘书熟练地拿出了本子,就像是做会议记录一样,这严谨的样子看起来就是不愿意放过任何一丝的细节。陆灵姗按部就班地开始了林之华的初次怀孕检查,说道:"林女士,你的丈夫呢?第一次孕检最好由他来陪同吧。"林之华是有备而来,她从一叠材料中间抽出了一些资料,拿给陆灵姗,那是关于林之华单亲人工受孕的。陆灵姗认真地翻看着,惊奇地问:"你,没有丈夫?"林之华带着几分的自豪说着:"没有,我到现在还是未婚。"陆灵姗有些不相信自己的眼睛了,四十几岁的女人、未婚、人工受孕,她考虑过她以后会面临什么样的困境吗?陆灵姗疑惑地看着林之华,完全看不出她有那么一丝的不自信。陆灵姗心中不禁为她的"迷之自信"捏了一把汗,心里默念着:没养过孩子的,真不知道养育一个孩子有多难。

林之华接听了一个电话,大家都停了下来。林之华平缓地回复了对方几句话后,突然猛地讽刺了对方:"早点听你说?我要是早点听你说,我早就考上哈佛耶鲁了!"然后,林之华挂断了电话,自言自语着:"最烦就是马后炮精!"

林之华见陆灵姗停了下来,还满心担忧的样子,她就说了:"陆大夫,不用担心,我连一个上千人的公司都管得过来,养育一个孩子实在没有什么大不了的。"林之华的秘书知趣地附和着:"是呀,林总把公司上下治理得条条有序,生育一个孩子的,哪有那么难。"陆灵姗心里纳闷了,想着:装,你继续装,又一个装腔作势的大小姐,养育孩子可是个大工程。

看着林之华的档案资料,陆灵姗突然意识到一个重大的问题:"你知道高龄产妇是很危险的吗?"林之华谨慎地点点头,一边观察着陆灵姗的脸色,一边说着:"我在做人工受孕的时候听医生说过,但是,这是我慎重考虑过的,我愿意冒这个风险。只要孩子是健康的,我就一定把他生下来。"陆灵姗被点醒了,既然孩子已经怀上了,她只能本着产科医生的天职,好好辅佐林之华生育出健康的孩子,打消孕妇的焦虑,免得影响林之华怀孕的心情。陆灵姗便和林之华交代怀孕的注意事项:"怀孕呢,一定要照顾好自己的身体,控制好自己的情绪……"林之华一边听着一边点头,一副很镇定的样子,看来她提前做好功课了,应该是做好了准备,陆灵姗放心了很多。

当陆灵姗提到要减少工作量的时候,林之华貌似有些不悦。陆灵姗就停了下来问她:"有什么问题吗?"林之华闪烁其词:

"没什么。"然后,林之华一副失落的样子,说了奇奇怪怪的外语,陆灵姗听着就蒙了,问:"你刚才说什么,塞拉威?"林之华得意地笑了笑:"那是法语,意思是'这就是生活'。法国人喜欢用这个短语来鼓励自己面对无可奈何的事情。"陆灵姗意识到,要一个女强人完全扔下生意、专心生孩子,可能是有点残酷吧。

陆灵姗跳过了工作问题,转移到另外一个话题:"还有一个注意事项,家里最好不要有小宠物,特别是猫。"听到这里,林之华的眼睛突然睁大,她摸着陆灵姗的手,陆灵姗诧异,这么成熟稳重的女士怎么会做出这样的动作呢?林之华似乎在哀求着陆灵姗:"医生,为什么不能养猫呢?"陆灵姗听出了弦外之音,林之华一定在养猫,而且是特别亲密的关系,她劝告着林之华,眼神中吐出了关怀:"林女士,猫是弓形虫的最终宿主,一旦感染上了弓形虫,后果很严重的。我们是真心为你和宝宝好。"林之华呼吸变得急促了,她焦急地问:"那,有别的补救办法吗?"陆灵姗无奈地摇摇头,她感觉林之华一定会阳奉阴违,继续养着小猫的。陆灵姗明白,自己除了苦口婆心地劝告林之华外,也无他法,毕竟,医生不是执法者,不能强制孕妇不做什么。

当陆灵姗停下来的时候,林之华却从她的包包里拿出一个小本本,连珠炮式向陆灵姗发问:"怀孕期间要多吃什么东西""听什么类型的音乐比较好""去哪儿做胎教好"……陆灵姗和颜悦色地告知她,现在互联网可以百度百科,了解更全面的信息。

陆灵姗看了一下时间,林之华一个人坐诊的时间长达五个孕妇的坐诊时间,她连忙岔开林之华的提问:"林女士,后面真的还有很多位准妈妈要看宝宝的情况呢。我下次再回答你的问题吧。"林之华是个聪明人,她微笑着收起自己的小本本,站了起来,如领导总结般答谢着:"今天真的非常感谢陆大夫,下次有机会再请教吧。"林之华一边说着一边伸出了手。陆灵姗疑惑了,不自然地伸过手去和林之华握手,她还惬意地说道:"不好意思,我还是第一次和看诊的孕妇握手,不太习惯。"林之华报之以笑容,简短地寒暄完后便转身离去,陆灵姗目送着她的离开,很快又投入到工作中。

陆灵姗点击"下一位"时,看到还有一大串孕妇需要她坐诊,她咬了咬嘴唇:得抓紧时间了!她看诊的速度是如此之快,让她都忘记了看过什么孕妇,当她看完最后一个孕妇时已经过了下班时间。此时她大脑一片空白,感觉整个人都被掏空了,伸伸懒腰,准备飞奔去吃午饭,再晚点,就错过吃饭时间了。可是,当她一打开门后,门外有一个挺着肚子的孕妇在等着,孕妇身旁的护士无奈地和陆灵姗解释:"陆医生,您今天预约已经满号了,这个孕妇之前并没有预约,说是不会挂号,却一直不愿意走,还必须要挂你的号,你能给她临时加一个号吗?"还没等陆灵姗开口,孕妇郑立敏一脸阴郁、神情憔悴地挡住陆灵姗的前路,一把抱住陆灵姗的手,恳求道:"太好了,终于能见到大医生了,我都等了足足三个小时了,你行行好心给我看看吧。"陆灵姗本已是饥肠辘辘,可是谁让她是医生呢,她向护士挥挥手,吩咐着:"你去给这位女士办理手续吧。女士,你进来坐下,我给你看看。"

郑立敏非常高兴地进房坐下来,陆灵姗打量着她,大约四十岁的样子,看上去怀孕有五六个月了,穿着有些寒酸,没有人陪伴，显得有点孤苦。陆灵姗实在饿得受不了，她从抽屉里拿出快速充饥的巧克力，一边吃着巧克力一边给郑立敏整理着资料，透过余光，她发现郑立敏在咽口水。陆灵姗猛然想起来，郑立敏排了三个小时的队，应该也是没吃饭的吧，好在她平时食物储备丰富，立刻拿出另一盒巧克力给郑立敏，亲切地说着："你怀孕，别饿着，虽然没什么营养，先吃饱再说。"郑立敏确实非常饿，说了一声谢谢后立马连续吃了几块巧克力。陆灵姗看了看她的资料，怜悯地问着她："你叫郑立敏是吧，作为一个准妈妈，下次不要这么排队了，来网上预约吧。"郑立敏脸上有点红了，疑惑地问着："什么叫网上预约？"陆灵姗又打量了一下她，耐心地说："你平时有空问问外面的导医服务台吧。"郑立敏苦情地点了点头。

　　陆灵姗认真对比了郑立敏的资料和她本人的身体状况，实在想不到她现在不足三十岁。突然，陆灵姗眼睛睁大了，把视线从资料转移到郑立敏的肚子上，又过去摸了摸，吃惊地问道："胎儿快八个月了吗？"郑立敏点点头，羞涩地回答："是的，没吃什么好东西，胎儿显得小了吧，我前几年怀着首胎的时候肚子是比现在大的。"陆灵姗继续问："哦，你是第二胎啦，那第一胎是在哪个医院生的？"郑立敏小声地说着："靠村里接生婆给我接生，她前几个月去世了，所以我第二胎只能来医院生了。"

　　陆灵姗有点惊诧，又问："你之前做过的产检资料呢？拿给我看看吧。"郑立敏唯唯诺诺，解释着："我第一胎没做过检查，生下的孩子都那么健康，第二胎也不用了吧，做检查需要挺多钱的。"实际上，去年他们家卖了一批鸡，想着给老二出生时用的，结果因为她丈夫好赌，赌得连再买鸡苗的钱都所剩无几。

听到郑立敏这样的回答，陆灵姗立马意识到她家境贫寒，没钱做检查。陆灵姗只能凭着多年的临床经验，于是，她吩咐郑立敏躺在检查床上。郑立敏把裤角上的鸡毛彻底抖干净，然后才敢躺下。陆灵姗一边检查着，一边痛苦地闻着她身上的异味。陆灵姗快速检查完后，让郑立敏坐回原位。

之后，陆灵姗问起了郑立敏的家庭情况，郑立敏却眼神闪烁，似乎有点不安，结结巴巴地回答："我丈夫在家看着孩子，所以我自己来了。"陆灵姗感到些许怜悯，正当陆灵姗想深问的时候，郑立敏的眼神左右不定，不敢直视她，很明显，郑立敏有难言之隐。陆灵姗隐约感觉到了郑立敏不希望她再问下去，出于尊重不便多问，继续进行例行检查。陆灵姗的愁眉稍微舒展了开来，她开心地对郑立敏说着："嗯，我初步检查到的结果是挺好的，宝宝很健康，就是宝宝偏小，需要多补充营养。"郑立敏听了后原本阴郁的脸色立刻褪去，她点点头，憨厚地重复嘟囔着："那就好，那就好。"

陆灵姗拿出各种孕妇检查的表单和郑立敏详细讲解起来："你之前缺失的检查比较多，我一样一样给你讲，你有空过来做做检查吧，血常规呢，是给你验……"还没等陆灵姗讲完，郑立敏又苦笑了一下，打断了陆灵姗的话："医生，我可以不做那么多检查吗？省下的钱可以给孩子补充很多好吃的。"陆灵姗想想也对，要做这么多的检查，费用不少，她估计是没有缴社保的，怕是她承担不起检查费了。

然而，郑立敏缓了缓后狡黠地问了一个难堪的问题："医生，是不是照B超能够看到宝宝的性别？能看到的话，我就做。"陆灵姗错愕了，营养费、检查费都愿意省，唯独看宝宝性别的钱不想省。陆灵姗也跟着苦笑了，她劝导着郑立敏："做B超的人不是我，而且医院禁止检查性别。我劝你还是别考虑宝宝的性别了，安心养胎吧，心理压力过大，对你和宝宝都不好的。"可是，郑立敏不理会陆灵姗的劝告，继续纠缠着宝宝性别的问题："医生，求你做做好心，我家只是养鸡的，没什么钱，但是非常想要一个男孩。这一胎听村里的老人说应该是个男孩，我老公才让我来医院生的，求你帮我生一个儿子吧。"郑立敏没有留意陆灵姗的表情，她越想越长远，还给陆灵姗描绘了她家以后的远景："我想好了，等他们姐弟都长大了，姐姐负责捡鸡蛋，弟弟负责扛鸡粮……"陆灵姗向来觉得最棘手的就是孕妇纠缠胎儿性别问题。陆灵姗只好对她喊着："大姐，为了给你看诊，我还没有吃午饭呢，你体谅一下行吗？"郑立敏听了，立刻变得老实了，坐在那边一动不动。

随后，陆灵姗把郑立敏的资料录入电脑中，郑立敏把头靠近了她，嘴巴抖动着，艰难地提问了："医、医生，问、问你一个事。"说到这里，郑立敏乖巧地停下来，等着陆灵姗的许可，陆灵姗点了点头。郑立敏鼓起了勇气，问了一个直击陆灵姗灵魂的问题："如果，医生，我说如果呀，如果我生下了这个孩子，我之前犯的产后抑郁病会不会再犯？"陆灵姗额头上的冷汗不知不觉中渗了出来，愣住了，原本在敲着电脑的手指头突然停了下来，心跳在加速地跳动，脑海中涌动着过去惨痛的回忆。

郑立敏见她整个人一动不动，就过去摇动着她的手，呼唤着她："陆医生，你怎么了？"陆灵姗猛眨了几下眼睛，从恍惚中回过神来，匆忙回答道："没啥，就是……那个……你要是之前头胎患过产后抑郁症，到了第二胎还是可能继续患上的，而且可能性挺大的，希望你慎重考虑一下。"郑立敏一脸的疑惑，问道："怎么考虑呢？"陆灵姗长叹了一口气，宝宝都八个月了，米已成炊，当然不能选择流产啦，眼下除了把胎儿生下来，还能有什么好选择呢？陆灵姗向她摆了摆手，作出告别的样子，说道："不用考虑了，多吃点好东西，少动点脑子，让心情开朗一点。你的检查完了，回去好好休息，我也该吃午饭了。"郑立敏知道自己麻烦陆灵姗已经够多了，她连忙退出去了，留下陆灵姗一个人。

陆灵姗闭上眼睛，拳头紧握着，她永远清楚地记着自己生下伍愉悦不久后的心理彷徨，曾经远去的噩梦突然被郑立敏唤醒，那个噩梦里有一个黑衣人总是要拿一把尖刀追杀她和刚出生的伍愉悦。陆灵姗迅速打了自己一巴掌，让自己清醒，让自己赶紧回到现实。那时候的梦境太可怕了，不要再回忆过去了，再也不要了！陆灵姗不敢再想，立刻去吃午饭。

吃完食堂剩饭后，陆灵姗晕晕沉沉，这一早上的动脑过度让她没有兴致做别的东西了，她伏在桌子上很快就睡着了。每当遇上心事，陆灵姗很容易把心事憋在心上，还能很快梦见这些心事。这一次，她模模糊糊地做了这么一个梦：林之华和郑立敏两个孕妇坐在她面前，面无表情地对她说"笔试开始"，陆灵姗不敢怠慢，立即低头做考试题。第一题，如何让林之华安全养猫，而不会感染上弓形虫？陆灵姗的冷汗滴在试卷上，医生怎么能介入孕妇的私生活呢？她赶紧把自己会的全写上去，然后转到第二题，郑立敏分娩时如果生下的是女婴，作为医生该如何安慰产妇？陆灵姗整个人蒙了，正当她冥思苦想之时，两个孕妇一起拉扯陆灵姗的右手，催促着："别停呀，赶紧做呀，这个问题很重要！"

陆灵姗梦醒了，一身冷汗。有些时候，她真的不想再这样高负荷工作下去，一旦自己不小心误诊了，将会对自己和他人留下终身的痛苦。她站了起来，看了看窗外楼下小饭店的老板娘起早贪黑，此刻正一脸笑容地把客人送出店外。人生不易，冷暖自知。既然选择了这个职业，便只能风雨兼程。

每当伍自强和陆灵姗被工作折腾得身心疲惫之时，陆之彦就会成为他们坚强的后盾。可是，伍愉悦觉得他不够亲近，继续缠着外婆。

一天上午，在戚郁霞的怂恿下，陆之彦独自到了附近的公园，尝试着融入少子市的退休生活。只见老年生活丰富多彩，有的在遛鸟，有的在下棋，还有的在打麻将，更多的只是在聊天，反正就是在颐养天年，只是和陆之彦"还想干点大事"的风格大相径庭。他想：我自己还不足六十岁，身体还行，还能为社会好好做一番小贡献，怎么能就这样打发掉宝贵的时间呢？陆之彦在一个角落坐了很久，没有人和他打招呼、聊天之类的，无奈，找不到知音，最终他选择回家看书。

好在，陆之彦桃李满天下，到了少子市后，众多学生不时上门拜访，算是给他的生活带来了新鲜空气。这一天，他迎来了自己最得意的学生——周英致来访。周英致留学日本多年，精耕学术，在学术圈里小有名气。环顾老家周边村庄，能从农村小学深造到国家公费留学的，独有周英致。陆之彦尤其赞赏他的严谨态度、百科全书式的见识，周英致能分门别类地和陆之彦讨论"美国是这么做的""日本是那么做的""欧洲各国的做法和他们有这些区别"……更难能可贵的是，周英致学业、事业双丰收后，对他的恩师陆之彦尤其敬重，经常来看他。这一天，他就特意飞抵少子市会一会老恩师。

这一个平常的下午，周英致进门后，陆之彦飞快地端上了自己珍藏已久的陈年普洱茶。不知道从哪一天开始，有人向陆之彦推荐了普洱茶，他喝了以后感觉肠胃好了不少，从此他便改喝普洱茶。这让细心的周英致感到有点意外，在他的记忆中年轻时的陆之彦是独尊红茶的，他手上拿着的见面礼正是红茶。

两人一坐下，周英致就关心起陆之彦的退休生活。陆之彦小哀叹了一下，他一开始还想着掩饰一下自己的窘境。不过，看着周英致真诚的眼神，陆之彦喝了一口普洱茶后，把玩着茶杯，如实地回答："普洱茶是越陈越香，人不见得越老越好。唉，生活嘛，就是这么一回事。我现在才感觉到，在家里和在学校真的很不一样，说实话，我是不太适应。"说到这里，陆之彦感觉自己埋怨得有点过了，他便转移话题，"对了，日本的老人退休后过着什么样的生活呢？"

周英致看出陆之彦的黯然失色，不过他还是如实向恩师讲述日本老人的"潇洒"生活："日本老人都不带小孩，让年轻妈妈专职在家照顾小孩，自己年过七十还在继续工作。"陆之彦想着自己还是被"提前退休"的，心里确有不甘，他摇了摇头，感叹着："是呀，要是我在日本，呵呵。"陆之彦调整了心情，避开了不现实的假设，继续问着，"那些老人都那么敬业，退休后还继续工作呀？"

周英致端起了陆之彦的陈年普洱茶，嗅了嗅茶的陈香，沉思了一下，回答着："不完全是敬业吧。养老金实际上是靠现在上班的年轻人交的，日本少子化持续多年，年轻人越来越少了，他们哪养得起那么多的退休老人呀。日本政府为了让养老金够用，已经把领取退休金的年龄从60岁推后到65岁了，还说以后还要再延后。即使这样，老人领到的退休金也不是太多，生活马马虎虎，更不够自己生大病用的，于是很多老人就被迫工作了。"陆之彦这就不解了，焦急地问："日本不是挺富裕的吗？养老金比我多好几倍，怎么养老金会不够用呢？"

周英致感触地回答道："够不够用，除了看钱有多少外，还得看买的东西有多贵。过去几十年，日本人都顾着上班拼搏，不怎么生小孩。年轻人少了，工作特别好找，企业必须花更多的钱吸引年轻人，年轻人的工资也就不低了。当老人需要年轻人提供服务时，那就再多钱也不够花了。"陆之彦听了后感觉有点不祥，还没有等他思考太多，周英致继续讲述着日本老龄化的怪现状："陆校长，你能想象得到吗？国内的房子在被人疯狂争抢，我邻居却把房子拆了改建成停车场！日本从2015年开始人口就减少了，现在很多地方的房子多到没人住，拆了做停车场反而更划得来……"陆之彦听到如此新奇的骇闻，左手托着下巴，还不时摩擦着下巴，陷入沉思。

两人聊着聊着就慢慢缓了下来，此时的电视节目吸引住了两人的注意力，电视上播放的是纪录片《希特勒婴儿》。原来，从20世纪初开始，德国的出生率就一直在下降，纳粹统治时期决心大幅增加孩子的数量以准备战争，纳粹德国政府推出"生命之源计划"，花大钱招揽纯种雅利安妇女专门给政府生育孩子，生下的孩子归属于政府，日后培养成为雅利安战士。电视上受采访的人无不咒骂这一计划，节目讨论直指这一计划是泯灭人性的。可是，周英致不是这么理解的，他向陆之彦这么提出："陆校长，现在年轻人越来越不愿意生孩子。您说，人类会不会有一天就变成这样，由政府掏钱让年轻人专业生孩子，孩子不属于父母，只从属于政府，目标是为老去的人类劳动干活呢？"

彼时，陆之彦脑子里想起前段时间一个著名电视台的纪录片《代孕者》，里面描述了当今一些国家地区商业代孕妈妈的故事。当时他只是感慨：关于养育的价值的案件，法院每年判过很多，而生殖的价值，还远远没有体现出来。如今，陆之彦没有依据可以否定"替国代孕"的这种可能性，他只是对周英致这么回应着："如果真是那样的话就太可怕了，希望不要有那么一天吧。"

陆之彦不想再继续这个沉重的话题了，他把话题转移到生活上："英致，接下来你有什么打算？在日本娶妻生子？"周英致年纪不小了，成熟稳重的他却突然显得扭捏起来，本是简单的问题，他却闪烁其词。但在陆之彦的注视下，周英致不想骗恩师了，紧接着他说道："我想离开日本了。"周英致回想起自己童年时喜欢吃甜食，青年后喜欢咖啡的苦涩味，那自己中老年后的口味会变成什么样？

陆之彦感慨这个学生的"不按常理出牌"，他回忆起少年时的周英致，成绩和家境都平平，却对他说自己要当留学生。陆之彦鞭策着傲气少年周英致："你真的不知道天高地厚？"而少年周英致并不畏惧校长，回应着："天高，即大气层厚度，约莫是2000多公里；地厚，即地表到地心的距离，大约是6000多公里！"周英致的回答让陆之彦对他另眼相看了，从此，陆之彦破例厚待这位"傲才"。陆之彦揶揄着他："你这个曾经不畏天高地厚的家伙，难道还畏惧日本社会不成？"周英致目光往下移了移，自谦着："少年无畏天高地厚，中年却惧人心之固。日本这种人口极度老龄化的社会，我是真待不下去了。"陆之彦还是第一次看到周英致狂妄不起来，校长都教训不了的穷小子，却被日本社会收拾得服服帖帖。

几天后的一个早上，咸郁霞突然说她腰疼，坚持要和伍愉悦留在家里。而陆之彦在屋子里待够了，只要留在屋子里就不可避免看到外婆对外孙的溺爱，他的奋斗人生观在这里变得孤立无援。他变得喜欢独自外出散步。正想下楼，透过楼梯的窗户，陆之彦看到屋外灰雾蒙蒙的天气，他想起昨晚天气预报说今天的PM2.5浓度会特别高，这样的雾霾天气不适合外出。他自言自语着："也许郁霞坚持不外出是对的。唉，算了，我还是出去走走吧，即使是在外吸着灰尘，也比在家发呆强！"

走出了自家小区后，陆之彦站在往日繁忙的大街上，感觉到处都是灰色的。一眼望去老人居多，还有不少老人牵着小孩在公园玩耍。这样的少子市对陆之彦来说是太震撼了，他还清晰地记得，自己二十多年前第一次到达少子市的时候，这个城市不是这个样子的。那时候的少子市里汽车并没有那么多，路上的年轻人都是骑着自行车忙碌地奔波着，依稀有老人家闲逛。陆之彦不再站着了，走动了起来，他准备按照自己二十多年前首次来到少子市的路线再走一次，要亲眼看一看今天少子市的变化。

陆之彦坐着公交车前往火车站，登上公交车总算能看见年轻人了。不过，陆之彦还是不甚满意，二十多年前的公交车上虽然破破旧旧的，但是挤满了有说有笑的年轻人，那时的他们谈笑风生。而现在坐着的二三十岁年轻人大都低着头玩手机，有一个在看着他，眼神中老练地带上几分提防；还有一个年轻人，聊着电话却套话连篇，看样子是跑业务的人。陆之彦到少子市个把月了，还是不习惯当代城里年轻人的风格。

公交车到了火车站附近，陆之彦对衰败的老火车站多看了几眼，这座火车站在当年可是这座城市的象征，然而近些年有了别的高楼大厦作为标志性建筑，当地人基本上都不提它了，甚至有了高铁站后，这个火车站就越来越少人过来乘车，也就没有好好整修的必要了。于是，它还是老样子，只是在慢慢变老。火车站仍在，落寞和迟暮已是不可避免了。

陆之彦没有在火车站逗留太久，他转到另外一部公交车，这一趟车正好与二十多年前的路线是一模一样的，陆之彦便正式开始了寻找过去的路。车子走动了，陆之彦看着窗外略显陌生的风景，他清晰地记起，自己年轻的时候沿着这条路线参加过几次教育会议，这一条路线曾经是他认识村外世界的窗口。按理说，这路上的大楼、街道应该都是他熟悉的，可是，他真的不知道陌生感为何会产生。突然间，他发现了车窗外有一对情侣好像在街上吵架，周边的人不像二十多年前那样急于劝架，也不像十几年前那样围了一群人在观察，反而，稀疏的人群犹如看破红尘一般，人们冷漠地绕过吵架地点匆忙赶去上班。车子驶远了，一路上不断有人坐车，陆之彦定睛细看，上车的人看上去年纪比他还大，车里的位置突然显得不够坐了。陆之彦左右一看，他的年龄竟然是车里第二年轻的，仅仅比未退休的司机年轻个几岁，他完全没有想到，也许是工作日的原因自己已成为老年人中的年轻人，还需要给更老的老年人让座。陆之彦站起来让座了，而老人则按着他，让他坐下，无须他让座，并说出让他匪夷所思的话："年轻人，我们都习惯了。既然都知道自己身体不好使了，就不乱跑了，大部分时间我都不会坐车的，走走就行了。实在要坐车，我一般就只乘两三个站就下去了。"确实，老人很快就下车了，车上又渐渐空了起来，这时车内的招聘广告就变得格外显眼。陆之彦认真地看了看，这是公交车公司的招聘信息，里面的阿拉伯数字标得特别大，他数了数，一个零、两个零……陆之彦眼睛睁得大大的，公交车司机工资最低的都超过一万了，远超他作为乡村小学校长的收入。陆之彦震惊地随口说了一句："怎么司机的工资那么高！"坐在他旁边的老大爷听到了，搓了搓自己的拐杖，感叹地说着："不是司机工资高，是全社会的年轻劳动力的工资都高！轻松的工作我们也能做，但是对体力要求高的工作，你做不了吧，只能掏钱让年轻人做吧。可惜呀，现在的年轻人不像三十年前那么多咯，喊价一天比一天高呢……"

陆之彦还没来得及听老大爷进一步分析，到站了。这个站是一处小公园，名字没有更改，还是叫作"儿童公园"，今天的儿童公园里只有一些老人在这里闲逛。二十多年前，陆之彦每每在这附近开会、培训的时候，都会抽空来这里闲逛。二十多年过去了，这里的花草树木没有变化太大，至于当年闲逛的儿童、家长以及给儿童游玩的设施，已是不见踪影了。

陆之彦对这里还熟悉着，他直奔一棵大榕树。他摸了摸大榕树，树皮已经干裂了，树枝很多都已折断，没有折断的都被岁月掰得微微有些弯曲了，他下意识地摸了摸自己的腰，人和树还有如此相似的时刻！他抬头看了看树上的树叶，依依稀稀的，和二十多年前的茂密相差太远了。那一年，陆之彦的老领导就是在这棵树下和他促膝长谈，他至今仍清楚地记住老领导语重心长的教导："之彦，我知道你的两个女儿年纪还小，特别需要你经常回家照顾。但是，你的妻子很能干的，她可以替你处理好家庭事务的，孩子也很乖，你一定要相信她们。而现在的你，最重要的是把全部身心投入到教育事业来，你的身后有更多的孩子等着你。"

过了许久，陆之彦才愿意离开这棵大榕树，老领导的话响彻耳旁，他对自己说："自己的青春年华没有白费！自己的心血没有白费！"

陆之彦继续在儿童公园里闲逛着，他清楚地记着在大榕树不远之处的高地是一个凉亭，在那个凉亭里，他曾经和其他热心于教育的同伴们激辩着教育界的种种问题和解决办法，而今那些同伴何在，他们退休了吗？可惜，凉亭被岁月冲刷得面目全非，早先的琉璃多处脱落，露出了斑斑点点。陆之彦摸了摸近几年自己脸上长的斑，老伴总说他是因为操劳过度才长了老人斑，陆之彦疑惑了：莫非这凉亭也是长了老人斑？

陆之彦从凉亭的高点往下一看，树叶沾上了尘土，显得灰白灰白，横放的长椅皱巴巴如皱纹，仿佛整个公园都老化了！

陆之彦站在凉亭发呆，时间变得特别缓慢。直到他身后有几个老人在附近坐下，并聊着："听说这儿童公园里没有儿童了，政府想把它拆了，改建为老年公园。"陆之彦听到这话后，感觉站得腿麻，他才坐下，揉了揉自己的眼睛，细思着自己三十多年的教育生涯。沉思了很久，他不得不承认现实：他给自己的谎言实在支撑不下去了，他的青春年华已过。

太可怕了，陆之彦不愿意再往下想了，匆匆忙忙回家了。

这一天的"老年之旅"让他忧心忡忡，当晚陆之彦就做了一个梦：梦境之中，伍愉悦那一代的地球人都嫌生孩子麻烦、烧钱，漫长的育儿时间也会影响到工作，几乎没有年轻人生育孩子了，而伍愉悦已经到了退休的年龄。伍愉悦生病后被迫去医院找医生看病，而给他看病的医生早已白发苍苍，老医生的手抖动着给伍愉悦看诊。出了医院后，伍愉悦一不留神摔倒在路上，路上经过的老年人拄着拐杖尝试着扶他起来，却没有力气把他扶起来，伍愉悦即使喊着愿意掏出一个月的养老金求助、让年轻人扶他起来，仍然没有人回应。终于，一个较年轻的人被附近的老年人拦下了，他却出言鄙视着在场的老年人："我不干，前面有更老的老人必须花更大的钱雇我干活呢。"老年人摇摇头，又拦下了一个年轻人，这个年轻人走到伍愉悦面前说得更加触目惊心："我收了你的钱后，我怎么把这钱花出去呢？等我老了，连年轻人都找不到了，收钱的人没有了，我只会比你更惨！"

陆之彦惊醒，睡不下去了，他坐了起来，透过依稀的晨光，他看着房间上的时钟，秒针在不断转动着，时间久了，这世界会真的变成那个样子吗？他心里默哀着：没有年轻人的接续，钱也没有花出去的地方。到那个时候，钱，就是废纸，钱是不可靠的。人，才是最可靠的。

陆之彦起床了，他给家人做起了早餐。这在往常是不可能的，大家都感到很震惊，都不太好意思深问，只是低头吃着早餐。陆之彦环视了家人，他已然感觉到了：这个家缺乏朝气！这个家不能再死气沉沉下去了，必须给家里增添新成员。

陆之彦想起除夕夜自己提起二胎而引起的自讨没趣，不过，这为难不了陆校长，陆之彦觉得集体聊不行就各个击破！他一个接一个扫视着家人，心里盘算着如何开口：首先是坐在旁边的伍愉悦吧，哎，完全不懂孩子的心思，以后慢慢让他改变心意吧。下一个是伍自强了，嗯，和伍自强虽然同住一个家，但完全摸不透他在想啥，而且他是一个特别敏感的孩子，弄不好还会刺痛他的心，对付他要从长计议。到陆灵姗了，家中老幺，年幼时特别受到戚郁霞的溺爱，高傲而懦弱，能读书却不懂事，最麻烦的是陆灵姗特别不听他的劝导，放到后面吧。最后一个就是老伴戚郁霞了，她也许会和我一个阵营，那就先从老伴戚郁霞入手！

早餐过后，陆之彦把《子孙满堂图》挂在房间里。戚郁霞看着他挂图以明志，并没有吭声，若无其事地捶打了自己的老腰。

2

春节过后不久,伍愉悦的好朋友黄庭满开始上幼儿园了,伍自强和陆灵姗工作太忙,以至无暇顾及家庭,孩子伍愉悦的娱乐活动本就屈指可数,现在只剩下两个老人带着他到楼下公园玩了。

这些日子,陆之彦变得"小奇怪"起来,他总是很用心地观察着戚郁霞,与他一起生活多年的老伴怎么能看不出一些蛛丝马迹来呢?两人带着伍愉悦在小公园堆沙子玩耍,戚郁霞趁着间隙直接就问陆之彦:"你最近在打什么坏主意呢?"陆之彦当然不会简简单单地承认,那会坏了大事的,于是,他遮掩笑着说:"怎么能说我打什么坏主意呢?我在你的眼中有那么不堪吗?"戚郁霞注视着老伴的神情,试探着说道:"该不会,除夕夜的时候,我说了你几句,你就怀恨在心吧?"

实际上,陆之彦除夕夜时被戚郁霞讽刺为"不当家"后,当时心里多多少少有一些烦躁的,好在他很快就释怀了,并没有记在心上。反倒是戚郁霞总是觉得老伴一直在生气,她见老伴没有回答她的疑问,便尝试着开解老伴:"之彦,我说那话时没有特别的意思,你就别把这个事放在心上。哎,现在的家庭呀,越分越小,老人家在家庭里不像过去那么厉害了⋯⋯"陆之彦揉了揉自己的太阳穴，慢悠悠地说："你是带着答案来问问题的，我回答不了你的反问句。"

就在这个时候，有一个跛脚的老乞丐来到他们跟前乞讨。戚郁霞用手往外推了推，斥责着乞丐："走，快走。我是不会掏钱给你的。"陆之彦则从口袋中掏出零钱，递给了乞丐，引得老乞丐不断答谢后一瘸一拐地离开了。戚郁霞鄙视着老伴，说道："你在农村待太久了，不知道城里面的乞丐基本上都是假乞丐，他们就是骗钱的团伙。我亲眼看过这些跛脚的乞丐下班后，就伸直了双腿，大摇大摆去吃晚饭了！"陆之彦并不生气，还是慢悠悠地回答："你可以认为我是自愿被骗的。跛脚老乞丐，即使骗到钱，私下生活也必定很惨。换作是你，做假乞丐收入那么高，你会干这个吗？"

戚郁霞被老伴说得惭愧了，她想解释着："之彦，城市里的人套路多，不要太相信别人……"戚郁霞城市前、城市后的，听得陆之彦都烦了，他打断了戚郁霞的话："别城市、农村的，不要疑神疑鬼，不要把别人都当作坏人啦！以前，你可不是这样子的。以前，你愿意相信别人，朋友也多。现在，整天就我们两个人，朋友呢？"戚郁霞无法正面与陆之彦辩驳，她小声地嘟囔着："城市人都是这样子的呀。"陆之彦无法忍受了，他提高了音量："孤独可能是城市化过程的阵痛，但不会是城市化的结果。你们就只相信机器，就不愿意相信人，你知道最后的结果只能是'无缘死'吗？"

戚郁霞本是理亏，现在和陆之彦更是没法再聊天了，她转身坐在公园的长椅上，望着天空，任由他说些什么，准备着"左耳进、右耳出"。陆之彦察觉到自己说得有些过火了，他调整了自己的语气,平缓地说了说他和周英致聊天时聊到远方的新奇事,把"无缘死"的日本新现象描述得栩栩如生。戚郁霞渐渐地对陆之彦的谈话感兴趣了,丈夫毕竟是见过大世面的人,他具体想些什么东西,戚郁霞又实在是猜不透。戚郁霞和这个"大教育家"在一起时,有时候感觉自己在不知不觉的聊天中"被和平演变"了。戚郁霞突然提高了警觉,联想到陆之彦在除夕夜晚饭上最后提议的事情就是二胎,她一本正经地问道:"你,是不是想让我给他们夫妇做二胎的思想工作呀?"

陆之彦听了笑而不答,这老伴跟了他那么多年了,多多少少还是了解他的想法的。陆之彦扭扭捏捏的样子立马让戚郁霞断定了她的猜测,她绷紧了脸说:"我反对!你看看,我们两个老人带一个伍愉悦都累得不行?你还想再来一个二胎?不行,我这一关就过不去!"陆之彦让戚郁霞转头看着伍愉悦,然后不慌不忙地说着:"你看,小愉悦也大了,该上幼儿园了,到时候我们闲着的时候就能再带一个二胎。"戚郁霞愁眉苦脸地回应着:"老头,我的腰是真不行了,我是没有精力再带一个小孩了。"

陆之彦有些着急了,他往日最不满意的就是戚郁霞太宠伍愉悦了,他严肃地说道:"你没啥大问题,问题在于你太宠孩子了,孩子都大了,你老是抱上抱下的,能不腰疼吗?"戚郁霞被击中心中的软肋了,她坚决回击着:"你站着说话不腰疼,平时什么事都不干,还老是想着指挥。"陆之彦不愿意被这么说,他辩论道:"你还好意思说自己曾经是人民教师,你说,照顾小孩能这么照顾吗?溺爱不等于爱。"戚郁霞辩解着:"小愉悦现在只是幼儿,还不是学生,连幼儿园的孩子都不是,不能这么严厉地对待他。等到他上了小学,我就不会这么宠他了。"她越说越小声，底气不足严重影响了她的争辩力。

陆之彦是老教师了，他知道家庭教育的至关重要性。他极力劝导着老伴："不行的，你不是经常和别人说一个俗语'三岁定八十，七岁看终身'吗？我们现在就是要从三岁开始教育孙子。抛开现在，大谈以后就是空谈！"戚郁霞明白这里面的利害，只是一直下不了决心。她推脱着："知道了，我平常不也有教导孩子吗？"陆之彦和她聊了那么久，见她始终没有要改变的意思，便义正词严地说："你是在教导孩子，还是在被孩子教导呀？如果不能引导孩子怎么做、怎么想，那需要监护人来干什么？……"戚郁霞不断被戳中心窝了，她不再辩驳什么，只是坐在那里生闷气。

气氛稍微有些僵化了，而彼时，伍愉悦也玩够了，他一如既往地缠着戚郁霞要抱抱。陆之彦把他拦住了，语重心长地对他："你看看你有多胖，都三十多斤了，大宝宝，外婆的体力可没有那么好，听话，乖，自己走路。"

伍愉悦并不理会陆之彦，他绕开了陆之彦，跳起来扑到戚郁霞的身上。戚郁霞自然也是乐于接受伍愉悦。可是，她严重低估了伍愉悦跳跃的冲击力，在她接住伍愉悦的那一瞬间，重心不稳，往后倒地，一屁股坐到地上。这一记重重的倒地让她感到难以忍受的疼痛，腰部仿佛被撕裂一般，她反射性地号叫着："啊……"然后，她渐渐地瘫在地上，腰杆难以直起来，可是，她从头到尾都是抱着伍愉悦的，生怕他摔在地上，然而，这三十多斤的身子压在戚郁霞身上，让她更加不好受。

被戚郁霞紧紧抱在怀中的伍愉悦知道自己闯祸了，他立即站起来，不敢再压着她，他哭泣着拉扯戚郁霞的衣服祈求外婆好起来。陆之彦知道大事不好了,他连忙走到戚郁霞的身旁问着:"你感觉怎么样?我打电话叫急救车好吗?"戚郁霞是彻底扭伤了老腰,她疼痛得说不出话,表情痛苦地抖动着干枯的手。陆之彦本想抱起戚郁霞跑到附近医院的,可惜他体力大不如从前,尝试了一下后立刻放弃了,改为打电话叫了一辆救护车,随后便打电话询问着陆灵姗该如何急救。

陆灵姗嘱咐着爸爸别再尝试搬动母亲,让戚郁霞躺好,耐心等待专业的医生前来救护。陆灵姗一遍又一遍叮嘱着陆之彦冷静。陆灵姗焦急不已,她很希望现在就能放下工作去看护妈妈,可惜她是医生,门外还有很多的孕妇需要她看诊。

恰巧这时候,来陆灵姗这里看诊的正是第二次前来检查的林之华,安静地等着陆灵姗恢复平静。没过多久,陆灵姗透过电话听到救护车已到,悬着的心放了下来,重新看诊起来,说:"这位病人,你的情况还算不错……"林之华今天没有带手下过来,她稍微不屑地说道:"陆大夫,在医院里面,孕妇算是病人吗?"陆灵姗突然间感觉到心虚了,只怪自己刚才分心了,自己这些年来特别注意对孕妇的用词,一般不会用"病人""患者"称呼看诊的孕妇,这次分心了。她赔笑说着:"对不起,是有些时候说习惯了,哎,感觉身体健康还要来医院检查的也就只剩下孕妇了,刚有家事需要处理,望体谅。"

林之华便没有纠缠这个问题,她心里面还装有其他问题,她就顺势提问了:"是不是高龄怀孕不好?"陆灵姗印象中的林之华是一个很强势的女人,上次她还气势高昂地说出自己高龄人工受孕的事,搞不懂她今天怎么就变得迷茫起来了。陆灵姗小心地回答着:"是不好,生小孩还是年轻一些好。不过,既然怀上了就安心养胎吧,别想太多,孕期动脑过多,对你不好。"林之华还是不放心,挪了挪椅子,往前靠近了陆灵姗,问道:"听说高龄产妇怀出的孩子容易成为畸形的吧?如果是这样,那怎么办?"

陆灵姗身体往前倾了倾,也靠近了她,一字一句地说着:"相对而已,对于全体产妇来说比例还不算太高,你们后期还有B超检查,不用担心。"这时,林之华终于说出自己心底的不安:"前几天,和我一起做人工受孕的朋友,照B超检查出婴儿是畸形,最近准备要去流产了。"从林之华不安的眼神中,陆灵姗看出了她的担忧。陆灵姗绽开了笑容,安慰着她:"你不用太担心,目前看来,孩子很健康,接下去几个月会逐项筛查孩子有没有遗传病、是不是畸形之类的……"陆灵姗说话的时候观察到林之华脸上的愁眉不展,陆灵姗突然灵机一动,接着说道:"你要相信,他是你的孩子,他一定会像你那么强大的,能出什么事呢!"林之华终于笑了。不过,有医生这么安慰她,这倒还是头一回,林之华对陆灵姗的好感大为上升。

戚郁霞受伤不久,救护车赶到了。她躺在送往医院的救护车上,伍愉悦满眼是眼泪,紧紧地握着外婆的手,口中不停地道歉着。陆之彦向来是温文尔雅的,可这一次他终于忍不住了,提高了音量:"让外婆安静养病!"伍愉悦从来没有见过外公生那么大的气,他蜷缩到戚郁霞的手边,不敢再吭声了。戚郁霞稍微用力握紧了伍愉悦的小手,给予他心理上的安慰。

过了一会儿,陆之彦恢复了平静,他感到自己有些过火了,便和伍愉悦讲起道理来:"小愉悦该懂得尊老了,尊老是中华民族的传统美德……"面对陆之彦的"喋喋不休",伍愉悦实在理解不了什么意思,但他还是乖乖地听着。

在一旁看守的急救医师也加入到说教孩子的队列来,他讲:"老人看小孩嘛,我经常碰到把小孩子弄受伤的;年纪大的老人呢,把自己弄受伤的也有。但是,五十多岁的阿姨就被孩子弄受伤,还要出动救护车的,我的确是头一次见到。小鬼,你别太顽皮了!你外婆可是经不起你这样瞎闹。"戚郁霞稍稍侧身面向医师,自己就感到腰疼不已,她竭力为孩子辩护着:"这不关他的事,是我自己没有注意好自己的身体而已。"医师看不下去了,对戚郁霞说着:"阿姨,你别怪我们外人多嘴。我一看就知道是你平时宠孩子宠的。五十多岁的年纪,身体应该很好才对,你却弄成这个样子了,还不好说这次要多久的时间来恢复。"

陆之彦劝说着老伴:"你看,连医生都看得出来是你在宠小孩,我都说了你多少次了,你平时怎么就不听呢。现在弄成这个样子了……"戚郁霞只是听着,没办法辩驳啥,也没有接受批评的样子。

陆灵姗虽然不能亲自前往看护妈妈,但是伍自强一听到岳母进医院,便向单位请了假放下手中的工作赶往医院。进入病房后,他立刻让伍愉悦道歉,并打着伍愉悦的手掌,惩罚完孩子后让他到一个角落罚站。戚郁霞躺在病床上,她向伍自强招了招手,示意女婿停止惩罚孩子,劝说道:"好了,自强,小愉悦知错了,外公已经责备过他,他反省过了。我也刚刚检查完,身体没有什么大碍的,就是要躺在病床上休养几天。"伍自强点点头,岳母都"下令"了,当着她的面,伍自强打算再责备儿子几句就消停一下。

伍自强教育着儿子的时候，转头看了看一声不吭的陆之彦，他脸上明显有一股恼怒的气息。伍自强立马就心虚了，仿佛岳父大人在无声责备着："看看你平时是如何管教儿子的！"其实，伍自强是过虑了，自从上次伍自强处理完伍女士的事件后，一家人都知道伍自强自小缺乏家庭温暖，都把伍自强当成"保护对象"。

戚郁霞见大家该说的说完了，她才发出了微弱的声音："自强，接下去几天里，我是带不了小愉悦了，你们看怎么处理吧。"伍自强听了后感觉挺不好意思的，辛苦两位老人了，伍自强连忙告诉岳母不用担心孩子的事，他们俩保证会妥善处理好的。

这时，陆灵姗的姐姐陆伊姗就在病房的门口听着他们的聊天，她心里有点不舒服了，她的直觉就是：妈妈给伍自强当"杨白劳"了。怎么可以这样对待我？对于我的孩子严东，妈妈几乎就没怎么带过，对伍愉悦却那么上心。妹妹的儿子是个宝，我的儿子就是根草吗？绝对不能父母对两姐妹这么厚此薄彼！

于是，陆伊姗略带愤懑，走进了他们的病房，简单打完招呼后，她对戚郁霞说："妈，你平时太操劳了。据我看，要不，你去我那里住一段时间休养一下吧。"伍自强没有考虑太多的家事，他只是从戚郁霞的身体健康出发，以事论事着："大姐，没必要吧，你看妈的身体都这样了，她的腰需要长期休养，不方便走远门了吧。"陆伊姗恼怒的对象正是他，她大声斥责道："自强，我读书读得少，也只是个开小饭店的，懂得不多。但我知道腰部长期损伤是什么意思，如果不改变一下，妈是不是要继续损伤下去呢？在少子市住得再久，总没有在老家住得久吧，爸妈在老家还有大房子呢,你家再豪华也比不上在自家过得舒服吧。"伍自强本来就自知理亏,被大姨子这么一说,他脸都红了。

戚郁霞听出陆伊姗有怪责伍自强没有照顾好自己的味道,她不但腰疼,还感到头疼,连忙否认着:"我没有操劳,只是一时的不小心而已,没事的,我在这边住几年都没事,说明真的没啥事。接下去,我的身体肯定好不到哪里去,如果搬来搬去的,身体才容易整垮,就这样住着吧,就这样就挺好的。"陆伊姗必然不会轻易退缩,她打出了亲情牌,乞求着:"妈,你就回老家住一段时间吧,我家东东想你了。"戚郁霞微笑着婉拒:"东东都已经开学了,而且还有爷爷奶奶在,不需要我过去帮忙了。我还是留在这里照看小愉悦咯,他没有人带,等东东放暑假时我再过去看看他吧。"

陆伊姗的哀求并不奏效,可是,一声不吭的陆之彦突然打破沉默了:"老伴呀,我看,我们两个还是回老家,和伊姗他们住一段时间吧。伊姗和严雄开饭店的,照顾你吃饭是没问题的了,也不用你干什么,你就去养养身子吧。我们也该回去一趟看看东东,打理一下家里的花花草草。"

戚郁霞见陆之彦说的那么坚决,而自己的腰确实还在隐隐作痛,要想几天之后就好起来,看来是不太现实的了。既然她都不能像上一阶段那么带伍愉悦了,她便不吭声了,点点头,顺了老伴。

伍愉悦却耍泼起来,哭闹着叫喊:"不要啊,我想外婆。"陆之彦并不打算亲自收拾伍愉悦,望了一眼伍自强,显然就是让伍自强看好自己的孩子。伍自强明白老丈人的意思了,他当即道歉并把伍愉悦抱到外面去讲道理了。

伍愉悦刚被带到一处空旷地方，他就问伍自强了："爸爸，外公是不是不喜欢我？"其实伍自强心里也觉得陆之彦多多少少对伍愉悦有点意见，但伍自强想保护孩子的情感："没有呀，你怎么可以这么看呢，外公还是很疼你的……"他一边说着，一边心里想着：自己是不是哪里怠慢了岳父？要不岳父没住多久就想回去呢？这下，伍自强无法向陆灵姗交代了。

安静的病房里，戚郁霞心疼起伍愉悦来了，她找了个借口支走陆伊姗后，责怪起陆之彦来了："你干啥呢，整得好像不喜欢这个外孙一样。"陆之彦把椅子搬近，心平气和地和她聊起来："不是我不喜欢他，而是我看出来了，你和小愉悦是必须要隔开一段时间来。说实话，整个家里就你最宠小愉悦，所以他特别黏你，他开什么条件，你都照做，这样是不行的！孩子是需要教育，不能溺爱。"道理戚郁霞都懂，女儿陆灵姗往日也劝她别那么宠伍愉悦，可是，她只要一见到伍愉悦，就是下不了狠心拒绝伍愉悦的任何要求。她索性闷气地反问着陆之彦："你是校长，能开除不听话的小学生，但是外孙能开除吗？"陆之彦眉头一紧又慢慢放开，见她"中毒"太深，他便示意她不要多说，且听他分晓。陆之彦理了理思路后，语重心长地说了开来："孩子、外孙都大了，他们该独立了，他们也有能力解决自己的问题，你要相信自强他们，别给自己太大压力，好好养伤，养好伤后再谈别的，行吗？"事已至此，戚郁霞只能同意了，她转头看着窗外，若有所思。

等到伍自强回来的时候，戚郁霞率先问他了："自强，接下来你们打算怎么带小愉悦呢？"伍自强其实真的没有考虑好这个问题，他闪烁其词："应该就是我和灵姗两个人轮流请假来看他吧。我也带他去幼儿园看看合不合适,要是合适了,就让他提前上幼儿园。"戚郁霞微叹了一口气,说道:"自强,我刚才想了想,我的教育方式应该是有点问题,让他上幼儿园也好,他该长大了。"说罢,她伸了伸手,摸了摸伍愉悦的小额头,温情地说着:"小愉悦,外婆要离开一段时间了,你要乖乖的,好不好?"伍愉悦不太懂是什么意思,但是刚刚父亲用糖果"贿赂"了一下他,并且哄着他今晚还有更多的糖果,他就没有闹了。伍愉悦还是有些不舍地抓住了外婆的手,语音不准地说着:"外婆,你要对自己好好的。"

陆之彦满意地点点头,既然大家都同意他们回老家了,他就分配起任务来了:"那就这么定下来了,自强,你先回去和灵姗商量怎么照顾小愉悦,必要时就让小愉悦先上幼儿园。伊姗今晚留在这里看护妈妈,我回去收拾东西,等郁霞一出院就让严雄直接开车过来接回去!"

陆灵姗在回家的路上看到了伍自强的留言,得知母亲要回老家了,她非常不舍得,不过,她能理解老人的难处。陆灵姗唯有在回家的路上通过姐姐和戚郁霞视频聊天,以缓解自己对母亲的愧疚。

陆灵姗回到家后,看到了在房间收拾物品的父亲,欲言又止,呆呆地站在过道上。陆之彦注意到她了,问:"怎么了?"陆灵姗低声问着:"你,要回去了?"陆之彦眼睁睁地看着她,一时间才想到自己好像有些忽略了小女儿的感受,他招呼陆灵姗坐到他旁边,打算好好和她聊聊。他看到陆灵姗脸上的不悦,就问:"你会不会生我的气?"陆灵姗摇摇头,嘟囔着:"没有。"陆之彦那么熟悉女儿,怎么能看不出女儿的心思呢,他靠近女儿,说道:"我也知道,要是只有你们俩带着小愉悦,会碰上不少麻烦的,会很辛苦的。但是,请你相信爸爸,爸爸和你妈妈回乡下住一段时间是对的。这个过程会有点艰难,但时间久了,你会察觉到这是对的。"陆灵姗小时候习惯了父亲"对的""正确的"之类的教导用语,现在再重新听着感觉很刺耳,她什么话都不说,只是想着自己和伍自强该怎么协调休假来带伍愉悦。

陆之彦感叹着:"我们两个是不是从来就没有这样好好地聊过?"陆灵姗点点头。陆之彦尴尬地笑了:"是呀,是不是我平时太严厉了?"陆灵姗也看着父亲两鬓的白发说着:"不算严厉吧,但是你呢,要么平时见不到你,要么你就是一个人坐在一边想东西,我们没有机会和你聊些什么的。"陆之彦想了一会儿,感觉是有这么一回事,自己与两个女儿平常沟通得少。他又问陆灵姗了:"灵姗啊,这些年,你觉得,我对你们姐妹的教育有什么想法?"陆灵姗看着父亲专注的表情,鼓起勇气说了下面的话:"我知道你很用心,但是你都没有听别人的心声,没有考虑我们的情感,感觉就是把我们当士兵,一上来就是命令和执行。"陆之彦点了点头,又是一副若有所思的样子。

接下去两人就这样坐着,想不到有什么话题。几分钟后,陆灵姗站了起来,说:"这些也不是什么大不了的事情,咱们家本来就不是话痨的人家,我知道你是关心我的。好了,我去做点东西啦,有需要帮忙的喊我吧。"陆之彦微笑着,目送着她离开。

晚上十点,陆灵姗和伍自强哄伍愉悦入睡后,两人商量着下一步的打算。陆灵姗感觉如泰山压顶般的煎熬，不断发问："妈妈不能带小愉悦了，我们该怎么办呀？"伍自强也甚是头疼，只怪他们夫妇平时太依赖岳母了，他咬咬牙，说着："就算妈妈腰养好了，也不能再让她这么宠着小愉悦了。长痛不如短痛，只能看看能不能插班进幼儿园了。我明天刚好休假，我带愉悦去黄广耀儿子的那个幼儿园看看吧，他们那个幼儿园收费那么高，应该会把孩子看得好好的吧。"陆灵姗纵然有万般的不舍和不放心，可她也没有其他办法了，就默认了丈夫的做法。她摸了摸伍愉悦的额头，小声地说了一声："儿子，妈妈没办法带着你上班了，你到幼儿园后要乖乖的……"说话的时候，她的脑海中闪现了儿子可能在幼儿园的多种不幸遭遇，她说不出口，只是继续抚摸着儿子。

第二天一大早，戚郁霞如常在太阳升起之前就自然醒了，她自言自语了一句："嗯，今天该给小愉悦做什么早餐呢？"很快，她就发现不对劲了，自己的腰动不了，天花板也不是自己家里的，她猛然想起自己躺在医院。戚郁霞忽然间想到大女儿就在身旁，她低声唤着："伊姗，伊姗。"没有得到任何的回复，戚郁霞再转头看一看，她确认了陆伊姗在她旁边静静地睡着，这让她心里踏实了不少，大女儿没有听到她早晨的偏心之言实在太好了。戚郁霞看着陆伊姗，心里默念着："对不起了，大女儿，你家里有公公婆婆，我带着大外孙严东的时候，心里总是有些梗的，总是会想他爷爷奶奶会不会不喜欢我这么做；小愉悦没有爷爷奶奶，我带着他不用考虑太多东西，我感觉很自然。请你相信妈妈，我，内心里真的不是那么偏心的。"

伍自强的卧室里窗帘遮得很严密,阳光透不进来。时间到了七点,闹钟猛烈地叫唤了起来,熟睡的伍自强被闹钟烦得不行了,要是平时岳母在,他还在美妙的睡梦中。没办法,伍自强只能爬起床来,他看着伍愉悦还在睡懒觉,那可爱的样子让他有些于心不忍了,然而,他昨晚已经约好了黄广耀,要带伍愉悦一起去黄庭满的幼儿园看一看的,再不起床就要耽误了时间。伍自强摇了摇儿子,轻轻地唤醒伍愉悦:"儿子,今天早上爸爸带你去找庭满哥哥玩,好吗?"伍愉悦睡眼惺忪的,但是一听到能找黄庭满玩,揉了揉眼睛,打了个哈欠,伸了伸懒腰,然后高兴地说:"好呀,爸爸,他家的玩具可多了,我上次还没玩够。"听着儿子天真的话语,伍自强为骗着儿子而感到小小的内疚了,他强颜欢笑地回答着:"这次不是去他家,而是去一个更好玩的地方!"伍愉悦眼睛睁得大大的,他十分憧憬着父亲口中更好玩的地方。

换上衣服后,伍愉悦跟着父亲兜兜转转的,终于来到了一处陌生的地方——贴满了可爱画像的大房子。在黄广耀的牵线下,伍自强和伍愉悦得以用"试读一天"的身份进了幼儿园。小悦看到周边很多比他大一点的孩子进入了这个大房子,门口还有带着阳光笑容的叔叔阿姨。伍自强抬头看了看幼儿园的招牌,"愉乐幼儿园",伍自强点点头,这幼儿园的名字有点意思,应该会是伍愉悦的乐园吧。

突然间,伍愉悦跑开了,伍自强一惊,想去追着儿子的,不过,他定睛一看后立马松了一口气,原来是他看到黄庭满来上学了。黄庭满也很乐意和伍愉悦一起玩,不一会儿,两个孩子牵着手慢悠悠地朝幼儿园走来。伍自强看着黄庭满牵着伍愉悦往自己的班级走了,温柔的大姐姐老师不时逗了逗伍愉悦,伍愉悦挺开心的,伍愉悦在好奇和新鲜之中享受着幼儿园之旅。伍自强心里不禁沾沾自喜起来:不枉自己对这一天设计得这么周到。

然而,到了班级后,伍自强设计的"剧本"跑偏了。伍愉悦看到了班级里面的新玩具立刻去玩了,可是班里的大孩子却不愿意,大孩子走过去让伍愉悦放开,说那是他们的玩具。老师看着不对劲了,不断劝说大孩子要接纳小弟弟,要学会分享。

伍自强挠了挠头,想着转移伍愉悦的注意力,把他带到屋外的滑梯玩。于是,伍愉悦暂时在滑梯独自愉快地玩耍着,伍自强呆呆地站在旁边,他开始怀疑着自己做的决策,脑子里不断想起戚郁霞很早之前的劝告:"孩子太小上幼儿园呀,就是不行,离开了亲人就哭得哇哇的呀……"伍自强叹息了,就在这时候,黄广耀从他的后面出现,拍了拍他的肩膀,说道:"不用担心,庭满刚入学的时候还要再小一点呢,现在不也适应了吗?刚开始,孩子们是会有摩擦,是有些不习惯的了,相处一段时间就会成了好朋友的。"

伍自强转头看着自信满满的黄广耀,好奇地问了:"庭满上幼儿园的时候也不满三周岁吧,按道理,应该是上托儿所,而不是幼儿园的呀,你怎么会放他来幼儿园呢?"黄广耀微笑着说:"他那时候入学是两岁十个月,也差不多了,我也不想隔两个月再把他调入幼儿园,麻烦。另外,我埋伏得早呀,早早就在家里提前训练他入园了,这样他入园的时候就适应得特别快了。愉悦呀,是外婆带的,什么东西都心疼他,他就无法长大了。你要知道,孩子总有一天要到外面的世界的。"伍自强想想孩子总要学着自己长大,成长的过程就是破茧成蝶。

很快，幼儿园的早餐开餐了，伍愉悦坐在黄庭满的旁边，黄庭满和坐在另一端的同学有说有笑地吃着，而伍愉悦却对着早餐发呆。伍自强催促着他："你等什么呢，吃呀，这粥看起来多好吃。"伍愉悦索然无味说着："我想吃汤粉，外婆做的汤粉好吃。"伍自强听着就来气了，自己三岁的时候什么好吃的都吃不到，现在儿子竟然作孽成这样！伍自强当即拉着他就走了，准备回家收拾儿子一顿。

老朋友黄广耀是太熟悉伍自强了，伍自强是个勤快细心、以身作则的爸爸，但不是一个懂教育的爸爸。黄广耀要出手帮帮老朋友了，他很快就追上了伍自强，让伍自强到他家里慢慢聊。恰巧，伍自强直到现在还没有到过黄广耀的新家，听说他新家就在附近，伍自强就冒昧去见识一下"为了孩子上幼儿园近一些而孟母三迁"的黄家新宅。

当黄家大门打开的时候，伍自强当场就震惊了：他们家比以前大多了，还专门为孩子划出了一片游玩区。伍自强对黄广耀赞叹了："你小子这么有钱了？住大房，还给孩子上那么贵的幼儿园。"黄广耀笑了笑，他先招呼伍愉悦去孩子游玩区自由玩耍，然后从钟婕婷那里接过小女儿小粉粉，抱到自己怀里，接着他才坐下来和伍自强聊一聊："哈哈，你别以为我什么东西都不干，我只是专注于干一些爸爸才能干的事。"黄广耀话音刚落，小粉粉就被爸爸粗犷的声音闹醒，接着就哭了起来。伍自强觉得他还挺自大的，就挖苦他道："爸爸就是坐在家里写写新闻，弄哭小女儿的吗？"说完，伍自强接过小粉粉来，拍了拍后背，很快，小粉粉又继续睡了。

黄广耀压低了自己的音量，漫谈了起来："说归说，笑归笑,咱们是好兄弟就说个心里话。我可没有怠慢自家孩子哦,只是家庭角色分工不一样而已。家庭的分工是必要的,分工才能提高效率。像我妈妈和老婆会照顾孩子,那我就专门给孩子做教育规划。搬到新家就是我坚持弄的,你看,这个幼儿园可以就近入学,而且这里的学区都是好小学、好初中,社区氛围也好……"伍自强听着就心动了,他们家里确实没有人考虑这些长远的事情,每天得过且过。伍自强便专注地听了起来,心里面做起了笔记。黄广耀突然顿了顿,他一边端详着伍自强的反应,一边小心翼翼地说着:"你啊,和家里的女人一样,专干一些小事,这样对孩子也不好,你看伍愉悦对你们是不是特别依赖,也不懂得和别的小孩怎么相处。黄庭满就不会了,我会要求他做好自己的事情,不麻烦家人……"伍自强疑惑了:陆之彦干的事更像黄广耀口中"爸爸该干的事。"

黄广耀见伍自强没有明显的反应,他把伍愉悦唤到自己的跟前,拉开抽屉拿出一把糖果,和伍愉悦玩了起来:"小愉悦,这里有几个糖果?"伍愉悦摇摇头,想不出个结果。黄广耀笑称:"你要是能数得出总数来,我就奖励你一个。"伍愉悦听到这里眼睛就发亮了,自己立刻数了起来,一、二、三、五……不对,重数,一、二、三、四……黄广耀转头和伍自强说了:"你看,教育是可以这么简单的。授之以鱼不如授之以渔。平时你们不要直接给他糖果吃,要像这样,有好的表现时再奖励他。这样,他一来不会饭来伸手,二来还能学到东西或者养成好的生活习惯……"伍自强看着听着,不由自主地点起头来。

过了许久,伍自强问了黄广耀一个很深刻的问题:"广耀,你对孩子考虑得那么深,你想过大概什么时候该让孩子完全独立吗?"黄广耀怡然自得地回答道:"你是说教育的终点吧。我想过了,等孩子哪一天能靠自己的双手养活自己,我就能彻底退出了。"就在这个时候,伍愉悦艰难地弄懂了糖果的数量,从黄广耀那里分到了一颗糖果,而伍自强也终于明白了自己该干什么事了。

当天晚上,伍自强和陆灵姗讲述着入读幼儿园有多么必要,然而,伍愉悦却跑到妈妈的面前哭诉着:"妈妈,幼儿园不好玩,吃的东西也不好吃。"听着儿子嗲嗲的声音,伍自强却分外坚定,严肃地教训着儿子:"幼儿园的饭菜都是正儿八经的营养菜,肯定不好吃。你在家老是想吃零食,这样对身体不好。不行,你就是要去幼儿园,让老师管管你!"伍愉悦虽然听不懂其中大约的意思,但能察觉到是不好的东西,他便扑入陆灵姗的怀里哭了起来,抽泣地说着:"妈妈,不要,我怕。"陆灵姗每当听到儿子的哭泣,再硬的心也融化了,她蹲下来抱着儿子,温柔地说着:"乖儿子,别怕,有妈妈在,你在这里玩着吧,妈妈和爸爸进房间聊一聊。"说完她放开伍愉悦,示意伍自强进房间"谈判",推销着她的雇用保姆方案。

两夫妇在房间里越讨论越大声,全然失去共识。而客厅里的伍愉悦并不爱管父母的"闲事",他瞄上了桌子上的奶酪棒,白天里伍自强就是不肯给他吃,刚好现在伍自强不在了,伍愉悦就打着它的主意。伍愉悦想伸手去抓奶酪棒的,可他还是够不着。几番轮回后,还是吃不到奶酪棒,他生气了,拿起身旁的硬物敲了敲桌子来发泄,把玻璃桌一个角落的玻璃敲了下来,玻璃散落一地。伍愉悦这下慌了,他意识到爸妈肯定会责怪他的,他想找个角落躲起来了,可是,没走几步,他就疼得大叫了,小脚被玻璃碎片扎出了血。伍自强和陆灵姗听到儿子的叫唤，立刻停止"开火"，走到客厅后两人都震惊了，两人便慌忙收拾着残局。

陆灵姗给儿子拔出玻璃屑、消毒伤口，惹得伍愉悦疼得哇哇叫，还扯着陆灵姗的衣角擦眼泪。伍自强清理着玻璃屑和血迹，儿子的叫声让他心疼又心烦，他对着儿子喊了一声，伍愉悦很少见到父亲生气，吓得缩了起来。

伍自强下定决心了，对陆灵姗说出罕见的硬话："少看几眼就这样子了，你该承认我们的教育出问题了吧。爸爸说不定就是知道会出这样的问题，才带妈妈走的，逼着我们把他送幼儿园！过几天他就三周岁生日了，够三周岁就算是正常入读幼儿园了，到时候就让他插班、上幼儿园，不用再商量了！"伍自强可能尚未意识到自己很少讲过那么硬气的话，而陆灵姗已是板着脸，她了解自己的父亲陆之彦，知道伍自强的推测应该是八九不离十了，陆之彦就是有意让孩子戒掉依赖才出走的。此时，陆灵姗再溺爱儿子也是独木难支了，她妥协了，低声说着："你想怎么样就怎么样吧。"

深夜，陆灵姗回想起了自己给伍愉悦戒掉母乳的那些日子，当时伍愉悦死活不喝牛奶，就是要找妈妈喝母乳。戚郁霞劝着自己请了不少假期，继续陪着伍愉悦喂奶，直到伍自强的强力介入和自己的无力支撑，才去上班。不过，那一次伍愉悦闹腾了几天后，终于完成戒奶了，最终的结果确实是美好的。

陆灵姗回想到这里，便理解了伍自强、陆之彦的安排，成年人不可能围着孩子转，孩子总是需要逐渐学会独立。她能做的就是接下去的几天里陪好儿子，让孩子在这几天里尽快喜欢上幼儿园。她请足了假期,又带着儿子来了一趟幼儿园。此时,幼儿园开学已经过了整一个月,陆灵姗看到大部分孩子都很适应,孩子们一到幼儿园都会立刻找到自己的玩伴,只有伍愉悦一直抱着妈妈,不舍得离开。这一次,连黄庭满都懒得带上伍愉悦玩了。陆灵姗心疼之余不断鼓励着伍愉悦:"小愉悦,不用怕的,去和同学玩吧。妈不走远,就在这附近。"伍愉悦什么话都不说,就是紧紧抱着妈妈。幼儿园的老师笑嘻嘻地安抚着陆灵姗:"这位妈妈,很多孩子都是这样子的,你就相信我们吧,把孩子放下就好。"然而,陆灵姗终究还是不忍心强行放下伍愉悦,于是,她就陪着伍愉悦上了一天的课。

下午放学的时候,陆灵姗本想着赶紧回家做饭的,伍愉悦却硬拖着她要跟黄庭满去他家玩,陆灵姗实在忍不住了,她揪了揪他的耳朵。伍愉悦疼得哇哇叫,挣脱后他直接抱住前来接儿子的黄广耀的大腿,还大吵大闹起来,引来了众多家长的围观,陆灵姗这下只好投降了。

出了幼儿园的大门,陆灵姗看到钟婕婷,她推着睡篮中的小粉粉等待着黄家父子。陆灵姗此时郁闷得都快要哭出来了,诉苦着:"婷婷,今晚要打扰你们了,这个兔崽子非要去你们家玩。"钟婕婷微笑着,欢迎着她:"咱们两家的关系都铁成这样了,你还客气啥。"听到这句话,陆灵姗心里稍微暖和了一点,说着:"这孩子的性格就像我小时候,软绵绵的,做个什么事都非要依赖着大人!我却没有我妈当时的硬气。"黄广耀揭穿她了:"当时你家条件不行,你妈宠不起你呀,现在条件好了,你妈和你就宠你的公子咯。"黄广耀的话让陆灵姗苦笑了。

他们迈出了前往黄宅的脚步,大家一边走一边聊着。钟婕婷娓娓道来:"灵儿,孩子刚来到人世间的时候都是一样的,由于父母的影响和孩子所在的环境不同,才有了不同的性格。"陆灵姗听不大懂她的弦外之音,反而继续诉苦着:"我好羡慕你,有一个那么乖巧的儿子,小愉悦今天可把我整惨了……"陆灵姗各种吐槽,还没等她停下来,钟婕婷就转身打断了她:"哼哼,灵儿,我的儿子也不乖巧,我们平时经常惩罚他的。你是不是太宠孩子了,对孩子没有原则。"陆灵姗被戳中痛点了,伍自强和她说过很多遍她都听不进去,可是外人都看不下去了,她就要好好反思了。她问着钟婕婷:"那,你当时是怎么做到的呢?"

钟婕婷瞟了她一眼,一针见血说道:"他进幼儿园时我刚生下小粉粉,小的都快要顾不上了,还有什么条件可以让他耍赖的。我看你就是孩子太少,还能宠,你赶紧生一个吧,有两个孩子的时候,你想宠,都宠不起来啦!"陆灵姗郁闷了,她把视线放在黄庭满身上,发现有风吹来的时候,黄庭满会主动给妹妹盖好被子,她心里也想着:要是伍愉悦也有弟弟妹妹的,他会不会也这么有责任心呢?

没过几天,戚郁霞出院了,她的腰伤并没有痊愈,后腰还是有些疼,不过,走动是没有问题的。

大女婿严雄如约专门开车来接他们回老家。离开病房时,戚郁霞心里有些放不下,她想专门找伍愉悦道别的,陆之彦却拦着她,劝说道:"小愉悦在幼儿园适应了些日子呢,你昨天不是已经和他视频聊过天了吗?还有什么不放心的,另外一个外孙也在等着你呢,你好久没有摸过他呢,赶紧吧。"戚郁霞连忙转头看着陆伊姗的表情,果然,陆伊姗正在盯着自己。伍愉悦出生后,戚郁霞基本上就是围着伍愉悦转,还没有回过老家,不管陆伊姗怎么邀请她回去,结果都只是陆伊姗带着严东到少子市找外婆。这下,戚郁霞躲不过去了,碍于情面,她只好当着大女儿和大女婿的面说:"也对,我也很久没见过东东了,我们走吧。"戚郁霞就这样登上了大女婿的车子,被他们"挟持"回老家。

这部车子是一部小货车,戚郁霞一进入车内就嗅到了一阵异味,她吸了几口气,感觉越闻越不对劲,她问大家:"这车子味道不对呀,你们闻到了吗?"其他人都使劲地嗅了嗅,都说没有问题。最先察觉出问题的是陆之彦,他之前偶尔坐过严雄的车,闻到了杂七杂八的蔬菜味,他便懂得:严雄的小货车是购菜车,难免车上有难闻的菜味。可是戚郁霞这几年没坐过它,陆之彦不好责怪戚郁霞不懂情面。陆之彦极力掩饰着:"你要是觉得车里不通风,就开点窗户吧。"戚郁霞立刻打开车窗,呼吸着外面的新鲜空气,然而,当她的手打开车窗的同时,她发现她的手上有红色的渍,她惊呼了:"啊?我的手出血了!出血了,你们看,我座位旁边还留了不少血!"戚郁霞看着周边红色的渍,惊慌了起来。

坐在戚郁霞旁边的陆伊姗抓起妈妈的手一闻,陆伊姗似乎想通了,她压住怒火,急促地呼吸了几口空气,方才缓慢地说出:"那是番茄渍而已,不好意思,我们每天只顾着做生意,没时间好好洗车子,让番茄渣沾到你的手了。还有,你刚才说的味道不对,应该是说车里的菜味吧。我做姐姐的没用,不能像妹妹那样,能给你坐豪华无味的车子,你将就一下吧。"戚郁霞突然发觉自己无意中挑起了陆伊姗和严雄最敏感的心结了,她连忙打圆场:"嘿嘿,我真的不是这个意思,伊姗,你也知道妈妈是大公无私的,你们都是我的孩子,我对你和对她都是一样的……"陆伊姗缓了缓,她清楚自己生活的窘境是自己造成的,戚郁霞绝对不会有意讽刺她,她才收起板着的脸,与戚郁霞聊起家乡的事来。有了陆伊姗的陪玩,戚郁霞渐渐地感到腰不疼了。

一路上,陆伊姗当着戚郁霞的"导游",不断和母亲讲解着这三年来老家建了什么宏伟的建筑物,发生过什么轰轰烈烈的大事件。戚郁霞看着窗外的景色,感觉也还是老样子。

终于,他们回到了老家的镇上,在刚进入镇上的时候,戚郁霞抬头看了看街道上新做的路标,这横跨马路的大型牌楼,中间赫然写着——民迁镇!这三个字写得是挺气势磅礴的,好像题字的也是个名人,戚郁霞环顾四周看了看,发现穿梭这里的车和人并不多,再有文艺气息的地标也没有人停下来欣赏。渐渐地,戚郁霞发觉到,民迁镇的楼房是越建越好了,不过,基本上都是把旧楼拆了翻新,都见不到单纯的新楼了。

车子路过了菜市场,戚郁霞忽然间觉得自己对这里太陌生了,以前全镇里面最熙熙攘攘的地方现在竟然变得如此冷清了,她就问大女儿:"伊姗,我离开前,菜市场这边,平时不是有很多人的吗?怎么现在卖菜的比买菜的人还多?"陆伊姗一脸阴郁地看着自己的家乡,回答着:"是呀,现在整个镇的人都少了很多,冷清自然是没办法的了。很多人都外出打工了,春节再回家看老人小孩,又或者像灵姗那样一走了之,再也不回来的。"陆伊姗的言语间既有羡慕,又有些醋溜溜。戚郁霞仔细观察着陆伊姗,凹入的眼睛中布了不少血丝,脸上虽然圆润了但更像是虚肿,她心疼起女儿来了,问:"那样的话,你们饭店的生意会受到影响吗?"

大女婿严雄插嘴了："肯定会受影响的啦，但是我们也没办法。自己什么都不会，去上班没人要，去打工又觉得没必要，孩子也小，我父母也要有人在家看着，这饭店是能开一天算一天。这民迁镇呀，原本是工业大镇，不过都是依靠人力的劳动密集型工厂，过去大家都想迁进来，曾经红火过一段时间。现在年轻人少了、贵了，镇里都吸引不到年轻人了，搞得工厂倒闭、田地荒芜，大家都想着迁出去。最近还听说镇里想改为'乡'，好申请上面的扶贫资金，靠扶贫款来撑日子……"陆伊姗在严雄说话的间隙中哀叹了一句："唉，日子不好过呀。"

民迁镇不大，没过多久，车子就停下了，停到了他们"老家"的门口，那也是陆伊姗家饭店的旁边。当年，陆伊姗出嫁不久，陆灵姗也准备毕业外出工作，为了和陆伊姗一家有照应，戚郁霞力主在她婆家的旁边新建这么一栋小房子来养老，房子一建好，她忍受着来往村子和镇的长远通勤距离，坚决搬了进来。村里的繁荣小学一放学，她就立刻回到家里看看伊姗和小外孙严东。本来戚郁霞和陆之彦还计划好从繁荣小学退休后就在这里颐养天年的，奈何三年前陆灵姗一句"我没人帮忙带小孩，妈，你过来帮我看看小愉悦"，然后，戚郁霞就在帮陆灵姗看孩子。现在这栋小房子还维护得挺好，戚郁霞看着自己的小房子勾起了很多回忆。

戚郁霞又转头看了看陆伊姗的饭店，和三年前差不多的样子，只是稍显残破。"严记饭店"，这四字招牌还是一如既往的干净硕大，也许，在这样的小镇，没有家族全员的鼎力支撑，这样的小饭店早就有了关门的理由了。

不一会儿，戚郁霞看出问题来了：以往饭店还没到饭点，饭店的工人就要忙碌着饭前准备工序之类的，现在这个时间点严记饭店竟然关门了，这不太寻常。戚郁霞问了："伊姗，怎么你们饭店没有工人的呢？之前的工人去哪儿了？"陆伊姗绷着苦脸，低声嘟囔着："没有那么多活儿，不需要请人干，自己干就可以了。现在我们一个工人都没有，都是自己家人上，省钱！"戚郁霞从她的语气当中了解到她的无奈，戚郁霞知道自己不该再问下去了。

　　车门打开以后，戚郁霞把行李留给老伴，自己家也不回，就赶紧去看大外孙严东了。走到陆伊姗的家门口了，戚郁霞突然间就犹豫了，毕竟三年没见面了，两手空空的，感觉不太好。戚郁霞尽力回忆着过去严东喜欢吃的零食，然后快步走到邻居的小卖部。她刚进小卖部就被老邻居认出来了："哟，那不就是霞姐吗？终于回来啦？"戚郁霞在少子市住了三年，邻居意识薄弱了许多，她本来是当作来逛逛小店、买点东西的，结果老邻居走近了她，亲密地拍了拍她，酸酸地说着："怎么啦，在大城市待久了就忘记了我们啦？"戚郁霞意识到是自己失礼了，她竭力恢复着小城镇熟人社会的老样子，也热情了起来，笑呵呵地回复着："怎么会呢，就我太久没回来，两手空空的，不好意思上你家门而已。"店主摸了摸她的皮肤，惊讶地说着："哇，你们大城市人是怎么保养皮肤的？几年没见，皮肤白了很多！你们是不是在大城市里都吃着什么补品，整得皮肤那么好！"戚郁霞这下不知道该怎么回答了，自己感觉不到皮肤有什么变化，但是乡亲看上去确实是偏黑偏粗糙一点，她傻笑着、推辞道："不会呀，你的皮肤也挺好的。"戚郁霞推托着要赶紧看到外孙，她放下了钱，买了一些糖果就匆忙离去了。

严家的房子不大，一楼和二楼都用来开饭店，三楼才是自己住的地方。上楼的时候，戚郁霞气喘吁吁的，自己平时都是坐电梯的，走楼梯这玩意儿是很久没碰了，再加上还有腰伤，让戚郁霞倍感吃力。不过没关系，很快就能见到亲家和外孙了，戚郁霞提起精神走完最后的阶梯。

好不容易攀上了三楼，戚郁霞抖擞了精神，打开了严家的房门。见到他们一家人的时候，严东正在和爷爷奶奶看着动画片。爷爷奶奶连忙让严东招呼外婆。可是，严东连站都没有站起来，只是直白地看着她，喊了她一声"外婆好"，然后回头继续看着电视。戚郁霞哪体会过严东这生疏的样子，她并不死心，举起手中的糖果召唤着严东："东东，你看看这是什么？喜欢不喜欢？"严东看了一眼后，平静地说道："不用了，谢谢。"陆伊姗在戚郁霞身旁低声说："他已经不是小孩子了，这些小孩子食品他已经不喜欢吃了。"戚郁霞听着当场就泄气了。

戚郁霞意想不到的是，爷爷奶奶亲切地向她迎来，嘴巴不断称赞着："啧啧，在大城市保养就是好！比之前在家时显得年轻多了。""留在大城市了，气质都变得高雅了。"戚郁霞哭笑不得，自己都留下腰伤了，还谈什么保养、高雅呢？接下去的聊天中戚郁霞显得很不习惯，亲家总是对比着"大城市"和"家里"的情况，实际上，他们口中的"大城市"多半是对"家里"不如意的地方进行取反。得不到的，总会觉得它是美好的。戚郁霞接不上话，只是附和着或者点点头、听着。

就在这个时候，陆之彦也到达楼上。还没等到陆之彦做出声响，严东就发现了他，严东这下连动画片也不看了，立刻冲向陆之彦，一边跑着一边亲切地呼喊着："外公，我们一起玩，一起玩！"戚郁霞此刻不知道该说啥了，几年前严东可是一直黏着她的，她疑惑着不苟言笑的陆之彦是怎么讨外孙开心的。戚郁霞心里有说不出的痛，看来是自己太久不在，错过了严东的成长，让严东对自己都有怨气了。戚郁霞感到为难了，自己有两个外孙，实在平衡不了，她又想起陆伊姗小时候经常指责她只顾着陪陆灵姗，而陆灵姗也是同样埋怨着妈妈偏心。接下去，严东好像有意要避开戚郁霞一样，无论戚郁霞问他什么，他都只是简短地回应，没有真诚回答的样子。

两对亲家没有闲聚多久，准备饭店夜市的时间点到了，严家便全家总动员，全体为夜市开饭的准备工作各忙各的，严东也参与其中，把饭店的桌椅都擦了个遍。戚郁霞本想着一起帮忙的，却被亲家拦下了，说他们夫妇是贵宾，让他们到一旁休息。于是，她和陆之彦孤零零地留在严家三楼看电视，等待着严家饭店准备的晚饭大餐。

趁着间隙，戚郁霞问陆之彦："老伴，你明白事理一些，你说，我是不是偏心于灵姗，让伊姗和东东对我有意见？"陆之彦端详着老伴，别有用心地说道："人的心脏是在左边，不是在中间。人，偏心不就是正常的吗？"戚郁霞弄不懂陆之彦想说啥，她催促着："别说太深奥的，说点正常人的话。"陆之彦微笑道："都是自己亲生的孩子，谈不上特别喜欢哪个。哪个孩子过得凄惨了，我们就心疼谁，也就过去帮忙了，这不是传统意义上的偏心咯。"戚郁霞认真揣摩着陆之彦的话，感觉当父母的也就是这样，哪个孩子处境困难就去扶助哪个孩子，这是人间常情，不能算是对谁的特别溺爱。伊姗家缺钱，戚郁霞夫妇偶尔有些经济援助；灵姗家缺人力，他们夫妇便帮忙带孩子，这就是父母做自己力所能及的事来帮助下一代吧。

戚郁霞是一辈子忙惯了的人，看到严家上下忙得团团转，自己竟然坐在一旁，闲得发慌。戚郁霞心里过意不去，她问陆之彦："老伴，他们一直都是这样子吗？都全家人一起开饭店？"陆之彦不慌不忙地说："是呀，这几年整个镇各行各业的生意都是越来越凋敝了，很多商店已经倒闭了，像饭店就缩小规模、维持运营，实在不行就不雇别人了，自己单干，挣一份工钱也好。那也是没有办法的了。不过呢，他们一家靠自己的劳动来创造收入，自食其力，也是正道生意。"

陆之彦的回答对于戚郁霞来说是"跑偏了"，但是她又不敢说得太直白，她凑到了陆之彦的耳边暗示着："我是说严东，他一有空就干饭店的活儿，会不会耽误了学习？"陆之彦虽然久居乡下地方，但是很注意放眼看外面，他知道像少子市这样的大城市里人们普遍会有一种焦虑感，他戏说着："难怪亲家都说你是大城市人。看来你在大城市待久了，有进步呀！知道社会上有竞争。以前你在家的时候，我让你有空教教东东，你还说我管教太严。"戚郁霞被这么一说，回想起来还真有过那么一回事，她开始认真聆听起丈夫的解答来，陆之彦见她渐入状态了，他就更深入地说道："我也知道学生确实把主要精力放在学习上会更好，不过嘛，学生参加劳动也是一种德育。现在国人把教育搞得太纯粹、太功利了，哎，以前我们繁荣小学在这附近已经是出了名的应试教育重，和当今大城市比起来还是差太远。现在大城市的人把教育看成考试，我感觉以后伍愉悦会被培养成一台考试机器，就像以前我对灵姗一样，但又不敢私自停止备考。"陆之彦说到这里，自己鼻子酸酸的，他像是站在上帝的视角，评价着众生，又像是反思着过去。

等待的时间往往过得很快，严东来喊他们下楼吃饭了。严家把吃饭的饭桌位置安排在最外面，戚郁霞感到奇怪了，这么显眼的位置，岂不是路人皆知他们吃着饭、吃了什么菜吗？隐私何在？况且，在戚郁霞的印象中，以往亲家都很爱面子，总是安排他们坐最尊贵的包厢，让工人在外头忙碌着饭店的大小事。亲家是饭店的老掌柜了，他们很快就看穿了戚郁霞的疑惑，但他们不太方便说出缘由，只是解释道："我们本来也想和你们坐房间好好聊聊的。可是答应了朋友，要服务好他们的晚饭。坐得离他们近一点，就比较方便服务他们。嘻嘻。咱们将就将就吧。"戚郁霞知道自己多虑了，连忙圆场："做生意才是最重要的，我们坐哪儿都没关系，晚饭简单吃吃就行了，咱们两家人都那么亲近了，不用在乎那些虚的。"

于是，陆之彦和戚郁霞原本意料中的团圆晚饭，结果变成了严家人忙碌奔腾的晚饭，严东做着跑腿，亲家不时盯着"朋友"的需求，而严雄和陆伊姗基本上就是忙着招呼那一桌"朋友"。戚郁霞听了一下"朋友"的谈话，才知道那一桌人刚刚办完丧事，现在主人家请亲戚朋友吃饭答谢。

戚郁霞又有想法了，小声地问着陆之彦："以前咱们办完丧事的时候不是有好几桌人吃饭吗？怎么现在规模变那么小了。"说完，她瞄了一眼对方的菜，全是最简单的家常菜，心想：主人家这样宴客不觉得寒酸吗？陆之彦靠近了她的脸颊，简单地回答着："现在的民迁镇呀，去世的老人太多了，大家都习以为常了，不再像以前那样大操大办，很多关系没那么紧密的亲戚朋友也不会收到邀请了。"

亲家害怕客人听到两人的议论会不悦,就给戚郁霞夹了菜,然后转换一下话题,主动和戚郁霞聊起民迁镇这三年的情况。戚郁霞明白亲家的用意,她顺势和亲家攀谈了起来。可是,听着亲家提到民迁镇这三年的乡事时,戚郁霞感觉到莫名的陌生,她发觉自己成了外乡人了。

没过多久,有个外来工人模样的陌生人走过来了,和他们搭起话来:"哎,问一下你们,这里的菜好吃吗?"亲家爷爷显然很熟悉这种情景,他故作镇定,淡淡地说了一句:"味道还可以,特别是这个新菜,感觉挺不错的。"说完,亲家爷爷用筷子指了指一大盆鱼。路人估摸着也对,这个菜应该是全桌最有体面的了,请人吃饭肯定够面子。路人就说了:"也对,我刚才路过一家饭店,一个人都没有,我实在放心不下,这里顾客不少,应该厨艺不错。"陆之彦和戚郁霞尴尬对视,他们终于懂得了:安排他们在外面吃饭是想告诉路人,他们家有人在吃饭!二人心里都感叹了,现在民迁镇外出吃饭的人少成这个样子了,两桌人在吃饭就成了吸引客人的招牌!戚郁霞还心里嘀咕着:镇里的人都不外出吃饭了吗?要是在少子市,仅仅是排队等着吃晚饭的人还不止这十几个人呢。

那个客人伸手向远处传菜的陆伊姗打着招呼:"老板娘,能订几桌饭菜吗?"陆伊姗听到几桌饭菜,当即露出了几天来的第一个笑容,她笑问客人:"可以呀,你是想办什么宴席呢?"客人高调回答:"办满月酒!要订五张饭桌,对了,其中一个菜要他们那种的大盆鱼。"陆伊姗更加喜上眉头了,笑称:"客人,你也知道这个鱼比较贵,需要一些订金。"客人爽快地答复着她:"没问题,我的人生就只生这一个儿子了,咬咬牙也要好好地贺一贺!"亲家眼看着要做成一个大订单了,心情愉快了不少,不断给陆之彦和戚郁霞夹菜。

等到所有客人远去之时,戚郁霞唏嘘不已,说了一句语重心长的话:"物以稀为贵,现在孩子少了,花在孩子身上的就多了;老人太多了,年轻人都顾不过来了。"

戚郁霞回过头来看严东的时候,他正对着爷爷奶奶笑着撒娇,他懒得自己夹鸡腿,非要爷爷奶奶夹给他。戚郁霞不等爷爷奶奶行动,她已经给严东夹上一个鸡腿,还贴心地说:"我就知道东东爱吃鸡腿,还爱吃酱料,看,我已经给你蘸了很多酱料了。"严东眼睛直盯盯地看着戚郁霞夹过来的鸡腿,他很清楚自己需要的是爷爷奶奶的宠爱,而不是鸡腿,他俨然一副不太领情的表情。不过,戚郁霞并不在意,还是对他报以微笑。戚郁霞想好了:确实是自己愧对这个外孙,这三年来对严东缺失的爱,就让这段时间来补足吧。

晚饭过后,陆之彦夫妇二人回到自家空荡的房子里,关上大门的时候戚郁霞就迫不及待地问陆之彦:"老伴,你说东东是不是生我的气?"陆之彦扶着楼梯慢步上楼,回答着:"你试试被我冷落了三年,看你生不生气?"戚郁霞觉得自己也是白问了,她焦急地向陆之彦求策:"哎呀,那我该怎么办呀,两个外孙里面,东东也是大一点,而且他还有爷爷奶奶,小愉悦可是没有别的老人带呀,就只有我一个外婆……"她自顾自说着,不给陆之彦任何说话的机会,陆之彦也没有要打断她的意思。等到戚郁霞停下来的时候,陆之彦只是简单地回应:"做好自己的本分,接下去该怎么样就怎么样了。"戚郁霞无奈了,丈夫总是对人情之事向来是一副无所谓的样子，戚郁霞实在做不到那一份君子坦荡荡，就懒得再和他细说。

夜晚的民迁镇安静得出奇，陆之彦十分享受着这一份安静，他开着台灯，静静地看着书。而戚郁霞却感觉心里好像有一道梗，她躺在床上左翻右翻，就是睡不着，老是想听点嘈杂声才能鼾然入睡。陆之彦看到她不习惯的样子，就更加坚定一个想法：接下去要带她去看更"震撼"的场景。他对老伴说："这几天没什么事，我们回村里看看吧，也看看咱们的学校吧。"陆之彦的建议勾起了戚郁霞的回忆，她答应了老伴后，不断回忆着自己的执教生涯，更重要的是她教过的一些学生唤起了她脑海深处的印象，她困意全无起床向老伴问询起过去学生的近况来。老伴终于对家乡的人感兴趣了，陆之彦的脸上多了几分怡然自得，他拿出了学校的旧照片和她讲起了那些人物的近事。

第二天，陆之彦像退休以前一样，带上学校的钥匙，随时做好前往学校的准备。一顿美味而闲静的家乡早餐过后，陆之彦的兴致上来了，两人挽着手出门走走。可是，两人一走出自家大门，就看到严记饭店来了一个中年妇女，她正缠着陆伊姗，而陆伊姗并没有理会她，但是又不敢下逐客令，于是他们俩就过去瞧瞧。

当中年妇女转身之后，两人都吓了一跳，竟然是繁荣小学几年前被迫转岗的姚老师！尤其是陆之彦，他很清楚地记得，当年自己是如何一遍又一遍地劝导着她："你是一个人民教师，要顾全大局。学生是越来越少了，就不需要那么多老师了，上面要求我们裁撤老师，但是可以调剂到镇上别的岗位。我和其他副校长讨论过了,我们都认为,你还年轻,还能上手新的工作,还能适应外面的世界。我们恳请你转岗去镇里做计生工作人员,把珍贵的教职工位置留给其他年纪大的老师。这对学校也是一个贡献……"他当然还记得当年的姚老师当着他的面流了多少泪、说了多少好话,而陆之彦是走投无路了,他费了很大的劲,最终才让她同意放弃老师的职位,想来她应该还有怨言的,陆之彦就没有脸面去面对她了。

正当陆之彦想转身离去之际,姚老师转身看到了他,她奔向陆之彦,抓住了他的手,与他握起手来,还热切地寒暄了:"陆校长,好久没见呢!"陆之彦这时不方便逃脱了,他只能"勇敢"面对了,他收起尴尬的脸色、打开欢迎的笑容,与她寒暄起来:"姚老师,你好,很久不见了。"

转眼间,陆伊姗趁机溜走了,留下三个老人在严记饭店里。姚老师把陆之彦夫妇拉到椅子上,招呼他们俩坐下,仿佛她是主人一样,这更让两人不安了。姚老师一坐下后,主动和两老说起自己的现状:"我现在还在镇里的计生部门上班,平时的主要任务是劝别人生二胎。"戚郁霞震惊了,她印象中的计生人员应该是到处劝适龄妇女生完一胎后赶紧结扎,还到处打听谁家偷偷"超生"了,总之就是"劝人别生二胎",这世道变化得也太快了吧!戚郁霞惊得嘴巴张开来,反射式地问了:"怎么计生人员变为催人生孩子了?"

几年来,姚老师已经习惯了别人的惊讶了,她索性慢慢和老校长、老同事长聊着自己奇怪的工作生涯来:"哎呀,我也是觉得我这些年的经历够奇怪的了。当了十几年的乡村老师,突然从学校调岗来到镇计生部门,一开始的任务是包干一个村子的计生对象。当时我干得真的很吃力，老是被人骂，甚至有人直接就骂我'绝子绝孙'。不过，渐渐地，我包干的那个村子没有计生对象了，所有适龄生育的妇女都跑到外面去打工！二胎刚放开后，我们就去查查有没有超生三个的。去年开始，领导又让我们改变方向，改为劝镇里面还能生二胎的妇女赶紧再生一个。"说到这里姚老师对他们笑了笑，潜台词没有再说下去了。陆之彦和戚郁霞是聪明人，这下他们就知道她的来意了，可是，陆伊姗的公公和婆婆当年也劝不动陆伊姗生二胎，就凭姚老师哪能劝得动陆伊姗呢。

姚老师的语气当中似乎没有透露出当年转岗的怨气，陆之彦心里安定了不少，他正好对二胎感兴趣，就问起姚老师来了："姚老师，现在民迁镇生二胎的妇女多吗？"姚老师摇了摇头，一副百般无奈的样子，解释道："没多少了。以前的人没有想太多，怀上了就生下来；现在的人左算计右算计的，想多了，自己就怕了。有的家庭生一个孩子就够，也有的家庭一个孩子都不想生。"戚郁霞感觉还是不对，她有疑问了："可是，要是一下子又每家每户都生七八个孩子，那也不行呀。"姚老师打量了一下戚郁霞，当妈的只有这般见识，难怪陆伊姗不想生二胎了。姚老师有工作思路了：要想改变陆伊姗，还得从戚郁霞这里着手。

姚老师这就有必要好好地和戚郁霞聊聊了，她慢条斯理地说着："到今天呀，社会变得发达啦，现在的社会已经是工商业为主的了，不能再用过去农业社会的一家生七八个小孩的情况来吓唬人了。那是二十世纪六十年代的特殊情况，也是大力补贴生育的结果。农业社会嘛，带孩子也容易，跟着家人耕田干活就能让孩子长大。而工商业家庭哪有闲力带孩子，家长上班总不能带上孩子吧。况且人们的想法观念已经发生了很大的改变，有的家庭生下一个孩子非要按超人的标准来供养，心里更累，更不想生了。唉，以后的年轻人不会再这样大规模生孩子了。"说到这里，戚郁霞还是不为所动，姚老师开始着急了，她微微转身对着戚郁霞"讲课"，希望能说服她："今天我们的社会是稍微发达了一点，生两个孩子的情况却变得少了。可是，生两个孩子会增加社会负担吗？当然不会！对一个社会来说，生育小孩和我们吃饭一样，吃饭当然会减少工作时间啦，但你试试不吃饭！看看能不能把吃饭的时间都省下来工作？现在的问题就是我们花在吃饭的时间太少，大家只顾着赚钱。时间久了，大家就看得出问题来了，不好好吃饭身体会出问题的，不好好生孩子的社会是正常运转不了的。所以我们经常说，对于现在的社会，生育孩子就是为以后的社会保存潜力。不要孩子，就是不要以后！……"然而，戚郁霞只是听着姚老师长篇大论，一个字都不表态，她需要时间去想想这社会是不是发生了那么大的变化。

这时，陆伊姗从屋子里出来了，她看到姚老师还不愿意走，她都感到烦了，就有意地大声问了："爸、妈，我等一会儿到老龄村啦，你们一起回老家看看吗？"陆之彦正有回老龄村的意思，他立刻答应了，戚郁霞也想回去看看。这样，姚老师只能知趣地回去了。

三人坐上陆伊姗的"买菜车"后，陆伊姗当即唠叨起来："这个姚阿姨，我都和她说了很多遍'我不再生了'，她还隔三岔五地来烦我。"陆之彦心里愧对着姚老师，他劝女儿道："她的工作是劝你生二胎而已，别太为难她，她并没有对你怎么样。"陆伊姗不了解长辈的往事，继续聊着："哎，也难怪她工作那么拼,她家是年迈的四二一家庭,四个老人轮着生病,她本可以提前退休的,现在都不敢退休了,返聘上班。"戚郁霞被提醒了一下,她就记起来了,姚老师上有四个老人,下有一个上大学的儿子,养老、养儿的压力可想而知。陆之彦顺口就说了:"你和严雄还真的有必要再生一个孩子来分担养老压力,小心以后碰到他们家这样难以善后的生活。"

戚郁霞睁大了眼睛,准备看看陆伊姗怎么回答。只见陆伊姗一脸的不爽,埋怨着:"行啦,行啦,知道啦,别催我。今天先到村里面收菜,以后的事明天再说吧。"

戚郁霞想起什么东西来了,她问陆伊姗:"以前你们饭店的菜不是严雄那边的亲戚送菜过来的吗?怎么啦,现在不合作啦?"陆伊姗淡淡地说着:"人家现在都六十好几了,哪还有体力挨家挨户去收菜?只能我和严雄一有空就下村收菜咯。唉,别提了,这几年都不知道这世道发什么神经。以前开饭店的时候,都是种田的中青年人争着送菜上门;现在呢,都是我们自己去村里找老人家收菜。"说着说着,陆伊姗的语气变得恼怒了,"年轻一点的男男女女都不在村里。村里老人的年纪一天天在变大,还能干的就种种菜,也种不了多少东西了;干不了的呢,就是在家等死。"

戚郁霞本来还想着和陆伊姗细谈二胎的事,见女儿对前景那么悲观,脸上的表情还疲惫不堪,她就闭口不提二胎的事。她回忆起了几年前的往事,当时二胎放开的消息已经传到民迁镇了,陆伊姗夫妻二人、四位老人和幼儿严东都没有反对陆伊姗再生一个,大家都说等光景再好一些就生,然而,拖着拖着,严东依旧是独生子。

　　车子很快就进入广袤的农村，和戚郁霞印象中"争相开荒"的农村大相径庭：有农作物的地方还算有些条理，难以耕作的地方已是长满荒草，甚至有些房屋的主楼倒塌了，厨房还继续冒烟，还有人坚持住着、不计较地住着。

　　没过多久，车子停下来了，陆伊姗按下车窗，对着一个茅房大声叫唤着："大爷，在家吗？"一分钟过去了，里面还是没有人回复，陆伊姗黯然地呼了一口气，自言自语道："唉，也不知道这个大爷是不是不在了，去下一家看看吧。"陆伊姗想离开之际，陆之彦却让她停下了，大声说道："停！要是老大爷一个人在家，没人看着，万一真的发生了些什么问题，那多不好呀！那怎么说也是咱们的乡亲。"说完，陆之彦和戚郁霞下车去看看老大爷的家，透过纸糊的窗户，戚郁霞有点不相信自己的眼睛了，里面只是歪歪斜斜地放置着几件家具，不过，打扫得还算比较干净，可是，就是看不到有人的踪影。陆之彦和戚郁霞一遍又一遍地呼叫着，然而还是没有人回应。

　　附近的一个老大妈听到声响了，她弯着腰、拄着拐杖，慢悠悠地朝他们走来，并大声吆喝着："你们不用叫了，他去世几天了！"陆家三人听到大爷去世了，都有些毛骨悚然，立刻停止了呼叫。陆伊姗跑上前去扶好老大妈，在她的扶助下，老大妈缓慢走到他们的面前。老大妈逐一认真地看清楚他们，感觉他们有点眼熟，老大妈就问了："你们，是我们荒山村的人吗？"陆之彦向前握着老人的手，恭敬地回答："惊扰您了，阿姨。我们是旁边老龄村的，只是路过你们村来收菜的而已。"老大妈放下戒心，她想想也对，现在的荒山村里什么都没有，还有什么值得提防的呢？

老大妈和他们闲聊着这里的情况来："前几天，我照例去他家串门的时候，发现他已经倒在屋子里，没有呼吸了。我就打电话给他家人料理后事了。"戚郁霞从老大妈的话中听出了沧桑和凄凉，她尝试着劝导老大妈："阿姨，你还是和你家人到城里住吧，这里太荒凉了，万一出了点什么事来，这附近都找不到人来帮助你。"

老大妈仰头看着天，天色依旧晴朗，奈何故人接连西去。她感慨地说了："不用了。几年前，我们五家老人都约好了，子女自己的生活好不到哪里去，我们都不敢去打扰子女，大家约定在这里相互照顾，每天相互串门报平安，有事就打电话给各家的家人来料理。小哥走得那么急，也不是坏事吧。"老大妈手指着不远处半塌落的房子，继续说着，"你们看那一头的屋子，之前一个八十多岁的大姐一直卧病在床、动弹不得，我和小哥看着是着急，除了带饭、喂饭，也帮不了什么东西哇，硬生生折磨了她几个月。现在倒好，五家老人，只剩下我一个人了，等到哪一天我不舒服的时候，我就……"说完，她艰难地从口袋掏出了纸巾擦了擦眼泪，实在说不出话就长叹了一口气。

陆之彦扫视了周边，农田基本已荒废，房屋十分残旧，应该都是空房子了吧，他更加坚定了：没有后人，有房子、有农田，留给谁呢？

安慰完老大妈后，三人继续上路。就在这时候，天上一只落单的大雁精疲力竭了，从天空坠落，摔在了他们的不远处，它受着重伤，无力地向同伴呼救着，然而，它终究是等不到同伴的前来。陆之彦心里不免发愁了：北飞的大雁，落单了，逃不过坠亡的命运；落单的人呢？人，不也是群居动物吗？

陆之彦不敢往下想了，似乎是给自己壮胆，他自带着答案，问起陆伊姗来了："荒山村只有瘦田，不好耕种，人早就流向其他地方了。咱们老龄村的土地还算肥沃，应该还有乡亲在耕种吧？"陆伊姗点点头，回答着："比他们好一点吧。老爸，老龄村留下的人比其他村子多，主要是因为老一代都把男孩调教成孝子，不给外出吧！老爸，以前奶奶还在的时候，你不是经常教导我们嘛，'家有一老，如有一宝，没事别到外面瞎跑，要留在家守着宝。'"说完，她还向陆之彦使了个眼色。陆之彦默认了，要不是他年轻时父母极力让他留在村子里，他可能早就不只是乡村学校校长了。不过，陆之彦随后很快就否定了自己的假设，对女儿说道："中国的男人，是习惯于安土重迁的，只要能活得下来，都尽量留下来建设好家乡的。少年时我是很想出去闯荡，但老了以后家乡情怀是越来越重了，我也比较习惯于和家乡的人一起玩，思想上还是离不开家乡……"

一路上，陆伊姗路过几家农民，才采购到少量的菜。她不断埋怨着：农村劳动力减少使得菜、肉、蛋全部减产了。终于，她不想做无意义的采购了，决然地说："算了，咱们别乱跑了，浪费时间。直接去大姑家收完最后的菜吧，大表哥在家里种菜，愿意全部给我的。我时间比较紧，午饭时间还要回去帮忙呢。"陆之彦想了想，提议着："我看这样吧，到了他们那里以后，让我和大姐好好聚聚。我和你妈就在那里住上几天吧，反正她家离学校近，我正想着和老同事叙旧。"在无异议的情况下，陆伊姗收完大表哥家的菜后，把陆之彦和戚郁霞放下，自己回去了。

陆之彦夫妇走进了大姐的家，看着自己年近七十岁的大姐住得那么寒酸，而大外甥四十多岁了还无家室，看不到组建家庭的希望，陆之彦有种说不出的感觉。陆之彦夫妇还没有坐下，外甥就急急忙忙地过来握住陆之彦的手，乞求道："舅舅，我知道你特别疼我的，你就做做好心，帮我娶一个老婆吧。"陆之彦被戳中痛点了，他大脑一片空白，只能随便应付地说着："我怎么帮你呀？我又不认识哪家待嫁的闺女。"

陆大姐拉着儿子，不愿意儿子往下说，可是她的儿子豁出去了，只见他两眼泛着泪光，哀求道："舅舅，我认识一个中介，他能给我带来一个外国新娘，只要二十万！"外甥更加用力地握紧了陆之彦的手，更凄惨地哀求着，"舅舅，这一次你一定要帮我，借给我二十万，让我娶一个老婆吧，我再不娶妻生子，我就废了……"他的话语是那么凄惨，陆之彦也快要掉下泪珠了，可是，陆之彦知道这种跨国买卖新娘基本都是骗局，甚至是触犯法律，下场必然是人财两空。陆之彦拍了拍他的肩膀，苦劝着："好外甥，舅舅确实很想帮你。但是，婚姻，是要情投意合的，这种买卖外国新娘的中介，绝大部分都是骗局呀，你不要相信他们呀！"

外甥仍是不依不饶，他认定了这是他翻身的最后机会，他连尊严都舍弃了，他双腿一跪，抱着陆之彦的大腿，再一次苦苦地哀求："舅舅，我给你下跪了，你就借给我十五万好吗？我一定会很努力赚钱来还给你的！你让我做什么，我都愿意的。"陆大姐使劲抬举着儿子，不让他下跪，嘴里不断劝告着："不要胡闹了，我都跟你说过你舅舅是最反对这种事的，你怎么就不听呢？"

见陆之彦没有要施救的意思，外甥的忍耐到了极点，他站了起来，甩开了母亲的手，指着她大骂着："你和爸爸生了儿子了，你们俩倒可舒服了，有我守在家里给你们做孝子。可我呢，孤独终老！你和爸爸之前为什么怀了一个女婴就流产掉？你看看邻居老奚家里一儿一女的，他们就能和别的村的家庭，用女儿交换做自己的儿媳妇了，我呢，我呢！你就等着绝子绝孙吧！"骂完后，外甥怒不可遏地冲出门外去。

　　屋子内，陆大姐哭得痛不欲生，不断捶打着自己，还咒骂自己和死去的丈夫没用，让儿子被逼到绝境。戚郁霞连忙扶住了她，生怕她身子出了什么问题。陆大姐吃力地站着，哭着，痛诉着："这帮中老年光棍，一到晚上就聚在一起怨天尤人，有的尽出一些鬼主意，把我儿子都带成这样神经兮兮的。"戚郁霞不知道该如何劝导大姐了。毕竟当年戚郁霞还在教书时，村里的光棍几乎悉数出动、要她帮忙介绍对象，而附近村子的姑娘本来就少，外出城市的愿望还特别强烈，结果她总是一顿忙活却最终落空。戚郁霞只能一遍又一遍地让大姐冷静。

　　陆之彦则追出门外，他喊了好几声，外甥都装作听不见。陆之彦情急之下就大声喊住外甥："钱，我的退休金有！"本已跑得远远的外甥听到了"钱"，他当即发现了转机，脸上立刻露出了惨笑，转头回到了陆之彦的身边。

　　外甥一边自己扇着自己耳光，一边回来向舅舅解释着自己的无奈："舅舅，你应该能理解我的苦楚吧。咱们都是从农村出来的，年轻时大家都耕过田，现在农村是什么情况，大家应该知道的吧。我自己年幼的时候没有听你的话好好读书，只能耕田。以前大家都种田的时候，都想着自家有田地，需要儿子帮忙和继承，现在一听说让孩子种田，都觉得没出息。女孩子一听说我是种田的，连见面都不愿意。你们出村久了可能还不知道，现在一些繁重的农活都已经机械化，没有太多的农活需要男人帮忙，家里男人多不见得特别有用。反而呀，男多女少，要娶老婆，还需要很高的彩礼……"

外甥喋喋不休地诉苦，陆之彦又何尝不知道他的苦处呢。陆之彦呼了一大口气，教训着外甥道："你个小子，怎么那么不像话，一言不合就出走！问题再大也不能一走了之。不就是老婆嘛，去外面讨呀。我向你保证，只要你是规规矩矩结婚的，我就算找灵姗借钱，也会凑够二十万给你，就当作贺礼，不用还！但是，你一定要放弃买卖婚姻的想法，要是买女人做老婆，我一毛钱都不会给你。"此时大姐在屋内听到陆之彦将会大力援助，她露出了苦笑，只是，这二十万更像是道义上的声援，数额不够足以"迎"进一个儿媳妇吧。

当天晚上，陆之彦实在是睡不着，他忧心忡忡着：老年女人和中年男人是农村里最惨烈的组合了。像姐姐那一辈的老年女人，年轻的时候受了不少家里婆婆的气，而今天的老龄村，但凡家里有个儿媳妇的，儿媳妇都被捧上天，反倒是当婆婆的受气，没有儿媳妇的呢，更痛苦，连气都咽不下去。而外甥呢，只会在田地里拿锄头耕作，生产力低下，思想封建、大男子主义，城里没有去过几次，不用说别的女性了，连陆之彦自己都觉得外甥和外面的社会脱节了。除了外甥以外，还有其他亲戚、乡亲也是娶不到老婆，农村里，真的没有年轻女人了，难道只能眼睁睁地看着他们孤独终老？老龄村呀，比起荒山村来，年龄结构还不至于无可救药。但是，性别结构真的让人绝望了！倘若只剩下光棍的话,二十年后的老龄村不是更加惨烈吗?陆之彦不敢再往下想了,还是尽快待到天明后,去看看停学的繁荣小学变成啥样子吧。

翌日,早晨六点钟的钟声一敲响,陆之彦就嚷嚷着要去重游已经关闭的"繁荣小学"。戚郁霞知道那个学校几乎就是丈夫的全部人生了:在那里上了小学,在那里开始了唯一的职业,在那里相识了她并开花结果。戚郁霞便欣然同意了老伴的安排。

两人一大早就出发前往繁荣小学了,陆之彦特别亢奋,他把戚郁霞甩在后面,自己快步走着。戚郁霞无奈,在后面呼唤着:"老头,别走那么快,等等我!"此刻的陆之彦像个老顽童,他不听叫唤,只管快步往前走,这样才能让老伴也走快一点。

突然间,陆之彦停下来了,眼前是两个背着破书包的孩子,宛如两姐弟。陆之彦认得出他们,当时学校关闭之时仅剩十几个学生,陆之彦把每一个孩子认得清清楚楚,这是其中的两个孩子,他们俩是邻居,结伴上学来的。陆之彦走近了两个小孩,亲切地问:"你们是去上学吗?"年纪较大的女孩认出陆之彦来,她弯腰鞠了个躬,尊敬地回答着:"是的,陆校长。"陆之彦既满意又自责,他微笑着点点头,又问:"你们那么早就上学呀?现在是不是到镇里的小学上学?"陆之彦有些明知故问了,他清楚地记得,当时找新学校接收那十几个学生的时候,他曾经多次请求镇小学的领导让这些孩子能住宿在学校,可惜镇小学实在腾不出位置,最后的决定是让孩子跑远路每天上下学。两个孩子很懂事,一齐回答着:"是的,谢谢校长关心。"陆之彦没有话可以再问了,朝他们挥挥手,示意他们该继续上路了,孩子也向他招招手,继续上路了。

戚郁霞赶上了陆之彦,她大概知道发生了什么事,她问:

"咦，那个小男孩不是还有一个姐姐的吗？怎么没有在一起呢？"陆之彦的眼神中出现了茫然，摇摇头，说着："估计是辍学了吧。"夫妇俩这下什么话都不说了，目送着孩子前往远方上学。陆之彦的眉头紧皱了，心里默念着：孩子，对不起了，校长不能带着你们到毕业。

孩子的身影彻底消失在地平线了，夫妇俩又重新上路了，没过多久，他们发现了新的问题：他们认不出路了！离开了几个月，之前的路都长上了荒草，和原来的荒地连成一片，俨然一片荒草地。陆之彦感慨地说道："其实地上本没有路，走的人多了，也便成了路。没有人走了，也便没有了路。"

陆之彦好不容易凭着印象，又重新找到了路，最后在远处终于看到了学校的招牌。陆之彦看着"繁荣小学"四个大字，还有学校围墙的标语"少生孩子多种树"，他感到莫名的讽刺，他想起了老校长把学校托付给他时说过的一席话："之彦，这个学校有悠久的历史，但繁荣小学这四个字是我上任不久时改名的，繁荣，是指草木茂盛。你一定要把学校建设得繁荣蓬勃啊！"而今，草木确实茂盛了，能称得上繁荣吗？

陆之彦停了下来，他双膝有些发软，很想跪下来，向学校的历任老领导谢罪。戚郁霞看出了老伴的心思，连忙扶稳了他，苦劝着："之彦，你这又何必呢，学校又不是你办坏的，这附近几个村子没有多少个孩子了，可这怎么能怪得着你呢？"陆之彦艰难地站立着，突然，他让老伴松开手，他弯下腰，抓起地上的黄土，自言自语着："没有了孩子，学校不就是用来做摆设的吗？"戚郁霞心里也不好受，她拉了拉陆之彦，催促着："走吧，快进去看看吧，别待在这里感叹了。"

在戚郁霞的拉动下，两人重新走动起来，进入了校门，他们仿佛呼吸到了当年的气息，时间似乎静止了几个月、甚至是几年，这里的一草一木，他们俩是太过熟悉了。两人在教室、教师办公室、图书馆各个地方细心察看着，不时摸了摸讲台、桌椅。戚郁霞抚摸着自己曾经的办公桌，自己当时提前退休了，桌子就没人保养了。她随手一摸，手上就沾满了泥灰，桌子因为她的触碰，不一会儿塌了一个脚，她惊奇地问陆之彦："我离开的时候，它不是这个样子的呀。""都好几年了，你还想怎么样？"陆之彦轻声回答着，既像是懒得回复她，低声说了一句作为回复，更像是不愿打破这里的宁静。

走到校长室里，陆之彦却不愿意进去了，说怕触景生情。戚郁霞独自进入后，发现陆之彦的桌面上只放着一份杂志，她便翻开杂志，好奇地读了起来。第一页的标题就是《农村小学数量暴减引发的农村教育问题》，首个段落便是触目惊心的数字：我国农村小学的数量从1975年的105.7万所暴减至2016年的10.6万所。戚郁霞合上杂志，她能理解得到：丈夫在最后的治校生涯里，每天都是英雄末路的心情。

学校很小，他们最后只剩下操场没有细品了。陆之彦站上操场的旗台，吹着清爽的凉风，温习着自己昔日的风采。戚郁霞知道他肯定特别享受这个时刻了，她就在台下静静地观摩着他，年轻时期的陆之彦在这个旗台上意气风发过，她觉得丈夫站在国旗之下，训诫全校师生、指点校务时是最帅的，这是一个老教育工作者的王者风范。

几个月前，戚郁霞在少子市照看着伍愉悦，她的心思还在伍愉悦身上，没有过多地留意着繁荣小学的关闭。站在往日欢笑与嘈杂的操场上，这一大片的死寂让戚郁霞想到了很多东西。她痛苦地想象着丈夫在解散学校的时刻是如何愧对乡亲；面对着不愿离去的孩子家长和剩余教师，丈夫是如何哀劝着他们离去；当丈夫最后锁上学校的大门时，他心里面想着的会是什么东西呢？

陆之彦迎着风，高声发问了："老伴，你知道这里给我留下最深刻的事是什么吗？"戚郁霞摇着头，向他走近，等待着他分晓。陆之彦扫视着空旷的操场，指着自己前面一点的位置，大声宣告着他自豪的高光时刻："你还记得荒山村小学十年前关闭的那件事吗？那时候副校长和很多老师是不想要那些学生的，而我，力主接收荒山村小学的学生。当时就是在我指着的这个地方，他们小学转来的几十个学生刚到咱们学校，由我主持欢迎仪式，当时我还慷慨陈词，要附近几个村联合起来保住繁荣小学，最后让当时的镇教育办公室把繁荣小学删除出关校的名单！"陆之彦转头面向戚郁霞，继续述说心声，"学校，是培养人才的地方。学校有义务让孩子能轻松入学。繁荣小学要帮扶起困顿的乡村……"陆之彦很少有讲个不停的时刻，他，也会有不压抑自己的时候。

在陆之彦"告别演讲"的带动下，过去的一幕幕在戚郁霞的脑海中播放着：年轻人的暂时外出谋生拉开村子巨变的帷幕；看护学生的重任从家长变成老人；村里富裕的家庭把孩子送往镇、县城去读书，繁荣小学的学生不断以插班生的形式往外流失；班级的减班也开始了，上级把拨给繁荣小学的办学经费不断压缩，倒逼着繁荣小学逐步清退在职教师；附近的农村小学一个接一个关闭，直到繁荣小学独自撑到最后，结果还是在丈夫的手中终结。

就在陆之彦讲得意犹未尽之际，他的手机接收到一条推送新闻：日本有企业力推员工80岁退休计划。陆之彦看了新闻标题大大的"80"阿拉伯数字，他傻呵呵地笑了："哼哼，八十岁，哼哼……"

戚郁霞向台上的丈夫敬礼，也高声地宣告着："陆校长，你出色地完成任务了！"陆之彦闭上眼睛，他不知道自己是不是能用上"功成身退"这样的字眼，他更加感觉自己像是巧妇难为无米之炊。这里的荒凉刚好衬托着他的英雄末路，他就站在这里吹了很久的风，心里一遍又一遍地念叨着：出师未捷身先死，长使英雄泪满襟。

在老龄村住了几天，戚郁霞感觉很不习惯，看望完亲戚和老同事后更加觉得空虚和陌生。就连仅离开数月的陆之彦，也对乡亲停滞不前的见识感到无可奈何。老龄村就像是陆之彦和戚郁霞误入的桃花源，时间静止在过去，老人们的思想停留到几十年前，有意对日新月异的外部世界保持距离。物以类聚，人以群分。两人实在融入不了村子里了，于是，他们提前联系了陆伊姗，赶紧把他们送回民迁镇。

陆伊姗接上他们后，快速告别了乡亲，直奔返回民迁镇的路途。陆伊姗见父母没有愉快的表情，不忘调侃着他们："怎么样，住得习惯吗？"戚郁霞直接回答说："不习惯，真的不习惯。和他们沟通不了，没有共同话题。"而陆之彦本是一个喜欢一团和气的人，故乡的人和物就算再不合时宜，他也不会把这些事摆到桌面来谈，甚至，连听都不愿意听进去。于是，他选择岔开话题，他便挑起了家庭生育问题，向陆伊姗再一次催生，他特意提到："村镇很大的问题是年轻人少。伊姗，要是你和灵姗孩子都那么少呀,保不准以后你们的生活也像老乡亲一样,无人照顾晚年。真的,趁年轻,再生一个吧。"

陆伊姗本已展开的眉头又皱了起来,不安的情绪跃然脸上,她说:"哎,别提了。严东上个月生病的时候,折腾得大家多么焦头烂额,你们是没有体会到。"陆之彦一听,这哪能算得上是理由?他驳斥道:"你还有公公婆婆帮忙呢。"陆之彦说完就转头面向戚郁霞,向她请求着附和,"老伴,你说是吗?"

戚郁霞知道伊姗和灵姗的情况不一样,小镇的养儿成本更低,年轻人工作之余能带上二孩,还有爷爷奶奶的帮助,伊姗的家庭确实更适合生二胎。被陆之彦点名了,戚郁霞就发表自己的见解了:"伊姗,你现在还年轻,还想着日子过得轻松一点。等到有一天,你老了,到时候你再想要一个女儿,那也来不及了。"知女儿者,母亲也,戚郁霞很清楚陆伊姗想要一个女儿,她就希望从女儿入手,好让陆伊姗接受。

可是陆伊姗态度很坚决,她坚称:"我公公和婆婆的思想太老套了,要是让他们单独带小孩,我特别不放心,我也是不敢。东东小时候可是经常生病的,就是因为我家老人的习惯不好,我是弄怕了,更别提教育发展了。我也不想向家人提起二胎的事。现在,我只是一心想着保生计,再生多一个孩子,怕是要全家挨饿了。"

陆伊姗话语间不留一点商量的余地,陆之彦和戚郁霞都明白陆伊姗对前路感到绝望了,他们就不再纠缠这个问题了。陆之彦看着车窗外飞行的鸟儿,想起了"良禽择木而栖",他想:雄鸟搭好巢后,与雌鸟一起繁衍小鸟,可是,若雄鸟一直找不到合适的筑巢良木,雄鸟和雌鸟也只能等待、等待、再等待。

回到自己家后，陆之彦很快就关好大门，然后迫不及待地和戚郁霞聊起来："伊姗现在还不生，她以后会后悔的。"戚郁霞顿了一下，陪他站在大门处，感慨了一番："我们年轻的时候没有考虑太多，也没有做节育措施，怀上了灵姗就生下来呗。现在就不一样了，他们自己会想了、想多了，也就不敢要那么多孩子了。"陆之彦感觉不对劲了，戚郁霞仍然对两个女儿不急于催生，好像这几天乡村"劝生"之旅不太成功，他反而着急了。他硬着头皮说："我们目光要放长远一点吧，伊姗不生呢，是因为她条件不够成熟，她呢，每天都在为生活奔波。而灵姗呢，她的条件就可以了，有条件就应该多培养一个孩子，而且他们也更年轻，还有我们一起陪同着。"

戚郁霞认真地审视着他，过了一会儿才说道："陆校长，你这次那么奔波，专门带我回来，怕是不止为我养伤，还为了这个吧？"老伴就是老伴，相处三十多年了，相互间心思都摸得很透，陆之彦干脆就认了："是有这么一个想法，你看，多生一个孩子对灵姗夫妇是有好处的吧，没错吧！"戚郁霞的目光从他的身上移走，她选择了上楼，留下一句简单的话："陆校长是干大事的人，对家里的小事并不上心。"

戚郁霞的反应出乎陆之彦的意料，他追在她的身后欲言又止。上楼后，两人坐了下来，相互对视着，做出了对阵的架势。陆之彦终究是沉不住气，他问了："为什么你要拒绝帮我呢？"戚郁霞知道他准备要发表长篇大论了，不慌不忙地先给他倒了一杯水，然后才说道："老伴，你要是真想办好这个事，就不要先说出来，应该先去听听孩子是怎么想的。至于你要拉上我去劝灵姗生二胎,你就不用打我的主意了。"陆之彦急得站起来了,急促地说着:"你这话是什么意思?"戚郁霞也站了起来,慢悠悠地回答:"为什么你非想着拉上我呀?还不就是因为孩子都不怎么听你的话吗?你先好好想想这个问题吧。"

陆之彦这时觉得自己理亏了,陆灵姗确实不听陆之彦的劝导。过去,陆之彦老牵挂着学校的事务,家庭的事情他能放则放。现在,没有学校的事务了,当碰到家庭事务时,陆之彦实在是眼高手低、不知道该如何下手。陆之彦主动坐下来,再挥挥手势让老伴坐下,低声说着:"有话好好说,你给我分析分析,现在是哪里出了什么问题。"戚郁霞没有理会他,转身去往阳台,一边走一边说:"陆校长是一个有大智慧的人,只是没空处理这些鸡毛蒜皮的小事而已。"

话一说完,戚郁霞已经到了阳台,正当她愁眉之际,阳台下面刚好有两个小兄弟在争抢着零食,没有大人在,当哥的太容易靠体力取胜了,留下弟弟不依不饶地在原地哭着。戚郁霞开始忧愁起来了:要是陆灵姗再生多一个小孩,长大后会不会兄弟间争夺家产呢。她一想起伊姗和灵姗在孩提时经常各自责她偏心,两个孩子都分别哭诉自己得不到母亲的爱,而现在两姐妹间的相互扶助也有限,她对女儿再生一胎更感到疲惫。毕竟,只有一个独生子女的话,就不存在年幼时期争夺父母爱、年长后争抢继承老人之类的问题了。

此时的客厅里,陆之彦一个人呆呆地坐在那里,戚郁霞的话确实句句都击中他的软肋,他一遍又一遍地揣摩着这些话。可是,他就是想不出满意的答案来。空旷的客厅里,陆之彦猛然喊了一句:"我只是校长,我不是神,我也会犯错,我也有做不成的东西，我退下神坛了，行吗？"戚郁霞心里也乱着，她也没有大智慧可以点拨陆校长，她继续在阳台吹着风，就让陆校长自己领悟吧。

晚上，陆伊姗带着严东上他们家玩了，此时的陆之彦仍然是一副若有所思的样子，坐在一个角落毫不吱声。陆伊姗坐在父亲的旁边，而严东与戚郁霞一块玩耍，经过这几天的磨合熟悉，渐渐地，严东和戚郁霞变友好了。陆之彦此时急需高人指点迷津，他静悄悄地问陆伊姗："你和灵姗是不是不太喜欢我？"陆伊姗很少见父亲这么失落过，她安慰着父亲："没有呀，为什么你要这么问呢？"陆之彦严肃地看着她，郑重地强调："不要骗我，我知道你们俩姐妹对我都是有看法的。"陆伊姗看得出父亲是想听真话，她就照实说了："说实话，我对你还不算太叛逆吧，不过，灵姗对你是挺叛逆的。"陆伊姗的话引起了陆之彦的注视，他安静地听着女儿讲下去，陆伊姗继续说，"我的童年尚且还有你陪伴过一段时间，灵姗呢，就像是网上说的'丧父式教育'。在我们的印象中，你当校长后，脑中只有分析形势、判断正误和研究办事策略。喏，爸爸，你看看那边。"

顺着陆伊姗手指的方向，陆之彦看到了戚郁霞和严东在快乐地玩着，完全看不出严东前几天对戚郁霞的有意冷落。陆伊姗又继续说了下去："你看看妈和东东是怎么玩到一块去的。即使是前几天东东生她的气，怨她只顾陪着表弟，但是，哪怕妈妈诚心地拿出一点时间陪孩子玩玩，孩子还是能体会到她的爱的。只是清晨和晚上训教几句，换谁来都感受不到爱。"陆伊姗一连提了几个爱，让陆之彦无言以对了。陆之彦焦虑地吞吐着口水，细细地回想着他与两个女儿相处的点滴：陆伊姗刚出生的时候，他还是一个普通教师，没事就在家逗她玩；等到陆灵姗出生之时，陆之彦夫妇的分工是，他主要看着伊姗，戚郁霞主要看着灵姗；没过多久，他被提拔为副校长，回家的时间明显变少，伊姗出现了'叛逆'的倾向；再后来，他当上正校长后，为学校之事更是呕心沥血，连心思都没有放到家里，灵姗则被老师安排了满满的作业，座位临近的同学都是被事先安排好的……

陆之彦敲了敲自己的脑袋，又问了："你恨爸爸吗？"陆伊姗傻傻地笑了，这个问题真的不好回答，她静静地想了想。这回，陆之彦保持沉静，乖乖地等着她回答。

未过多久，陆伊姗开口了："我小孩时期是真的挺讨厌你的。同学知道我是校长的女儿，都不敢和我玩，老师也盯得我死死的，你一回到家呢，没陪我们多少时间，就只管下令，要我和灵姗立刻做出你想要的样子。那些都是二十年前的事了，你还记得学校搬迁的事吗？"陆之彦点点头，他当然不会忘记自己教育生涯中最厚重的一笔，之前的繁荣小学还在原校址，每到雨季时会经常性地淹水，陆之彦奉命去镇里、县里跑项目，要地要钱要审批，最后把繁荣小学搬迁到今日的高地，免去水灾隐患，从而荣升正校长。陆伊姗接着说："你当时几个月都不在家，我和灵姗都快没有爸爸了，家里各种事把妈妈累得够惨的，那时候我们两姐妹真的很恨你。但是，我参加工作后呢，我一直在镇上，到现在都还听到别人赞扬你，平时还有很多乡亲因为受过你的恩惠而帮助我，我就自豪起来了。"陆之彦看着女儿最后的笑脸，他也跟着笑了，他懵懂间大约理解了戚郁霞的意思了。陆之彦就不再和陆伊姗坐在一起了，他往前走到戚郁霞、严东那里，和他们扎堆玩了起来。

待到陆伊姗、严东离去之时，陆之彦拉着戚郁霞坐在沙发上，两人翻看着一家人的老照片、如数家珍。陆之彦抽出其中一张照片，笑称："你看，这张照片里灵姗的头发真短，像个假小子一样。"戚郁霞也很久没有重温老照片了，她看了一眼后，用手轻轻地拂拭着照片，生怕照片铺上了尘埃。她认真地看了看灵姗小时候的照片，看了一会儿后回房间翻出老花眼镜，把眼镜戴上后，再回来细细地品着，不知不觉中，幸福的笑容已经挂在她的脸上。

随后，戚郁霞慢慢地翻着过去的老照片，翻到自己戴生日帽的照片时，她停了下来，身后的日历显示着是6月13日。她想起了那一晚丈夫抱着她，说着下面的话："我姓陆，第一个孩子的名字就按着你生日的谐音来取名吧。要是生下男孩叫陆弈山，女孩就叫陆伊姗！"戚郁霞幸福地同意了，然后他们开始努力着把两人家庭扩为三人。她再往后翻了翻，又发现了一张有意思的照片，这次是陆之彦戴着生日帽，日历显示是6月03日，幼小的陆伊姗被他抱在怀里，当时她向丈夫提议着："咱们以后要是再生一个孩子呢，名字取你生日的谐音，要是男孩就叫作陆翎山，女孩的话叫作陆灵姗！"这就是陆伊姗、陆灵姗名字由来的往事。

突然，戚郁霞合上了相册，她转头看着老伴，犹豫了一会儿后问了出来："之彦，你，不，我这辈子没有给你生一个男孩，你会不会有个遗憾？"陆之彦神情严肃，默不作声。戚郁霞早就猜到这是一个很敏感的问题，可是既然已经开口了，她就忍不住继续往下说了："我知道你一直很想要一个儿子，继承你的衣钵，实现你的教育大计。有些时候，我也想，你是不是把学校当作自己的儿子了。"说完，她自己略带忐忑地尴尬笑着。

陆之彦往身后的沙发靠了靠，仰着头、看着空空的天花板，谈起了压在心底的想法："现代科学说了，生不到男孩，主要原因在爸爸这边，是我的Y染色体不够强吧，我太文弱了。早些年呀，我确实不甘心自己没有一个儿子。你了解我，我还有很多抱负没有实施完，也很不愿意就这样把自己的理想终结在人间，很想要一个儿子来帮我完成心愿、继承事业。但是呀，从学校确定要关门的那一刻开始，我开始怀疑上自己了，我对自己的路线渐渐地失去信心了。"平时一般不显露出倦意的陆之彦此时不再刻意睁大眼睛了，显得眼睛明显深深地凹陷了，他揉了揉自己的眼睛，继续说着，"现在，我反而觉得没有儿子挺好，要是有个儿子，还不好说他会被我折腾成啥样，一定会很痛苦吧。儿子，我敢折腾，女儿，我从来都不敢。如果灵姗是个儿子，她在医院倒夜班，我也不会那么心疼。以前，我看她上夜班只能靠自己硬撑，顶着生理疲劳硬撑着，我知道这样对她的身体是真不好的，可是，我也帮不了她什么东西。唉，女孩子的生理条件，不适合经受残酷的磨炼。"说完，他双手无力地下垂着，俨然一副对命运的安排束手无策的样子。

戚郁霞多年来第一次看到丈夫失去信心，她心思也很复杂，作为一个退休的老头，他很应该和她保持平等，和她一样做一些普普通通、简简单单的家务事，可是，那样的陆之彦她会喜欢吗？她沉默了。

过了一小会儿，陆之彦又睁大了眼睛，炯炯有神永远没有离他远去，似乎宣告着他又重新选好了赛道。他转身面对着戚郁霞，语重心长地说着："最近一段时间，我想好了，我就安心给灵姗带小孩，而且还想让她多生一个，不能让她老来的时候才发现子女少了。"戚郁霞也赞同老伴的想法,可是,她真的做不到,倦意布满在她的脸上,她坦承了:"我知道你在外面是非常了不起,做了很多大事、实事,大家对你评价很高。但是,我不是女超人,公公婆婆去世早,我年轻时一个人扛两个小孩,我真的不知道自己是怎么撑过来的。两个女儿已经生出来了,只能硬着头皮养下去,而还没有生出来的孩子,可以选择不生呀。人的精力是有限的。我,真的没有勇气再一次面对这样的日子,而且是在我老了以后。"

陆之彦双手握起戚郁霞的左手,微微地摇了摇,专心致志地看着她,轻轻地说着:"你辛苦了,我也欠灵姗一份父爱,让我们帮助他们吧,我也会出一份力的,有我在,你不会太累的!你平时带小愉悦带得太辛苦了,腰都受伤了,不用害怕,他上幼儿园了,可以歇一歇了。等到老二出生后,有我帮忙带着,你的腰一定受伤不了。"他把戚郁霞的手抱在了怀里,恳求着,"我错过了咱们两个孩子的童年,也错过两个外孙子的幼年。现在,我静下心来了,还希望能全心全意再哺育一个幼儿,到时候你要好好地教教我。"

老伴的决心和毅力,戚郁霞是清楚的,他向来是个说到做到的人。她感动得眼角边流出了一小滴眼泪,似乎连平日隐隐作痛的腰伤都好了起来。然而,她还是不忍辜负老伴,慢慢地把两人紧握的手放下,苦涩地说着:"之彦,我知道你答应我的,都肯定会做到的。但是,之彦,我觉得我们还是做不通灵姗的思想工作的。她呀,像你,有些时候我也摸不透她的想法。"陆之彦把戚郁霞搂在了怀里,搂得紧紧的,嘴巴靠近了她的耳朵,轻轻地说着:"让灵姗多生一个孩子,是大好事,她早晚都会答应的。"

戚郁霞点点头，但是没有立刻答应他。她此时内心正犹豫着：要是生下二胎，使得伍愉悦和未见到的孩子都不高兴，那如何是好，眼下伊姗和灵姗关系不也一般般吗？她竭力地安慰着自己：不对，也许是自己教育无方，才使得两个女儿不太团结吧，有陆之彦帮忙，应该会好多了吧，他最擅长的就是让孩子团结。于是，戚郁霞只是回应着："再让我考虑考虑吧。"陆之彦变得有耐心起来了，他听得出来老伴已经从明确反对，转变为不明确反对了，也许还是需要时间来消化一下。

没过多久，戚郁霞走到储物间，她翻出伊姗、灵姗和严东小时候的玩具。往事历历在目，她确实是喜欢孩子的，这些小生命当时都给戚郁霞带来极大的喜悦，要是添了外孙女，岂非更妙哉？

陆之彦坐在客厅里，回忆起严东在客厅的哪些角落干过"小坏事"，再比较起伍愉悦来。他心里思索着：不顽皮，能是小孩子吗？当生活不再那么匆忙了，就该好好欣赏着童真。

这一天，陆之彦和戚郁霞依旧优哉游哉地享受着"二人世界"，他们平静而慵懒的上午被陆伊姗急匆匆而来打破了。陆伊姗在他们家楼下就大声嚷嚷了："妈，听说观音庙的圣像翻新了，晚些时间就要搞开光仪式了，好多人前往东边去呢，咱们也过去看看吧。"陆伊姗所说的观音庙就是镇里唯一一个现存的庙观，而且还是送子观音庙，它设置在镇的东边，这样，早上人们就能迎着阳光前往参拜了。看热闹是人类的天性之一，戚郁霞立刻走到阳台大声回复着陆伊姗："一起去吧，你等等我。"

回到客厅里，戚郁霞看了看陆之彦，她不抱太大的希望，象征性地问着:"我们去观音庙看看,你去吗?"陆之彦放下书本,他本想批驳她和女儿封建迷信,可是一想到自己之前说过的要理解女儿,而他自己也确实闲得发慌,他便顺应大家的想法,讲了:"去吧,我跟着你们去外面见识一下。"戚郁霞既有点喜出望外,又有点手忙脚乱,难得陆之彦陪她们出去玩,戚郁霞就连忙给丈夫备齐水、遮阳帽、防备药油等一切东西。

三人前往观音庙的路上,戚郁霞感到这路边的景色有几分熟悉,却又认不出来,她问陆伊姗:"这里,我来过吗?"陆伊姗疑惑地反问着:"来过呀,你忘了吗?我怀东东前,和你一起到那个送子观音庙里祈求过的。"陆之彦看了看她们两人,没有作声。戚郁霞猛然想起来了,当时的陆伊姗非常希望能一胎生个龙凤胎,当年只能给生一胎,陆伊姗就想让她一次来个儿女双全。但是,到最后送子观音也只是送子,没有送女,她们俩就没有到观音庙还愿了。

过了这么多年,路上变化是挺大的,戚郁霞发现了其中的变化,她惊叹了:"我记得当年这里还只是泥路,现在倒是修成四车道呀,快要成为镇里最好的公路了。咦,怎么路边开了那么多卖香烛的小店?"陆伊姗得意了,便和戚郁霞讲起了这里几年间的变化:"前几年,二胎放开,大家都想着生二胎,而这附近就这个送子观音是最灵的,于是大家便涌来这里拜观音。这两年,镇政府觉得全镇里面就这个观音庙是唯一有活力的地方,就砸锅卖铁特意修上了这一条马路,准备开发送子观音景区,包括今天花了很大力气弄了个开光仪式,寄望于它能引领全镇的经济发展……"陆伊姗的话,让陆之彦和戚郁霞感到有些不可思议了,送子观音还能拉动经济的发展?

没过多久,他们便已到达观音山的山脚下,观音山不高也不陡,适合孕初的孕妇前来爬山,在众山中显得特别体贴。山的台阶平缓之处还设置有长椅,让虔诚的人们能随意休息着。此时,上下山的人都特别多,以女性为主,也许多年前观音庙创立之初就是因为这样的小山适合给弱女子攀爬,才把送子观音庙建于此。戚郁霞敲了敲自己的腰,这上午的运动量不小,让她的腰有点隐隐作痛。此时,她站在路边,看着那么多的年迈母亲跟着子女上山祈求生育,她勾起了深深的回忆。而陆之彦第一次到这样的地方,他感觉很是新奇,到处郁郁葱葱的,还有不少的家庭塑像和挂画,显得很温馨,他感觉还有些像儿童公园。

陆之彦看到有缆车,问她们要不要坐着上去。陆伊姗没有说话,只是用眼神引导着大家把视线放在不远处的一个孕妇身上。孕妇的肚子不算太大,但是年龄应该四十好几了,旁边的青少年应该是她的儿子,另外一个应该是五十来岁的丈夫吧,这么大年纪还能怀上,不容易哪。对高龄孕妇来说,这山爬起来真是费劲,不过,她双手合十,嘴巴喃喃着一些话语,在亲人的搀扶下一步一步走上山。此时的陆伊姗应该联想到,如果接下去自己想再要一个孩子,应该也是这样的光景了吧。

戚郁霞想着自己本来就是一个农村妇女,年轻时做过的苦活累活一点都不少,经济最困苦时还曾经背着灵姗、牵着伊姗来养猪,怎么自己到了城里后反而身体好像退化了呢?戚郁霞觉得自己应该刚毅起来,她就这么说了:"这山不高,咱们坐缆车的话,岂不是连孕妇都还不如?"她的话让陆之彦和陆伊姗眼前一亮,难得戚郁霞那么有兴致,父女二人当然就答应了。

此时,陆之彦掩盖不住自己的疑惑,问起陆伊姗来:"这些人，难道想着，只要这么做，就能生到想要的孩子吗？"陆伊姗作出手势，让父母跟着她上山，她一边领着父母爬山，一边解答着父亲的疑问："现在网上有一个词语很火，叫'仪式感'。老爸，你说为什么岳飞要在背上刺青呀，还刺了大大的'精忠报国'，他不知道疼吗？他不知道刺不刺字都不影响他报不报国吗？"陆之彦愣了一下，没想到陆伊姗是全家读书读得最少的，却能给他上了这么一课，他慰藉地笑称："对，你说得对。过于功利，反倒是得来的时候不会珍惜。"

陆伊姗见父亲表扬她，心里美滋滋的，回头左手扶着父亲，右手搭着母亲开始上山。不久，陆伊姗在一处画像停了下来，她认真地观赏着，然后打开手机、调出照片，笑嘻嘻地问着父母："你们看这张送子观音画像和我看起来像不像？"夫妇两人看着手机里女儿几年前的照片，当时陆伊姗一身白衣，恬静地抱着婴儿期的严东，一副富态且安详的样子，他们都点头称赞："像！"

迎着他们走来的下山信众是越来越多了，他们之间都是谈论着送子观音娘娘是多么灵验，之前求下的愿望实现了，现在来还愿，看到新观音像那么宏伟，都捐了不少香油钱。离山顶不远了，他们已经闻到了香烛浓厚的气息，还有依稀可见的宏伟建筑，他们怀着朝圣的心情，收住了笑脸，继续上山。

到了山顶后，一座崭新的庙堂就坐落在他们的前方，大殿前的大鼎正是香火不绝，信众都列着小队，祈福后虔诚地跪拜。陆之彦佩服着信众之多，他认真往里看了看，偌大、崭新的送子观音像目光如炬，观音左右抱着幼男幼女盘坐在观音莲上，两边有众多的和尚在闭着眼睛，敲着木鱼，念着经。

戚郁霞注意到刚才那位的大龄孕妇赶上他们了，这一次，孕妇不再微声喃喃了，她的音量已经按捺不住了，她对左右家人说着："你们扶我进去好好拜拜，咱们家准备了那么多年了，一直怀不上二胎。现在观音娘娘终于再赐给我们一个孩子了，我们要好好谢谢娘娘。"戚郁霞受启发了，她碎步上前，进入大殿，和其他虔诚的信众一道跪拜着观音娘娘。跪拜之时，她左右瞥了瞥，有些信众祈求的时候哭了起来，戚郁霞心酸了，同为女人，她怎么能不知道想怀胎却怀不上的痛苦呢？突然，离戚郁霞很近的一个信众大哭起来，对送子观音哭诉着："观音娘娘，我年轻的时候不知好歹，不知生育，总是想着晚一点生。现在医生说我老了，不好怀上，请娘娘大发慈悲，保佑我怀上，我必定每年都来供奉你……"

戚郁霞想通了，人在年轻的时候容易因为害怕未知的困难而错过生育，等到生育窗口期过去后，落得后悔收场，再来求神拜佛是为时已晚了。她终于下定决心：自己年轻的时候顶着极大的困难带大了两个女儿，现在怎么能享了几年福，就在孙子的问题上怯懦了呢？自己当妈的，只要还能干，就要为女儿的后半生幸福做贡献。不能让陆灵姗老来后悔，回到少子市后要全力规劝伍自强和陆灵姗再生一胎！至于养育二胎的困难，以后再逐一解决。

又过了几天，戚郁霞的休养疗程完毕，腰伤好得差不多了，她就和陆之彦准备回少子市。严家一起来给他们送别，严东站在后面，并不吱声。戚郁霞向严东招招手，打着招呼："东东，你有空来少子市玩，我带你到处去玩。"严东依然板着脸，回绝道："不去，我只要留在家，我还要外公外婆都在家。"戚郁霞保持着笑容,她走到他的面前抚摸着他的小头,说道:"你有四个大人陪着,外公、外婆还常来看你,弟弟却只有他爸爸妈妈陪着,多不公平呀,东东也要为弟弟着想一下哦。"严东眼骨碌一转,回复着:"那,你们陪一下他,也要回来陪一下我!"戚郁霞笑得更开心了,她和严东钩了钩手指,说:"外婆答应你,我一定常回来和东东玩,还要带上愉悦弟弟来陪东东玩。"严东终于露出了笑容,他点了点头,依依不舍地送他们离开。

人间最美的感情便是人世亲情。

3

戚郁霞不在家的这一段时间里,伍自强和陆灵姗过着叫天不应、叫地不灵的生活。对他们两人来说:繁忙的工作过后,哪还有精力、时间做饭呢,结果,吃饭只能靠外卖、打包来解决了,还能节省买菜、洗碗时间。至于打扫房屋卫生?这又何苦呢,眼不见为净,个人卫生有时间处理好就不错啦!人,心灵干净,就无须屋子干净。

可是,戚郁霞在一次视频聊天时,她看到家里如此之乱,她忍无可忍了,隔空喊话:"你们两人该好好收拾家里了!"结果,伍自强和陆灵姗轮流负责着一个家务日,分工把家务勉强维护好。

有一天,伍自强碰到了一起特别缠人的人身损伤鉴定工作。两个大妈因为小事,相互拉扯到出了皮外伤,但是受伤的大妈非要让法医给她做人身损伤鉴定,当班的伍自强被她软磨硬泡,声称她自己全身各处都有损伤;另一个大妈则死死地盯着伍自强,生怕他经不住压力,胡乱判定,让她背上赔偿损失。伍自强夹在两个大妈之间,左耳听到"我好疼呀",右耳听着"法医,别相信她,她只是想讹诈我"。到了晚上,两人还拒不接受他的损伤鉴定。大妈都有些年纪,伍自强只能自己认了,直到大妈实在熬不住了，才"放"他走。

回到家后，他已是身心疲惫，但睁大眼睛一看，今天是他的家务日，家务全剩给他了他没办法了，实在是太累了，他便对着妻子撒娇道："亲爱的，我申请和你换一个家务日吧。"然而，陆灵姗也因为身心疲倦，她才没有早早帮着做家务。不过，丈夫一般不会耍赖的，伍自强开口了，必然就是真的累了，陆灵姗也心疼丈夫。突然她灵机一动，提出："我也很累呀，要不咱们一起干，但今天的家务日算我的！"伍自强无奈地接受了，陆灵姗这时突然向他挤了个眼色，说着："打起精神来，咱们的好日子很快就到了，我妈他们很快就回来了！"伍自强听到后当即乐开花，心想着救星马上要到了。不过，陆灵姗继续说着："这一次呀，我们可是要对她好好的，咱们继续这样轮换做家务吧，妈妈的腰还没有彻底康复呢。"伍自强听到这里，刚才的振奋立刻就泄掉了，他莫名其妙地就是预感到陆灵姗会先耍赖，似乎陆灵姗的潜台词是："哎呀，今天的家务日你就好好干着吧，昨天是我妈替我干的。要不，你也找个人来替你做？"碰到这种时候，陆灵姗的脸上总是透露着一种信息：不服气吗，我可是有老妈帮忙的！

几天后，陆之彦和戚郁霞依照约定时间回到少子市，伍自强一开始坚决说要亲自开车去民迁镇接他们回来的。遗憾的是，当天一大早又来了一个缠人的鉴定绑着他，使得他白天请不了假。结果，伍自强只能下班后带上伍愉悦，到汽车站迎接两位老人了。其实，陆之彦和戚郁霞很体谅女婿和女儿的工作，他们并不觉得坐长途公共汽车有什么问题。可是，伍自强就是有些强迫症似的，老觉得自己做错了什么，打从接到两个老人之后，他都规规矩矩地站着，话都不敢多说几句。一路上，陆之彦细细地询问着伍愉悦在幼儿园的生活情况，戚郁霞则和伍愉悦聊起了此次返乡的各种趣事，而伍自强两边都插不进嘴，专心开好自己的车。

家人晚饭聚餐的地点选取在一家鱼馆，准备进入餐厅的时候，伍愉悦不愿意了，他拉着戚郁霞，撒娇着："外婆，我想去那家店吃披萨。"戚郁霞还没来得及答应伍愉悦，伍自强已经迅速抱起了儿子，对儿子训话道："昨天才刚吃过披萨了，不行！今晚外婆刚回来，要吃外婆喜欢的鱼，妈妈已经在里面了。"伍愉悦可不管，他向着戚郁霞的方向哭着。伍自强捂住了儿子的嘴巴，向两位老人道歉着："呵呵，抱歉，没想到他上幼儿园后，还是没有一点长进。"陆之彦随口说了一句："教育主要是家里的事，不能把教育的责任甩给幼儿园、学校。"

伍自强心里感觉不妙了，他的第一反应是：他自己没有管教好儿子，岳父还认为他想"甩锅"。伍自强一边自我检讨，一边抱着儿子往前走，引导着他们尽快进入饭局。陆之彦和戚郁霞面面相觑，两人想不出个办法让女婿别那么拘谨，一直以来，伍自强总是把二人当作领导而不是家人了。当进入饭店房间后，陆灵姗热情地接待了他们，聊起了家乡的往事，而伍自强仅仅是听着，自己吃着饭，陆之彦感觉出来：伍自强又回到了数周前的"客人"身份。

回到家后，大家开始各忙各的事情，只有陆之彦悄悄地凑近了伍自强，小声和他说着："有空吗？我有些事想和你聊聊。"伍自强的小心脏立马跳动起来了，他的大脑一片空白，他完全想象不到老丈人打算和他聊什么话题。他只是乖乖地点头，恭敬地回答："有空有空，爸爸，有什么事呢？"面对"中国好女婿"的标准答案，陆之彦反而迟疑了，他自己冥思苦想了几天，实在想不到该怎么开口对女婿说生孩子的事，就算现在真的要开口了，他依然想不到如何把这个事说得妥当。

伍自强眼睁睁地看着陆之彦，等待着他的开口。而陆之彦看了看不远处忙碌家务的陆灵姗，便对家人谎称到楼下茶餐厅吃吃东西，然后就把伍自强拉下楼了。

陆灵姗正想着让两个不善于家务的大男人出去，不要碍着她大扫除，也就同意了。大门关上之时，她突然注意到这是父亲首次约丈夫外出，以往父亲都是独来独往的，陆灵姗疑惑着：难道他们岳婿关系要融洽升华了？戚郁霞知道老伴的"大计"，她配合起老伴来，对陆灵姗说起这次回家陆之彦整个人变了，会主动陪严东一起玩了，陆之彦还称这趟回来会帮着教育伍愉悦的。这些话听得陆灵姗高兴得嘴巴咧了起来，心想：家和万事兴，这应该是他们家最好的时代了！

天色已晚，可是他们家楼下的茶餐厅里依旧是人潮涌动，少子市是一个有夜宵文化的地方。陆之彦和伍自强沉浸在嘈杂声中。伍自强看着老丈人，并不作声，嘴巴仿佛被胶水粘住了一样，一个字都开不了口。陆之彦苦恼了：自己往日和别人说话时多半是谈公事，大家有事就摊在台面上讲，君子坦荡荡，无所不谈；现在自己要在家处理私事了，才发现自己一点都不在行，完全找不到话语的突破口。陆之彦把手伸进桌下，捏了捏自己的大腿，希望能憋出些话来，然而，他还是找不到说事的灵感。

陆之彦点的菜上来了，那是热气腾腾的汤汁牛肉丸。陆之彦抽出牙签，戳中一颗热气腾腾的牛肉丸，分三口吃完，然后喝起普洱茶来。伍自强看着他的举动入神了,陆之彦问:"怎么啦?"伍自强回答:"没什么,只是感觉你的吃法很特别。"陆之彦便自豪地分享起自己的"牛肉丸终极吃法"来:"牛肉丸,一定要趁热吃,凉了就不嫩滑了。因为嫩滑,筷子不好夹,所以用牙签来戳。戳中后,第一口要咬大口,让口腔充满牛肉味的肉香,咬出肉汁,第二口就基本咬完另一边大块的肉,最后一口是全部吃完,再接着就是喝一口醇香的普洱茶来解腻……"伍自强试着做了一下,结果被牛肉汁烫到了嘴巴,不断地往嘴里吸入冷气。陆之彦笑呵呵地说着:"我的绝活可不是那么容易学会的,就灵姗懂得这种吃法!"

说完后,陆之彦还是没想好该怎么铺垫自己的话,于是,他们渐渐冷场起来。伍自强感觉继续冷场下去不太好,他首先发问了:"爸,你们这次回家感觉怎么样?"陆之彦感觉机会来了,他把手自然垂下,别有用心地提到:"挺好的,现在民迁镇正在大力开发送子观音庙景区,回家后我去看了,挺不错的……"陆之彦随后从计生人员催生、到繁荣小学关闭各个事件轮流述说,可是都没有直接说到点子上,他还不断地问:"你听懂了吗?"伍自强哪知道岳父在打什么主意,他仅仅从字面上理解,就不断回答:"听懂了,听懂了。"陆之彦又问:"你听懂了什么?"而伍自强只是把他听到的事件复述了一遍,并没有延伸到其他事情,这让陆之彦感到彷徨了。直到最后,陆之彦感觉自己实在没办法开口谈生二胎的事,他方才放伍自强回家。

回到家里,戚郁霞已是在焦急地等待着,陆之彦便和老伴回房间细说。房门关上后,戚郁霞迫不及待地问:"怎么样?你说了吧,他怎么回答?"陆之彦甚是尴尬,支支吾吾地说着:

"嗯，他应该知道我是什么意思了吧，不过，感觉他对这个事不怎么积极呀。"戚郁霞苦恼了，自言自语着："你是大事不糊涂，小事不会干！哎呀，那我们该怎么办呀？生孩子这事只能靠他们自己的呀。"

陆之彦低下了头，心想着好像也是这么一回事儿：往日他在学校的工作基本上就是决策，具体的事务都交给下面的老师来办，现在真让陆之彦亲手办一个事，他反而显得眼高手低了。陆之彦考虑了一会儿后，微声说着："别着急，我们先做出点成绩来，让他们夫妇看到我们很能干，在带好小愉悦外，我们还有余力再带一个，让他们对我们有信心！"戚郁霞很满意他的答案，赞叹着陆校长有思路，还感觉自己的腰都轻松了。陆之彦没有听进她的赞美之词，他心里面只是想着：这个伍自强，与其说像儿子，倒不如说是像他的副校长，看起来啥事都很愿意配合他，但是就感觉副校长不是自己人，使得很多话都不敢随便说。

戚郁霞刚回到少子市不久，这次她感觉到有些拘谨了，真的不如在民迁镇的自己家里住着痛快。她用肘部推了推老伴，让他好好听着她说下面的话："老伴，我听说欧美呀、日本呀这些发达国家里面，老人都不和子女住，为什么呀？"陆之彦从他的留洋学生中听过很多类似的事，他就端正姿势，专心和老伴聊下去："那些国家的人比我们有钱一点吧，人类呢，有钱了就不爱受气。和孩子分开住了，就不容易吵架了。说是相互留点隐私，其实就是一块防止吵架的遮羞布。你看，我们和他们住在一起，很多东西还要顾着他们的感受，真的不如我们两个人住在家里那么舒服吧。"戚郁霞想说点啥的，却被陆之彦抢先说了，"拘谨点就拘谨一点吧，都老人家了，我还是喜欢一大家子住着，两个人就住一个大房子,有什么意思呢?"戚郁霞认同了老伴的见解,家,首先是家人的家,其次才是房子。

另一头的卧室里,伍愉悦今晚心情特别高兴,外公外婆总算回到家了,他拉着伍自强非要爸爸唱《一闪一闪亮晶晶》,还说那是他过几天要在幼儿园表演歌唱的曲目。于是,伍自强带着伍愉悦靠近窗户,和儿子一边看着天上的星星,一边反复地唱着这首歌。陆灵姗躺在床上敷着面膜,问起伍自强来了:"我发现只要小愉悦一高兴了,他就要听你唱《一闪一闪亮晶晶》,这是什么门道?"伍自强停下歌唱,回复着妻子:"是呀,不知道是不是遗传到了我的基因呢,我小时候高兴的时候都是跟着大哥哥一起唱这首歌的。"

陆灵姗对他口中的"大哥哥"感兴趣了,她撕下面膜,拍了拍自己的脸蛋,也走过去和他们一起看星星,她问着:"大哥哥?以前听你提起过他好几次了,他是谁呀?我认识他吗?"伍自强原本笑嘻嘻的脸色渐渐转为严肃,他努力地拼凑着自己的记忆,和陆灵姗分享道:"三十多年前的窟南县孤儿院里,和我年纪差不多的正常男童,就只有大哥哥了,虽然,他也就大我一两岁罢了,但是我习惯上还是叫他大哥哥,他是我最好的朋友,他一直都很关照我。"伍自强说着说着,脸上已是一片怜惜之情。

陆灵姗看得出伍自强很怀念大哥哥,她又问了:"那为什么没有听你说过要去找他呢?"伍自强讪讪地笑了:"哪有那么简单的事,茫茫人海,你让我去哪里找他?快三十年没有见到他了,我真的不知道他现在在哪里。"伍自强此时的脑海中回想到了十年前,伍自强回到窟南县寻亲的时候,他也尝试找过大哥哥。可是,从孤儿院得到的消息是:那位大哥哥在十几岁后就自已离开了孤儿院,开始自食其力的日子,他没有留下任何信息,与孤儿院失去了联系。此后,伍自强放弃寻找自己的大哥哥了。

伍自强突然话锋一转:"不过呢,他和你一样,也是姓陆的。"陆灵姗这就更感兴趣了,连忙问:"叫陆什么,看看我认不认识他,同姓三分亲,弄不好,他还是我的亲戚呢。"伍自强回答着:"他叫陆部通,你可以理解为,此路不通!"陆灵姗又打趣道:"啊?他的名字听起来好像挺喜欢拒绝别人的?他是不是一个很难相处的人?"伍自强当场就否决了:"肯定不会,先不说他小时候对我照顾有多好,听说他少年时在孤儿院干了不少大好事。有一个先天性缺陷孤儿深夜发病了,孤儿院的看护人员都是老人了,十几岁的大哥哥背着缺陷儿童连续跑了十公里,终于到达医院,拯救了孩子……"伍自强一边说着,一边洋溢出崇拜的表情,陆灵姗和伍愉悦也陪着伍自强想象起陆部通的形象来。

当天晚上,伍自强的心情稍稍有点亢奋,他做了一个梦,准确地说是在他睡得迷迷糊糊之时回忆起童年的往事。那时候的伍自强才四岁多一点,正是淘气的年纪,然而,孤儿院的大人并不像父母那么有耐心,小伍自强因为自己淘气,把晚饭掀翻在地,被孤儿院管理员罚站。夜幕降临了,那是一个寒冬的冷夜,屋内的人都冷得摩拳擦掌,屋外的伍自强更是冷得直哆嗦,他对着冷月欲哭无泪之时,陆部通来到他旁边,和他一起站着,最后还和他一起唱着《世上只有妈妈好》,歌声唱得那么凄惨,引起其他孤儿一起痛哭和跟唱,结果惹得管理员加罚他们俩打扫卫生。梦境做到这里,伍自强哭醒了,潜意识是最骗不了自己的,他一直都想着大哥哥。只是,大哥哥已经不在了,再也找不回来了。

伍自强吸了吸自己的鼻涕,那段日子实在是不堪回首,他记得，其实，陆部通只教过自己两首歌。开心的时候，他们到空地看星星，就会唱起《一闪一闪亮晶晶》，没有别人可以陪伴，能和他们分享愉快的就只有夜空中的星星；遇到伤心的时候，他们会一起臆想着妈妈的关怀照顾，于是，他们就结伴唱起了《世上只有妈妈好》。

第二天，陆之彦夫妇欢欢喜喜送伍愉悦上幼儿园。路上，陆之彦问伍愉悦："你在幼儿园和别的孩子玩得高兴吗？"伍愉悦快乐地回答着："高兴啊，我现在很喜欢上学，有很多同学一起玩。"陆之彦感到欣慰：上幼儿园和别的孩子过集体生活比跟着两个老人强多了！陆之彦提到："很好，要是让你妈妈再生一个弟弟妹妹陪你玩，不就更好了吗？"伍愉悦却直接拒绝了："不要，不要弟弟妹妹。"陆之彦被伍愉悦的粗暴拒绝弄得一头雾水，他想不通为什么伍愉悦总是拒绝接受弟妹。陆之彦便教导起伍愉悦来了："你要正确对待家里的二胎问题。"伍愉悦打断了他的话："外公，什么叫'正确'？"陆之彦被问住了，面对三岁的孩子，他的长篇大论能派得上用场吗？

戚郁霞看不下去了，她拉了拉陆之彦，说道："小愉悦也是这个家的重要一份子，我们不能忽视他的想法，要慢慢化解。要是不顾大孩的感受，直接生下二孩，不就重蹈覆辙了吗？"戚郁霞说得很委婉，但指代的就是陆伊姗和陆灵姗两姐妹，这一点陆之彦是清楚的。陆之彦更深入地想到了：当年陆伊姗在家庭离心，应该和灵姗的出生、成长是有关的。陆之彦不敢再贸然对伍愉悦提出二胎，便和伍愉悦聊起幼儿园的开心事。

没过几天，陆之彦又等来了另一个"劝生"的机会。陆灵姗和伍愉悦都上班、上学去了,伍自强刚好轮班休息在家,这下陆之彦与戚郁霞一起壮胆来催生二胎了。午饭只有他们三人在家吃饭,台面上的气氛很平静,台面下戚郁霞不断地踢着陆之彦的脚,催促他赶紧说出来。陆之彦想好该怎么说后,他挂出了笑脸,高兴地说着:"这几天,我们两个老人接送小愉悦上幼儿园,发现他还挺乖的。自强,你们教育得好呀!"伍自强谦虚了一番:"哪里,哪里,多亏有了你们的帮忙,我和灵姗才没有继续过着焦头烂额的日子。"陆之彦点了点头,鼓起了勇气,顺势说出:"自强,我看呀,趁我和你妈年纪都不大,还能干些事情,你就和灵姗抓紧时间再生一个吧,我们两个肯定能给你们把两个孩子看得好好的!"这几天来,伍自强隐隐约约感觉到岳父岳母不太对劲,现在他们俩突然亮出了底牌,伍自强被打得措手不及了。

伍自强放下了碗筷,他满脑子都是"脆弱生命的回忆",他恭敬地回应着:"我不太敢生二胎了,我和灵姗真的工作太忙,没有太多时间精力分给二孩。要是生下来又不好好养育,真的不如不生。"伍自强的回答有点牛头不对马嘴了,戚郁霞追击着他:"这没关系呀,你爸本来就是说你们俩没有时间,我们才帮你们弄嘛。现在小愉悦上幼儿园了,我们两个老人还不到六十岁,多带一个孩子,完全没问题。"伍自强露出了无奈的苦笑,他说:"不够的,现在咱们的人力全力抚养一个孩子还差不多,再来一个,不太能兼顾吧。而且,我平时已经没有多少时间能陪小愉悦了,再生一个,怕是父爱不足。而且,这里地方小,换一个大房子我们实在是没能力……"

伍自强还想着再说多一点的,可是,他的手机正好响了起来。伍自强一看到电话号码，连忙放下了筷子，他竖起了手、摇了摇，示意岳父、岳母安静，然后一脸愁眉地接听了电话，简短地回复了几个"可以"后，失落地挂断了电话。戚郁霞看到他的表情，她小心翼翼地问："自强，有什么事吗？"伍自强强装欢笑，回答着："没事，就是收到行动的指示而已，下周。"戚郁霞此时也放下碗筷了，急促地说着："下周？下周可是小愉悦班级的第一次演出和家长会呢，他最近很认真排练节目，就是想给你们好好看看呢！"伍自强无辜地看着戚郁霞，回到刚才的那个话题："所以说嘛，我的父爱，一个孩子都不够用，哪有勇气再来一胎。"两个老人觉得他一个大男人怎么就那么矫情了呢？还没等他们展开口诛笔伐，伍自强再补充了一句："我是个孤儿，最清楚父母不在时的感受了。让孩子一出生就过苦日子，还不如让他不出生呢。"陆之彦和戚郁霞听到这掷地有声的一句话后，什么话都不敢说了，谁叫伍自强的人生那么灰暗呢。能给予孩子的，他一定不会吝啬；给予不了孩子的，他必然是有苦难言。

晚上，伍自强要出差的消息传到陆灵姗和伍愉悦处了，伍愉悦躺在地上就哇哇大哭，非要爸爸留下来看他表演，即使伍自强使出"零食绝招"都不太管用。陆灵姗在一旁看着也着急，她抱起儿子，拍了拍他的后背、不断安抚着，然后向伍自强提议了："自强，要不，你就辞掉死刑执行的任务吧，只做一般的法医就好了。"伍自强不太愿意，他推托着说："好不容易才考到这么一个证书，舍弃了多可惜。你知道全省的死刑法医是很少的吗？"陆灵姗不依不饶，还抛出了这样的话："少又怎么样？你要是不干了，马上有人补上！现在咱们家不缺这个钱了，你就当作是积点阴德吧。在古代，你的这些任务就是刽子手，能不做就别做啦。"

伍自强的忍让到了极限，他留下一句话就回房间收拾东西："陆灵姗，你能理解这份工作吗？"

终于到了伍自强出差的那一天，这几天来伍自强总是睡不好，感觉浑身都酸痛酸痛的。陆灵姗和伍愉悦早早就上班、上学去了，只是给他留下一张纸条：祝一路平安。伍自强微微一笑，穿好衣服后准备上班了，一走出房门，戚郁霞就叫住了他，给他递上一张平安符，还说是从老家的寺庙求到的。伍自强感觉莫名其妙了，仿佛走上刑场后、被执行死刑的是他自己，他只是一个法医而已，还需要保平安吗？戚郁霞看着他一脸的疑惑，特意提到："这张符是用来辟邪的！"伍自强不好反驳她，他乖乖地把平安符装进口袋，报之以笑容就出门了。

到了办公室，伍自强一遍又一遍地认真阅读着关于此次死刑的文件和执行死刑的操作规范。出发前，助手和往常一样，汇报着："工器具我已经检查过了，你需要再检查一遍吗？""要！"伍自强毫不犹豫地回答。他再详细检查了每一件工器具，尤其是针头和药品，防止死刑执行过程中出现了意外、让犯人痛苦得半生不死。每次出发前，伍自强还会给自己灌输这样的理念：对方都快要去世了，不管生前犯了多严重的罪行，就让他去得舒舒服服吧。

准备齐全后，助手负责开着刑车，两人一同前往刑场。伍自强看着车窗外变幻莫测的天气，他甚是不解，疑惑着："早上出门的时候还没有什么雾的，怎么一下子雾气就变得那么浓了？"助手同意了："是呢，这些年来都很少有这么大的雾了。"话刚说完，对面有一部大货车突现在前方，好在对方迅速转弯到自己的车道，避免了一次车祸，但是双方都吓了一大跳。伍自强刚出门的时候，内心还是平静的，这下，他的心怦怦地急跳着，第一次出发碰到这么危险的事，他手中赶紧握着戚郁霞早上给他的平安符。伍自强不断地安慰着自己：难道真的是刽子手的晦气太重了吗？不对，这世上肯定没有这些东西的！

助手选择和伍自强闲聊来壮胆，他聊到："强哥，你的孩子不小了，亲戚朋友有没有催你生二胎？"伍自强惊魂未定，只是简单附和着他："父母都天天催促了。"助手仿佛找到了志同道合的伙伴，他把胸中的苦水尽数倾述："看来年轻爸爸都不可避免碰到这个问题呢。唉，我只是做法医助理的，收入那么低，事业上是看不到希望啦，全家的生计都没有太大的保障。而现在这个儿子，我都没有什么资源可以给他，还怕他和我一样一事无成呢。再来一个孩子，一起挨穷，何必呢？可是，父母、老婆、儿子都想再生一个，搞得我在家孤立无助……"伍自强只是听着助手发泄，没有插一句话。

沿途虽然不是险象环生，但两人也是战战兢兢。一阵颠簸后，他们稍晚一点便到达了执行死刑的刑场，此时，死刑执行法官、检察官皆已到位。伍自强下车的时候看了一眼刑场，和往常没有太大的不一样，就是今儿的雾太大了，稍微远一点的地方都看不见。太阳仍然在那个高度、发着同样的亮光，只是被大雾窝藏了阳光罢了。四处都静悄悄的，连风力都弱小起来了，依稀间还能听到不远处的高压电线发出嗞嗞的声音。

伍自强和众人握手寒暄过后，法官拿出了执行死刑的程序单，和伍自强核对着："伍法医，虽然你执行过很多次死刑了，但我还是应该按照规定和你核对一下程序的。你要是没有疑问，今天的死刑，咱们就按照这个步骤一步一步地往下走吧。"伍自强扫了一眼后，没有太多的疑问，唯一的问题就是让死刑犯讲遗愿的那一项专门被标注了问号，伍自强就询问了："法官，为什么讲遗愿这一项被标注了一个问号呢？"法官耸耸肩，无奈地说着："这个犯人就像是借我们的手来自杀似的，到目前为止，他还是坚持自己没有遗愿。唉，我们走到这一步程序的时候再看他有没有什么要说的吧。"

伍自强还是第一次听说死刑犯没有遗愿的，他倒期待着会一会这与众不同的死刑犯了。伍自强从法官的手中拿到了死刑犯的资料后认真阅读起法院的判决书来了。才看到正文的第一行字，伍自强就心神不定了，被告人的名字竟然是"陆部通"。难道……伍自强再往下看，出生年月、籍贯之类的资料和他认识的陆部通都基本吻合，伍自强整个人呆住了。接下去的一大段作案过程，伍自强自然是没有心情细看，只是大概知道是犯人杀死了一对夫妇，还羞辱了尸体。

伍自强着急地向法院人员要了犯人的个人资料，当伍自强翻到犯人照片时，他震惊得手都松下来，一沓资料掉到地上。

伍自强大脑之中一片空白，他只是法医，不是侦探，没有办法把碎片化的线索组合起来。伍自强的异常反应引起了法院和检察院工作人员的注意，只是他并没有察觉。伍自强捡起资料来，让助手看了看，然后问助手："你还认得出这个人吗？"助手看完犯人照片后也吓了一跳，惊呼："这，不就是路友福，路大哥吗？路友福、陆部通，难道，是同一个人吗？"助手心里清楚路友福和伍自强的关系，这下他来了不祥的预感。

伍自强和助手的疑惑没有持续太久，主持死刑的法官看着手表，向他们宣布："执行时间到了，现在押犯人上来。"监狱大门打开了，犯人向他们走来，由于离得太远，伍自强完全看不清对方的样子，只是看到犯人昂首挺胸、大步走来的，此时，那名犯人更像是一个胜利者，在左右几个狱警的"陪护"下向他们走来。然而，当走得稍微近了一点后，犯人看清楚了伍自强的模样后，他突然转身想离开，却被狱警当场架住，拖着他继续前行。伍自强有些慌张了，如果这犯人真的是他的一位友人，不管是陆部通还是路友福，也不能让他受到此番对待吧？伍自强想向前阻止狱警的，可是助手迅速抓住了他的手臂，助手向他摇了摇头，暗示他要沉着。伍自强无奈了，毕竟法医并不能阻止法警执法，他只能老老实实地站着。

不管犯人怎么嘶喊"放开我，我要回去"，狱警仍然把他拖至行刑车前面，犯人知道自己逃不掉了，他便用双手遮住脸，生怕别人看到他的脸，双手的手铐铁链碰撞出哐哐声。所有人都感到奇怪了，他们都是有过执行死刑经验的人，这个犯人前后仪态表现得那么反常，让他们都别有所思。执行法官让大家拿起资料一项一项核对着，然后对犯人呼喊着："陆部通，现在需要核对你的正身，请把你的手放下，让我们看清楚你的脸。"陆部通仍然不愿意放下遮挡，眼看狱警要动手把他的手强制压下，伍自强情不自禁地说："陆先生，请你放下手吧。已经是生命的最后时刻了，就让我们看一看你吧，这不是多么为难的事情，不要再让自己受到伤害了。"伍自强的声音是那么熟悉却又显得羞涩，陆部通知道自己躲不了，既然自己是一条汉子，还有什么需要畏惧的呢？陆部通把心一横，双手放了下来，露出了憔悴的脸，以及飘游不定的眼神。

　　伍自强清晰地认出，曾经被称为"路友福"的友人正是这样的脸蛋。助手靠近了陆部通，认真分辨着他的脸庞，然后不解地问："你，是路友福，路大哥吗？"陆部通轻微地点点头，似乎是不太愿意搭理地默认了。助手怜惜道："路大哥，你在鉴定所里不是这样子的……"助手说了很多的话，可是，陆部通并没有听进太多的话，他只是和伍自强对视着，他们两人此时都在尝试着猜想对方的想法，却又不愿意首先说出口。陆部通从犯事到上刑场都没有想到会这样和伍自强重逢。那一年，当他不再使用"路友福"这个名字时，他以为自己从此将和伍自强永远告别。然而他现在一细想，全省的死刑执行法医本来就只有那么几人，轮到伍自强给他执行死刑确实有一种不小的偶然性，只是，这样的偶然性是老天爷开的天大玩笑！

　　伍自强目不转睛地看着眼前的陆部通，稍微回过神来后，他努力地用上自己所有的鉴定知识，仔细地把记忆中的小陆部通、路友福和眼前的死刑犯做面相比对。伍自强心情愈加沉重了，无论他怎么看，那三个面相都指向同一个人！伍自强的眼睛有些湿润了，他猜到了，他寻寻觅觅多年的大哥哥，其实早就来看过他了，只是他自己过于愚蠢，过于依赖小陆部通脸上的疤痕，没有辨认出路友福就是陆部通。伍自强哽咽着，嘴巴喃喃细语："陆大哥，你脸上的疤痕呢？"陆部通渐渐地低下了头，轻声回答："很多年前就用激光去掉疤了。""是你来鉴定所之前吗？"伍自强反射式地追问着，并下意识地往前走了几步，好看清楚他的脸庞。而陆部通已是什么都不想说了，只是低着头，在这种场合，被看清楚了，并不是什么光彩的事。

在场一起执行死刑的其他人员都能看得出陆部通与伍自强有很深的关系，至少是和他们鉴定所有很深的渊源。牵头执行死刑任务的法官感到为难了，大家心里都怀疑着伍自强是否构成回避条件，法官必须要确认好这一点。不过，法官选择相信伍自强不会徇私枉法的，法官打断着两人的交谈："伍法医，您要是验明身份没有问题，就可以在这里签字了吧。"法官害怕夜长梦多，他一边说着，一边指着死刑执行书，催促着伍自强赶紧签字执行死刑。伍自强提起了沉重的手，他脸色沉重，眉头紧锁，抓起了笔靠近了文件后，又突然地松手了，笔掉到了地上，他捡起了笔又重新靠近了文件，把手放在纸上，准备比画着。助手能感受到伍自强的痛苦，他便向伍自强提议着："老大，你要不要选择回避，换另外一个法医来行刑？"法院和检察院的同志都注视着伍自强，大家等待着伍自强是否回避的决定。

曾经亲密无间合作的同事竟是幼年时对他爱护有加的大哥哥，这难得的重逢和惊喜，本应该是美好难忘的团聚时刻。可上天偏偏要在这种重逢的时候让他来亲手结束最好兄弟的生命，他怎么可能忍心下得了这个手呢？伍自强的手从纸上渐渐挪开，忽然间，他动了点小心思：要是自己现在回避，陆部通今天肯定就执行不了死刑，怎么说也能让他多活个几天！

然而，陆部通看出了伍自强的犹豫，他却这么说了："不用换人了，再活几天也是折磨。伍自强，在你的手上结束生命，我会更心甘情愿一点的，我知道你下手不会太狠的，会让我死得舒舒服服的。有你在也好，怎么说也是有熟人陪着，这样我死了，后事也有你料理。死在陌生人的手上，我不甘心！"陆部通的话出乎了大家的意料，伍自强被触动了，他看着陆部通无畏的样子，他也想通了：陆部通的死刑已成定局，自己要是回避了，在牢房多活几天真的没有多大的意义，既然陆部通有这个意愿，就尊重他的意愿吧。

伍自强说不出话，脸上的冷汗渐次增多，他再一次抬起了手，艰难地签上自己的名字。虽然仅仅是常规易写的"伍自强"三个汉字，但这次的签名绝对是他人生最难签的一次。签完字后，伍自强使劲地吞了一口水，开始了说话："法官，我就不回避了，请你相信我，我绝对不会乱来的，我以我的人格做担保！"法官和伍自强合作过几次，他没有理由怀疑伍自强的人品，和法院、检察院的同事做简单的眼神交流确认后，他点点头，对伍自强表示赞同。紧接着，伍自强拿出职业生涯以来最大的勇气向法官请求着："我还有最后一个请求，请求你们允许我和他聊个十五分钟，不，十分钟也行，让我了解一下他对后事的想法，可以吗？"

法官看着他执着的样子，显得十分为难，他从来没有见过执行死刑的工作人员提出要和犯人聊天的先例。法官内心很纠结，他也想行行好心，让死刑犯过好最后的时光，可是，按照规定，执行死刑是很严肃的事情，他们本应该是任何多余的话都不该说，做一步大家核对一步的，直到犯人的骨灰处理好为止。现在他们罔顾规定，岂不是全部乱套了？陆部通不再"硬汉"了，他软化了自己的表情，向法官哀求着："法官，请你做做好心，让我和他聊一聊吧，求你了。"法官闭上眼睛，不敢做出任何决定。陆部通顾不了那么多了，他弯曲了双膝，准备跪下来，只是身旁的狱警怕有异样，紧紧地架住了他。检察官打破沉默了，他说："法官，陆部通到现在还没有立遗言，按照程序，是该听听他的遗言的,这不算违规。另外,陆部通是孤儿,他没有亲人料理后事,既然伍法医是他的熟人,您就看在人道主义的分上,让他交代一下遗言,让伍法医代为实现遗愿吧。死者为大。"

法官慢慢睁开了眼睛,看着天上堆积的云朵,他的大手摆了摆,示意他们:该怎么干就怎么干,我看不见!

法官松口了,伍自强算是拿到了"安慰奖",即使是被众目睽睽地监视着聊天,他仍然感到很满足。不过,陆部通还是很羞愧,他实在没有底气和伍自强开怀畅聊。看着陆部通的眼神,伍自强想起了小时候的往事。

伍自强至今还约莫记得陆部通被送到孤儿院的场景,即使自己那时候才三岁,是模糊懂事的年纪。当时孤儿院的孩子都集中在门口,观看着新孩子的到来,院长爷爷抱着哭泣不止的小陆部通走进了孤儿院。那时的大孩子们在依稀讨论着他的身世,"他的父亲犯了大事、被判了无期徒刑,母亲下落不明……"伍自强藏在哥哥姐姐当中似懂非懂地听着。陆部通进入孤儿院后,什么话都不说,只是一个人蹲着,双手遮住自己的脸,生怕被人认出他的模样,而大家也不理睬他。

傍晚,看护奶奶带着陆部通来做伍自强的思想工作:"自强,通哥哥才比你大一岁,就让他睡你的上铺吧,他是个好哥哥,你们两人要好好地玩哦。"小伍自强懵懵懂懂的,既然多了个玩伴,他就高高兴兴地答应了。没过多久,看护奶奶领着陆部通走进了大卧室,两个孩子第一次面对面对视着,陆部通心情很是阴沉,看完伍自强后他侧身站着,仍然不想让别人看到他的脸庞。看护奶奶让他们都坐在伍自强的下铺小床上,两个孩子乖乖地坐在床上，保持着羞涩的眼神，而小伍自强也不会说太多的话，只是对着陆部通无辜地笑着。看护奶奶简单地交代孩子们要友爱相助后就离开了，伍自强依旧对着陆部通无辜地笑着，而陆部通迅速站起来，把身子转过去，背对着他。

没过多久，陆部通爬上自己的床哭了起来，不时地喊着妈。这样的场景，在孤儿院已是见怪不怪了，大家都没有理会陆部通的哭泣。唯独伍自强爬上了上铺，问候着他："大哥哥，你怎么了？"这时候，陆部通露出了羞涩的红眼睛，他擦着脸上的泪水，哽咽地应答着："没什么。"伍自强拉了拉他，邀请着："下来吧，我这里有东西玩。"陆部通一开始不想理会他的，甚至在他拉着陆部通的时候，陆部通想动手揍他的。可是孩子就是孩子，总会想和亲近的人一起玩的。陆部通最后拗不过伍自强，跟着他下床去了。陆部通是从外面进来的孩子，一眼就看出伍自强的玩具是别人舍弃，方才捐到孤儿院的。刚开始，陆部通不愿意碰这些肮脏的小玩意儿，伍自强并不在意，继续傻笑着、玩着。等陆部通的羞涩期过去了后，他和伍自强便一起玩了起来，这一幕，让窗户外监视着的看护奶奶感到特别安心。从那天开始，小陆部通和小伍自强便成了好朋友。玩着玩着，还有人说他们俩长得越来越像呢。

那一段童年，说不上幸福，但开心的时光还是有的，即使是最后多半以悲剧收场。那一年，伍自强即将四岁了，陆部通苦于弄不到小小的礼物送给他，便怂恿着他外出："你生日没有吃到什么好东西，不过呢，我知道哪里有很好吃的水果，晚上我带你出去找好吃的吧。"伍自强虽然心里痒痒的，但他是一个老实的孩子，他疑虑着："不好吧，我还没有离开过孤儿院呢，要不，你自己去吧。"陆部通拉了拉伍自强的小手，诱导着他："正好！你到现在还没有去过外面，更应该去一次嘛。再说了，今天是你的生日，我是你的大哥哥，要是在你的生日里，我没能给你弄点好东西的，我哪有脸面！你听我说，我在阳台看到村子里面的大人特别爱护一棵果树，他们吃着那个果子的时候摆出一副很美味的样子，看护奶奶和我说，那叫作猕猴桃。咱们可以在树上吃，吃够了才下来……"

也许是在孤儿院确实吃不到好东西，也许是陆部通怂恿人的功力比较强，伍自强最后答应一起去了。陆部通的小眼睛转了转，补充道："不过呢，我们一定要保守秘密，要是被别人知道了，院长爷爷和村民弄不好会赶我们走的。"伍自强懵懂地点了点头。

深夜时分，大部分人都已经睡着了，不安分的两个孩子静悄悄地起床了，他们越过小铁门，溜出了孤儿院。借着月光，陆部通领着伍自强到了一处大树之下，伍自强看着树上圆滚滚的猕猴桃，他的口水都快要流下来了。陆部通之前没怎么爬过树，但是为了伍自强，他硬生生一点一点地爬到树上。到了一个比较安全的粗树干上，陆部通往下一望，连自己都毛骨悚然了，换作平时，他绝对不敢爬到那么高的位置。陆部通把头摆正，自己给自己鼓气：不往下看，就不会畏高了！

陆部通缓慢地移动到身旁的猕猴桃果枝里，他迅速摘了一个果实扔下给伍自强，先让他尝一尝。伍自强闻着猕猴桃的味道，果味芬芳，让人难耐，他立刻撕掉果皮吃了起来，这果肉细嫩，肉质多浆，果汁丰富，清甜爽口，酸中带甜，他感动得快要哭了。唯有月亮和星星陪伴着他们幸福的这一刻，陆部通唱着《一闪一闪亮晶晶》，一边采着猕猴桃，一边和伍自强一起品尝着出生以来最美味的猕猴桃盛宴。

然而，容易采摘的猕猴桃很快被他采得差不多了，陆部通左看右看，只有边上的细枝才有大串的果子，虽然有点危险，但是他看着伍自强一副意犹未尽的样子，陆部通就鼓起勇气，抓紧树枝缓慢往前爬着。树枝变得倾斜，可是陆部通没有爬树的经验，意识不到危险正在来临。陆部通仍然继续往前爬着，离一大撮猕猴桃已经非常接近了，他伸出小手去摘，突然，树枝完全折断，他整个人从几米的高处坠落在地上。伍自强非常害怕，立刻去扶起坠落在地的陆部通，树枝卡到陆部通的眼角边流血了，更可怕的是，陆部通受伤严重，他的意识出现了模糊，伍自强叫唤着他，可是他没怎么回应着。

伍自强急得哭了起来，这时，陆部通使出全身的力量举起手来，他尝试着捂住伍自强的嘴巴，他知道：如果附近的村民知道他们俩出来偷猕猴桃，后果是很严重的，所以，只要他还有意识，他就不能让外人知道。伍自强明白他的意思了，伍自强哭泣着扶着他到不远处的小溪洗了洗脸，陆部通舒缓过来了，他渐渐地恢复意识，脸上的疼痛感也渐渐消失，他坐在地上傻呵呵地笑了：村里人没有察觉，今晚总算有惊无险，伍自强和自己也总算吃到好果子，这次偷跑出来，值了。

伍自强一开始还高兴着的，突然间，他脸色绷紧，双手颤抖着，惊慌地叫唤着："大哥哥，你的脸，你的脸。"陆部通透过月色和水面，看到了自己肿胀的眼角边凹了一个大坑，看来是会给脸上留下疤痕了。陆部通抽泣了，他突然间非常后悔，可是，他已经无力回天。

陆部通心情异常沉重，接下去，他什么话都不说，伍自强感觉到他在生闷气，两人随后乘着月色回去了。第二天早上，陆部通躺在床上起不来，大家只看到陆部通精神不振，还脸上肿了一大块，都非常震惊。伍自强感觉不对劲了，赶紧叫来看护奶奶。看护奶奶一遍又一遍地询问着他，陆部通脸上疼得不行，他缓缓地说是自己从床上摔下来的，还说休息一下应该没事。看护奶奶猜出陆部通肯定是干了什么坏事，不过，没有什么事比拯救孩子的生命更重要的了，她连忙喊了医生过来。山村的医疗条件并不好，医生给陆部通配药，他也准时吃了，可他的脸还是很肿。医生悄悄地和看护奶奶说："这孩子治得太晚了，脸部发炎太严重了，我只能干到这个份上了，接下去就看他的命数了。"

陆部通的情况一天天地恶化了，他已经起不了床，躺在床上，与伍自强胡言乱语起来了："孤儿院向来不缺少孩子夭折的事情。上个月，那个先天性心脏病姐姐还没来得及留下遗书就走了，很可惜。自强，我不想就这样死去，没留下一点东西。"先天性缺陷儿童是人间的悲剧，一些家庭难以承受悲剧，就把那些孩子送到孤儿院来，所以，小小年纪的伍自强对生死并不陌生，表现出了早熟和顽强。伍自强没有像普通人一样安慰着陆部通，而是平静地站着，全神贯注地听着，回应着："你有什么想法就说吧，我认真听着的。"陆部通意识模糊地说着："你和大人说，让他们告诉我的妈妈，我真的很想她，让她带走我的身体吧。"伍自强听了含着泪答应了。

接下去的日子里，伍自强每天以泪洗脸，他坚持每一顿饭、每一次药都亲自喂着陆部通，还不断地和陆部通说话，鼓励他赶紧好起来。所幸，陆部通骨子里有一种顽强的生命力，慢慢康复直至最终痊愈了。只是，脸上的伤疤彻底成型了，这个伤疤从此跟随着他的前半生。

伍自强不想回首往事了，他让狱警给陆部通稍微松绑，然后问起他来："从孤儿院出去后，你找过你的父母了吗？"陆部通松了松筋骨，了无生趣地谈着："找过了。我爸还在重犯监狱，我每次去看他，他都只是叫我不要贪心，不要抢别人的东西，至于外面的世界变啥样了，他自己完全不知道。我妈呢，改嫁后，日子过得平平凡凡，我就不打扰她了。我就一直自己一个人过着。你呢，找到亲生父母了吗？"伍自强仿佛被点了穴一般。

刑场周边的雾气渐渐收起，四处变得清晰起来。伍自强问陆部通了："大哥哥，你是路友福吗？"陆部通抬起头，说道："我在你的身边当'路友福'都几个月了，你还没看出来，真的是傻孩子。"伍自强指着他脸上曾经最具标志性的伤疤，问："你的那块疤什么时候清除的呢？"陆部通露出了死刑犯难得的笑容，即使是一种苦笑。陆部通摆出了这些天来仅有的骄傲样子，宣称："我十几岁从孤儿院出来后，拼命赚钱去做了几轮激光祛疤，才告别了儿时最大的痛点。也正是由于这一个伤疤被清除了，我才有勇气去找你。"

伍自强挠了挠头发，一股兄弟情如暖流般暖透了他的心头，往事历历在目，一幕幕青春岁月在他的大脑中播放着。那时候，伍自强刚上班不久，他每天上班的第一件事就是祈祷着千万别发生命案，那时的他还特别畏惧尸体。一天，鉴定所新招聘杂务人员，其他应聘者一听说要搬运尸体都打退堂鼓，只有一个名叫"路友福"的年轻人坚定地报名，于是，他直接被录取了。没过多久，伍自强最担忧的事终于发生了，伍自强奉命和路友福搭档去运送尸体。路友福开着车，而副驾驶座上的伍自强显得十分不安，这是他和路友福的第一次见面，伍自强没有心情去辨认着路友福是不是熟人。

路友福看着伍自强窘迫的样子，似笑非笑，问伍自强了："伍法医，你那么害怕尸体，为什么还要读法医呢？"伍自强哀叹着："因为读这个专业不用交学费嘛，适合穷孩子读……"路友福不是来闲聊的，他很快就把话题岔开了："你的父母呢，他们没有供你上好大学吗？"伍自强摇摇头，回答："他们生了几年的病，去世了。"路友福露出了复杂的表情，一时间，他们什么话都没有聊着。

到了目标地点——命案现场，死者死了已经有好几天了，屋子里弥漫着浓烈的尸臭味。伍自强减缓呼吸的节奏，强忍着恶心犯吐，走进到尸体的房间，先听着警察描述事发经过，可是，他愈发觉得自己更难受了。最痛苦的时刻到来了，伍自强战战兢兢地到死者面前，当他一掀开盖在死者脸上的白布后，一阵尸臭味布满了他的鼻子，他竟然犯吐了，连忙盖上白布，跑到屋外呕吐。

伍自强坐在地上叹着气，他严重怀疑自己是否适合做法医，还思考着是否应该改行做其他工作。这时，路友福捧着盒饭过来了，他递上盒饭，安慰着伍自强："来，吃个咸鱼饭。"伍自强觉得自己在新同事面前出大丑了，他无力地摇摇头，说着："不吃了，没有胃口。"路友福一屁股坐到伍自强的旁边，打开一个盒饭津津有味地吃了起来，他还对伍自强说着："我之前干过杀猪的工作，第一次看别人杀猪的时候，觉得人怎么可以那么残忍地下手，而且猪还特别臭。没办法，我只好吃点咸鱼饭，闻习惯了咸鱼臭味后，我就直接去杀猪！谁叫自己穷呢，硬着头皮上咯。"伍自强对他的提议挺感兴趣的：用咸鱼的味道去覆盖尸体臭味。伍自强拿过另外一个咸鱼饭来，他闻着咸鱼味，努力克服着心理障碍，硬啃着首个收尸任务，这一次，他总算不再犯吐了。从这次以后，伍自强慢慢适应了这份工作。

　　薄弱的阳光穿透了云层的缝隙、冲破了雾气，射向大地，刑场上很久没有凉风吹动了，大家感觉热起来。伍自强掏出汗巾，走向陆部通，这个举动引起了法警的高度警惕。伍自强看出他们神经高度集中了，他给陆部通擦完汗后，自己主动往后退了退。伍自强又问起陆部通来："大哥哥，当年你在鉴定所为什么要不辞而别呢？"陆部通哼了一下，露出一副无关紧要的样子，轻描淡写道："我看你的日子过得好好的，不需要我照顾了。而当时，那个副所长实在太讨人厌了，他那么针对你，我气不过，打完他一顿后，我就只能卷包袱走人了。反正我也看他不爽很久了，打了他后我感觉真解恨！"

　　陆部通这么一说，伍自强就立刻回想起来了，当年副所长被神秘人打了一顿后，副所长很快就申请调离鉴定所，从那时开始，伍自强迎来了最幸福的日子。可是，伍自强并没有感谢眼前的路友福，他反而暴怒了，斥责着陆部通："你怎么可以总是那么冲动的呢！怎么你总是想着用暴力解决问题呢？"陆部通摆出一副"有理不在声高"的样子，他缓缓地说："像我这样子，除了还有点体力外，还能有啥呢？"伍自强不知道该如何反驳陆部通了，也许反驳是多余的。因为，陆部通给伍自强留下印象最深的，除了对他好以外，就是好勇斗狠！

　　伍自强又记起了小时候陆部通就显露出来的坚韧和暴戾。就在陆部通结疤的那段日子里，有一个比他大两岁的男孩嘲笑着他的伤疤,陆部通当场就和他厮打在一起,虽然基本上陆部通是挨揍的样子,可是陆部通完全不投降,直到看护人员拉住了那男孩,陆部通还不停手。被孤儿院惩罚的时候,他一声不吭,眼神中怒视一切的样子,连小伍自强都害怕。当天晚上,那个男孩睡着后,陆部通竟然拿起板凳猛击他的双手,不管那个孩子是否求饶,不管别的孩子怎么哭喊,也不管伍自强怎么拉着他,陆部通仍然猛击那孩子的双手,还扬言着:"就是这双手打我的!"接踵而来的惩罚是巨大的,陆部通被闭了很久,但从那以后,再也没有人敢欺负陆部通,作为交换,也没有人敢和他交朋友,除了伍自强。

刑场百余里之外,林之华的肚子稍稍隆起,她又来到了陆灵姗的诊室。这一次,她没有带秘书,神情上有些失落的样子。陆灵姗调戏着她:"你不是前几天刚来过这里吗?咋来我这儿来得那么勤快呢?"林之华稍显憔悴,她摸了摸额头,苦恼地说着:"陆大夫,我头疼,嗓子也不舒服,很想咳嗽,早晚还容易流鼻涕。我该怎么办呀?"

陆灵姗知道孕期生病是可大可小的事情,她详细检查后,眼睁睁地看着林之华,问着:"你是不是还在工作?"林之华莫名其妙,只是简单回复着:"是呀,怎么啦?"陆灵姗往后靠着椅子,细细说来:"我猜,你应该是工作中只顾着应酬,没有休息好,所以患了一点点急性咽喉炎。你就不要只想着吃药了,回去主要靠多休息,少应酬,多喝水,靠自己的免疫力调节身体吧。其实呀,你家并不缺钱,你就别工作啦,安心在家养胎吧,孕妇呀,惹上了病真不容易痊愈,吃药会容易导致胎儿畸形的!过一段时间,春季流感高发期又到了……"说着说着,陆灵姗看到林之华想说话了,她就先发制人,抢先说了:"我知道你想让我开药给你吃吃的,别想着走捷径啦,乖乖地养好胎。"林之华被陆灵姗拿捏得很准,她考虑一下后选择投降了:"好的,我会考虑一下的。"陆灵姗还是不太放心,警告着:"你也不用再去挂内科之类的了,他们也不敢随便给你配药的,还是回到我这里配药。"

林之华抿嘴笑了,回应着:"你怎么这样子怀疑我呀?我打探过了,你是整个妇产科最年轻的副主任医师,医院的内部培训考试你也经常考到第一。你那么厉害,我当然听你的,哪会去找别科的医生呢。"陆灵姗当即谦虚了一番:"我也没有多厉害了,就是遗传到爸爸,会考试而已,水平还是马马虎虎。"陆灵姗说着话的时候,她拉开了抽屉,拿出一个护肤品,准备转移着话题,她问了问林之华:"林女士,我之前听你讲过几句法语,像你修养那么好,法语应该挺不错的。我前几天刚买了这个法国护肤品,请你告诉我这是什么意思。"

林之华缓缓接过护肤品来,她左右翻看后,微微张开嘴角,退回给陆灵姗,坦承着:"陆大夫,我的那几句法语是专门学来唬人的,你别当真。商人嘛,是需要包装一下的,和你的真材实料不一样。"陆灵姗这下反而尴尬了,心里苦恼着:林之华会不会认为自己是专门来考验她的呢?自己也真是的,只会考试,不会处理人际关系。好在,林之华站起来,说:"不打扰下一个孕妇看诊了,我该走了。"陆灵姗向她挥挥手,叫了下一位孕妇。

然而,就在新旧孕妇交接之际,新进来的孕妇挺着大肚子,怒视着林之华,讽刺着她:"哟,这不就是林大小姐嘛,怎么落魄到要来公立医院看医生？倒霉得像我一样！"林之华没有认出这个孕妇，彼时，她保持风度，疑惑地问着："你好，你是？"孕妇不顾自己身怀六甲，破口大骂起来了："我是被你们逼退的倒霉员工！你们林氏公司尽是干一些剥削孕妇的事！对孕妇和产妇的考核和全职男人一样，一来就扣钱，也不想想你妈当时怀你的时候能像男人一样干活吗？……"林之华静静地听着，并不和她争吵，除了用脸上的不悦来表明自己的态度外，什么都不做。陆灵姗连忙牵着林之华外出，让护士安抚愤怒的孕妇。

陆灵姗领着林之华走远了后，她安慰着林之华："林女士，请你不要把这些事放在心上，控制好自己的情绪，不要影响到胎儿。"林之华深呼吸了一口气，微微地摇摇头，说："这个事，我也不知道该怎么说。前几年，我在公司掌权，对员工管理得比较松，大家乐融融的，公司却每况愈下。别的公司这几年拼命压榨员工，大家都这么做，当然容易赚到钱，而我是做不出来呀！半年前，爸爸请来的职业经理人，一上来就砍掉了很多福利，还隐性逼退孕妇，公司的业绩当然就成效卓著啦。我，也是没有好办法了，公司是我爸爸的，我不能败掉他的财产，我退缩了，我就来生孩子，没眼看了！"

陆灵姗原以为林之华是一个很强悍的女强人，日子过得像霸道总裁一般，威风凛凛的，原来她的背后还有很多无奈。陆灵姗细微地说了一句："不干就不干了，专心养胎！"陆灵姗说得那么小声，小得不足以打进林之华的耳蜗中。林之华继续愤愤不满地说道："我也是孕妇，我也知道怀孕和生产孩子需要老板的宽容。但，你说，公司掏出一样的工资，结果她们干的活比同行少那么多，我们公司的竞争力从何而来？同行的老板顶得住骂声，就闷声发大财,时间久了,我哪亏得起!……"林之华的苦水如泄洪般涌了出来,陆灵姗看着悲情的林之华,她想不到有什么话可以安慰林之华的,她只能紧紧地握着林之华的手,希望能把她的真心祝福传递给林之华。

刑场上的大雾逐渐消散,太阳直晒着大地,气温明显上升,似乎催促着他们赶紧行刑,而在场的法官、检察官、法警仍不忍打断他们,默认着他们继续聊下去。

伍自强愈发燃起兄弟之情,他关心起最敏感的问题来了:"大哥哥,你为什么要杀死那一对夫妇呢?"此时,陆部通的怒意被激发了,他双拳攥紧,手臂抖动着,急促地说道:"他们是故意的。他们看上我仅有的积蓄,那个贱女人就来勾引我,骗了我的感情,骗光了我的积蓄,我还等着她回心转意的,可是最后她只想跟着奸夫走!绝对不可以原谅!"伍自强知道陆部通是一个勤劳肯干的人,他赚的每一分钱都是辛苦钱,而且他性格那么直、那么重情义,被人骗感情了,当时的他一定很愤怒了。可是,即使那对奸夫淫妇确实死有余辜,杀了他们却搭上了自己的性命,这又何必呢?伍自强了解陆部通的性格,当着法官、检察官的面,伍自强连忙引导着陆部通,他问话了:"大哥哥,那你在法庭上说了这些东西了吗?我看你的判决书上写着你不配合审判,什么都不肯说,还在庭审上催促法官赶紧判你死刑。你要是当时把全部事情都说出来了,判决说不定就不是这样子的了!"

陆部通纵使鲁莽,但是也看得出伍自强的用心,他的怒气很快就消退了。陆部通摆出一副看破红尘的样子,唉声叹气地说着:"唉,算了,我都是快四十岁的人了,钱也被骗没了,也没有一个亲人的,活着真没什么意思,还不如死了。要是坐牢坐个几十年的,像我爸一样,还不成了废人了吗?""我难道不算是你的亲人吗?"伍自强斩钉截铁地说道。

陆部通被伍自强的坚决震住了,他坚定的目光稍微软化了,慢慢地说出:"真是好兄弟,我没有看错人,你是我一生中唯一的兄弟。你知道吗?我小时候有一段时间很恨你。当时你的养父母来孤儿院挑选小孩的时候,你养母说我脸上有伤疤,才选上你。"陆部通咬了咬嘴唇,接着说,"所以,我一直不服气,把伤疤清除后,我就要去看看你,看看你活成什么样子。和你接触了几个月后,我不得不承认,他们选对人了,要是选我当养子,估计我还是老样子,当个地痞流氓的,呵呵。"说完,他自己对天苦笑着,伍自强一下子也想不到用什么话来应答。

法官看着时间感到很是着急,死刑执行时间快要超时了,不能再等了,要是他们俩再这样拉兄弟感情下去,死刑还能执行吗?法官铁石心肠起来了,他开口打破了局面:"二十分钟过去了,伍法医,不要再拖时间了。我们执行死刑吧。"伍自强脸色变得通红,既然陆部通执意放弃上诉,那么一切只能按判决书执行了。伍自强回复了一个"嗯"字,接着喂陆部通喝喝水,擦干他身上的污渍、整理仪容,就退开了。

法官正式开始执行死刑流程,他发问了:"你是陆部通吗?"陆部通漫不经心地回应着:"我是。"然后,法官开大音量,问了下一个问题:"你对本案还有疑问,需要重新上诉、重审案件吗?"在场的人都知道这是什么样的暗示,伍自强对他使了使眼色,哀求着陆部通,然而,陆部通沉默了一小阵子后,昂起了头,发出最坚决的答复:"不用了,来死刑吧,我不想等了。"检察官看不下去了,奉劝着他:"请你考虑清楚,你仅仅是初审而已,按照法律,你可以重新上诉二审、申请改判的。只要你有这个意愿,我们可以立刻暂停执行死刑,相信会有人期待你好好活着的。"

这时,法官吩咐着身旁的法警:"去给他点一根香烟,让他想一想。"法警明白法官的意思,前去给陆部通点燃了一根香烟,让他抽了几口。

香烟容易让人清醒,陆部通犹豫再三,选择说了出来:"好吧,自强,请你帮我实现一个愿望。"这时候的陆部通反而变得胆怯,等待着伍自强的答应,不敢多说一个字。伍自强握紧了他的手,鼓励着他:"说出来吧,不管是什么愿望,我都一定帮你实现的。"陆部通点点头,说出了压在内心深处的愿望:"死刑过后,我应该会被烧成灰了。我听说人的骨灰是一种肥料。我希望,你能把我的骨灰撒到我们孤儿院里,用我的骨灰做肥料,种一棵猕猴桃果树,让孩子有新鲜猕猴桃可以吃。"伍自强想起了童年时偷猕猴桃留下伤疤的往事,事情过去快三十年了,他没想到陆部通仍然耿耿于怀,甚至作为一种遗愿来曲线实现童年的愿望。伍自强点点头,握着陆部通的双手,告慰着他:"没问题,我一定全力完成的,你还有别的愿望吗?"陆部通又有些犹豫了,想了一会儿后,说:"可以了,谢谢你,已经把愿望托付给你,我很放心。"

伍自强看得出陆部通还有心事的,他让陆部通喝点水、缓一缓,再问一次:"大哥哥,这是最后的机会了,还有什么心事尽管和我说吧,请你相信我,我一定能满足你的遗愿的。"陆部通看着伍自强眼光中闪现出的热情,他吞吞吐吐地问着:"你,后来和那个姓陆的医生走到最后了吗？"伍自强愣了一下，他又记起来了，那时的路友福非要拉着他去相亲会，还在相亲会上大力撮合他和陆灵姗，难道这是他提前布下的局？陆部通连忙解释着："你别误会，我那时候看那个妹子挺乖巧的，而且还姓陆，我想，姓陆的应该是个好人吧！"

伍自强微笑着，点点头，照实回答："嗯，我们结婚了，现在有一个儿子，家庭美满。"陆部通的目光往下挪了挪，难为情地往下说了："你们打算再生一个孩子吗？让那个孩子跟你老婆姓。"伍自强疑惑了："啊？"陆部通或许是一种坦承，又或许是一种自谦，他称："嘿嘿，我的人生就像是一坨烂泥，不是打架就是打工的，我多希望能像你那样读一点书。"还没等伍自强应答，陆部通大吸一口烟，壮了壮胆量和脸皮，把他的愿望说完："我非常希望，这世界能有一个名字叫陆部通的孩子，生活美好，好好读书，过上像你那样的生活。"伍自强终于明白陆部通的潜台词了，他把陆部通的双手握在一起，向他保证着："请你相信我，我回去就生一个儿子，就让他叫作陆部通，然后让他好好读书，过上幸福的生活！"陆部通感动得眼角边流下一滴眼泪。

不知不觉，陆部通的香烟已经抽完了，法官看了看时间，快到11点了，不能再拖延了，他必须要打断兄弟俩的相聚时刻了："陆部通，你还有没有别的遗愿？没有的话，我们就执行死刑啦！"天无不散之筵席，该来的，总会来的。陆部通吸了一口冷气，坚定地回答了三个字："没有了。"说完，他感觉全身都放松了。

彼时，法官、检察官、伍自强和助手都已经到位了。伍自强看到了陆部通已经躺在了刑床上，四肢已经被绑好，眼睛用黑色的眼罩蒙上了。伍自强握紧了拳头，对助手下令："配药！"助手拿出贴着封条的箱子，向在场监督的人员展示着，在场的人都知道，这就是特制的死刑注射药物。助手撕去封条，从里面取出了三支药水：硫喷妥钠、巴夫龙和氯化钾。然后，助手把药水注射进机器内，这样执行死刑机器就准备到位了。

伍自强眉头紧皱，可是，这就是他的宿命，他声音沙哑地向助手下令着："去扎针，轻一点。"助手听不清楚了，小心翼翼地询问着："老大，你是想让我干什么来着？"伍自强深吸了一口气，闭上眼睛，大声说道："听令，现在去给陆先生扎针、装好仪器，动作轻一点、准确一点，让他舒服一点！"说完，伍自强弯下腰端详着监控画面，透过数个监控画面，伍自强对陆部通的各个细节看得清清楚楚：嘴巴不自觉地抿动着，呼吸不规则地快慢切换着，拳头在紧握后又松开。伍自强知道，没有人在生命的最后时刻是不害怕的，陆部通的无惧是装出来的，眼罩的背后应该是闪烁不安的目光吧。

助手走到死刑执行间，他靠近了陆部通，按程序讲述着："陆先生，我们现在准备给你扎针，再接上一些仪器，放心，我动作会轻一点的，不会让你感到太痛的。"陆部通接受了安排，简单地"嗯"了一下，然后把拳头松开，任由助手处置了。在众目睽睽之下，助手很仔细地给陆部通扎针，陆部通感受到针刺的疼痛了，他的紧张度迅速上升，情急之中，他唱起了《世上只有妈妈好》，在他痛苦的时候，他能想到的只有妈妈，即使对他来说，妈妈更像是一个符号，而不是具体的人。在迎接死亡的方式上，陆部通和别的死刑犯很不一样，在场的人都有点心酸。

助手很快就连接好心率测量仪器，操控间里面的仪器立刻出现了数据。血压、心率、呼吸、脑电、血氧饱和度……每一个指标都显示陆部通还是一个活生生的人,伍自强暗自苦恼了,只需要几十秒,这一切的生命标志都将变了。助手检查做完后,对法官汇报着:"报告,一切准备就绪,可以行刑了。"四周变得异常寂静,静得能够听见远处的乌鸦叫声,"哇、哇、哇……"

时间渐近中午,大雾完全褪去,大地又重新清澈起来,世界总会有尘埃落定的时刻。

法官看了看墙上的时钟,然后对法警下令:"执行吧。"法警点点头,然后按下按钮,死亡针水便按照计算机程序运作了起来。

伍自强看着那光滑的三个按钮,心里顿生恐惧。伍自强双手紧捏着自己的大腿,捏得他大腿发紫,捏得他不忍度过最残忍的几分钟。这就是往日里陆灵姗调戏着他的:生一个人要怀胎十月,还要管他吃的喝的、还不能生病;而杀死一个人,只需要法警按下三个按钮就可以了。

死亡机器如期运作,注射泵启动了,这细微的机械泵转动声音,却是伍自强听到最刺耳的声音,可怕的注射泵把针水注入到陆部通的体内了。本来,法警是需要和陆部通聊天以确认他的生理状态的,可是,陆部通一遍又一遍地唱着《世上只有妈妈好》,聊天自然是多余的。伍自强不忍心往下看了,他紧闭眼睛,可是,脑海中不断闪现着老师教导过的东西:硫喷妥钠使人意识丧失、变得昏迷,氯化钾刺激人的心肌,让药物迅速布满全身,巴夫龙会导致肌肉麻痹和呼吸衰竭,三支针水下去,只需几十秒钟,就能看到死亡的迹象。

几秒钟过后,陆部通的歌声越来越弱了,第一支针水——硫喷妥钠发生功效了。伍自强睁开了双眼,他看到第三剂针水的信号灯转为绿色,全部药水已经打进去了。伍自强看见了陆部通的手指痉挛地乱动着,即使脸部一点表情都没有,但他知道,其实陆部通的大脑、心脏、肌肤仍然在挣扎着,他身体的每一个器官都在抵抗着死神,即使从外形上看来比较平静。所谓"无痛苦死亡",只是相对罢了。伍自强又迅速紧闭上自己的眼睛,一遍又一遍强迫自己回忆起老师如何教导他们克服执行死刑的恐惧:犯人不是被我们杀死,我们只是把犯人送到另一个世界和逝去的亲人团聚……

很快,陆部通身上一点动静都没有了,心电监护仪出现嘀嘀嘀的连续声音,想必是陆部通的心跳停止了。伍自强吸了一口冷气,他下意识地睁开眼睛看了看打印机,他想要的纸张还没有出来,伍自强心急了:陆部通的大脑此时一定在痛苦地抽搐着。伍自强焦急地摇晃了脑电波监测仪,心里在骂道:这该死的仪器,赶紧出图案,别让大哥哥痛苦了!终于,脑电波监测仪出现哗哗哗的声音,一张脑电波的图案从打印机里打印了出来。伍自强松了一口气,他方才对着陆部通的尸体拜了拜,小声地说着:"愿你在另一个世界走好。"

助手拿起脑电波图案递给法官和检察官轮阅着。接下去,法官不情愿地打扰了伍自强:"伍法医,该鉴定死者的死亡状况了。"伍自强无奈了,他失魂地走到陆部通尸体边上,手艰难地伸了出去,摘下陆部通的眼罩,他再一次看到了陆部通平静的脸庞。伍自强依次地检查着,他慢慢打开了陆部通的眼睛,眼睛是一片白色的,往日黑色的瞳眸已然逝去,他带着颤音向众人汇报着:"没有心跳、呼吸了,瞳孔消失,死亡时间是……"汇报完毕后，伍自强擦了擦眼泪，当他再次张开眼睛的时候，他似乎发现陆部通睁开眼睛看着他。伍自强心虚了，他又闭上眼睛，默念着："大哥哥，我也知道目前灵姗是不愿意生二胎的，但请你相信我，我一定会说服她的，你的第二个遗愿，我一定能给你完成的，你瞑目吧！"默念完后，伍自强拜了拜，然后慢慢睁开自己的双眼，这下，他看到陆部通的眼睛是闭上了，应该是彻底安息了吧。

死亡程序全部执行完了，伍自强独自坐在车外的草地上，让助手收拾好残局。伍自强回忆起自己参与的历次执行死刑的画面，之前碰见的都是陌生人，自己只是双手合十，对死者表示敬意。然而，这一次，死者是伍自强人生中最重要的大哥哥，几分钟前，他还是一个壮汉，只用了三支几毫升的针水就让他结束了生命，而他之前生存的三十多年，却需要消耗那么多的物资、那么大的精力和毅力。伍自强有感而发了："生命的逝去可以是简单的，生命的挽留却是那么困难。"

与法官、检察官道别后，伍自强和助手开着刑车前往殡仪馆。路上，伍自强一言不发，只是认真读着陆部通的文书资料，生怕遗漏了他的人生细节。到了殡仪馆，已经有一个人在门口等待着他们的车，此人便是当时法院指定给陆部通的辩护律师。伍自强和律师见面后，伍自强顾不得礼数，他迫不及待问了："律师，判决书里面说，死者侮辱陆部通，陆部通才杀死两位死者的。他们当时是怎样侮辱陆部通的？"律师只知道伍自强是个法医，并不知道他和陆部通的关系，律师便没有直接回答他，只是简单敷衍着："不好意思，我只是尊重陆部通的遗愿，他生前指定我给他收尸，我才来这里的，我已经不想再谈论这个案件了。"伍自强突然握住律师的手，泛着泪光说着："请你告诉我，好吗？他是我的大哥哥，你应该是他最后信任的人了，你一定知道他的真实想法的。"律师拉开白布，看着陆部通的遗体，律师确实有些心里不甘，摇摇头说着："大部分人是怕死，而他是怕活着！"

律师没有理会伍自强，只是自顾处理着陆部通的后事，在尸体准备推进火化炉的时候，律师让火化人员在他遗体的身旁放了两个纸人。律师见到伍自强好奇的目光便解答着："他说过，他生前一直都是一个人，怕寂寞，和我说的唯一遗愿就是这样子了。"然后，伍自强和律师隔着玻璃，看着棺木徐徐推进到火化炉之中。律师情不自禁，说了一句："他呀，一直不要我给他做辩护，甚至在法庭上辱骂法官，他就是直接求死嘛。"伍自强长叹了一声，他自责着：要是自己能早点见到大哥哥，说不定能劝到他回心转意的。

火化炉点火了，两人隔着玻璃都能感受到那逼人的热量，尸体都要化灰了，律师开怀讲完自己所知的事："以下内容，陆部通没有和我说过，我只是在外面办案时听到别人说的。好像是骗他钱的奸夫，在最后的时刻，出言侮辱他是个孤儿，说哪个女人会看得上他那种孤儿，还扬言，谁和他生下的孩子还只会是孤儿，陆部通气不过，才动手的。"

伍自强毫不犹豫就张嘴了："冲动是魔鬼呀！怎么他老是那么容易动气呢！"只是，伍自强一说完，连他都觉得自己说得有些过分了，不管怎么说，陆部通在某种程度上是个受害者。况且，伍自强和陆部通一样，要是别人也这样侮辱他孤儿的身份，他说不定也会做出什么出格的事情来。伍自强冷不防抽了自己一耳光，为刚才的信口开河道歉着。

律师看了伍自强奇怪的举动后愣了一下，过了一会儿，等到伍自强再次安静下来后，律师继续讲完陆部通的故事："陆部通逃亡后没有钱，就和抢劫团伙混在一起，参加过几次抢劫案，按他的说法，他是很不情愿和他们一起作案的，只是他找不到生存的办法了。到最后，陆部通是因为不愿意和他们一起绑架小孩，发生团伙内讧，陆部通才被抓到的。他，对小孩子有一种特别的偏爱。"

接下去，两人聊了很多陆部通的往事，让伍自强更加了解到近年来的陆部通。存在即合理，如果对眼前的事情感到困惑，那只是因为不了解背后隐藏着更多的事件。和律师这么一聊，伍自强就更加了解陆部通的心路历程了：童年的经历让他隐藏着内心深处的痛楚；杀人之后的逃亡抢劫一定让他很自责，最后选择以死赎罪。伍自强唏嘘不已了，他自己的出身和陆部通其实也差不多，结果却相差那么远，这都是命数呀。

不久，伍自强捧着陆部通的骨灰，走出了殡仪馆，伍自强看到一番不一样的风景：众多坟墓背后的小山，在春天的滋润下冒出了很多新生的小草。伍自强便坐在阶梯上细思起陆部通的两个遗愿来。冥思了许久，伍自强终于想通了：把遗体骨灰种下果树，是身体上的重生；寄予地球上出现一个彬彬有礼、过上幸福生活的新陆部通，是精神上的重构。他还没有对这个世界绝望，他还依恋着这个世界。

傍晚，所有人都走了，手续也办齐了，伍自强面临着一个巨大的问题：如何与陆灵姗、家人说着他这一天的经历呢？为了满足陆部通的遗愿，就要专门生一个孩子，家人会不会觉得他疯了呢？伍自强想想就头痛了，他不是一个会撒谎的人，实在想不出完美的谎言。他又想到，万一，陆灵姗他们反对了，让他立刻回家，不要多管闲事，那他该怎么办？可是，他要是失踪几天，闷头去办完陆部通的后事再露脸，岂不是更让家人生疑吗？况且，这样做，太不负责任了，不符合他的风格。

伍自强硬着头皮打个电话给陆灵姗，吞吞吐吐地说自己还要继续出差几天，电话那头陆灵姗先是安静了几秒，然后才嘱咐他注意安全、放手去干。心虚的他，就是在怀疑是不是陆灵姗在坐诊，不方便深问，又或者是陆灵姗给他留下面子，不当场拆穿他罢了。不管如何，伍自强总算能有几天的小假期，专心去处理陆部通的后事了。

晚上，伍自强住进一间小宾馆。他靠着窗户，吃着打包来的咸鱼饭，不时看了看陆部通的骨灰罐，又看了看外面，发现窗外天空的星星，好像比往常多了一颗，而且是最闪亮的一颗，还离月亮特别近。伍自强打开了电视机，电视上却显示这样一档节目：狮子群追赶着一群羚羊，生病落单的小羚羊由于没有父母的保护，它被淘汰了，狮子逮住了它、把它当作大餐来享用，换来的是整群羚羊逃跑的宝贵时间。电视旁还述说着："只有最强壮的羚羊才能生存下来，弱者会被淘汰，这就是自然规律。"听得伍自强咬牙切齿的，他对着电视发起牢骚："什么破逻辑，弱小孤单的羚羊成了牺牲自己、保全全族的替罪羔羊！"他赶紧关上电视，然后关灯睡觉。

这一晚注定是伍自强的不眠之夜，伍自强躺在床上翻来覆去，他使劲地想要忘记今天发生的一切，结果脑海中却是重复播放着死刑的那一场画面。不知道在深夜的何时，伍自强勉强算是睡着了。迷迷糊糊之中，伍自强又梦有所思了：梦境中，陆灵姗再生了一个儿子，还长得和陆部通很像，而他自己为了赚取更多的钱被迫经常出差，几乎没在家过日子。终于有一天，陆灵姗向他埋怨生了二孩后，家里变穷了，他也没有时间陪两个孩子，两个孩子都成了"感情孤儿"，她再也不想这样子了，她坚持要把小陆部通送给别人养，还说这就是他出生的原罪！

伍自强梦到这里就醒了，他扇了自己一巴掌：陆灵姗绝对不会干这种事的！这一切，只是因为他自己的不自信吧。夜深人静的时候，他会经常想着，他的生父母当年不要他，应该也是因为害怕单靠自己的力量不足以养活他，才想着依靠孤儿院的力量养大他吧。往日里，他还向别人信誓旦旦说着："生孩子不能生多，少养才能精养！孩子越多，家长就越分心。"而今，要让陆灵姗接受二胎，连他自己都说服不了自己了。

过了两天的工夫，伍自强做好了全部"准备"，他带着陆部通的骨灰和给孩子吃的瓜果，以及果质好、易种植的猕猴桃树苗，回到阔别多年的窟南孤儿院。让他吃惊的是，当年的孤儿院名字改为"窟南敬老综合福利院"，孤儿院如今竟然变成了老人院！院里的里里外外都有老人在活动着。伍自强疑惑着：多年来的少生优生，让孤儿的悲剧彻底终结了吗？

不过，院里的一花一木都没有太大的变化，伍自强摸着围墙，感觉还是很熟悉，那一年自己艰难翻过的铁门现在看来是真不高。伍自强进入敬老院后，他发现先前孤儿院的中老年工作人员如今成了在此养育暮年的孤寡老人，他们的年纪太大了，都没有认出伍自强。伍自强对他们笑了笑，拿出了瓜果招待他们。

忽然，一把娴熟的声音扰动了他们："孤儿长大了，回来探亲啦？"伍自强转头一看，是当年最疼他的看护奶奶！伍自强连忙往前扶住了她，激动地说着："奶奶，我三十多年没有回来了，你还记得我吗？"看护奶奶显得老态龙钟，动作迟缓，反应迟钝，似乎没有听到伍自强的话语。她继续向人群走来，旁人在一旁向伍自强解释着："她有一点老人痴呆，记忆时好时坏。"等到看护奶奶坐下后，她认真地盯着伍自强，过了许久，她提到："你是，伊自卑？"伍自强微笑着回答："不是，我是伍自强。"看护奶奶依旧自顾自说着："哦，之前，你是孤零零一个人，就姓伊；现在家里有五个人了，就改姓为伍啦！不过呢，你的自卑倒是一直都没有变。"伍自强纳闷了，这疯疯癫癫的言语，却似乎有很深的见地，接下去，无论伍自强说什么，看护奶奶都听不进去，而且只是呆坐着，再不说出一个字来。伍自强无奈了，他告别老人群，转身准备去栽树了，这时看护奶奶突然提到："你带着陆部通回来啦？两兄弟，感情好啊，终于一起回来了。"伍自强呆呆地转过身来，回复着："嗯，我带他回来了。"

接下去，伍自强专门看了看仅有的几个孩子，都是残疾的孩子。伍自强心想：现在的孩子少了，变得宝贵了，当今家长肯定不会舍弃健康正常的孩子的，但愿经济再发达一点，连残疾孩子的家庭也有能力养着孩子，幸福地活下去。

在伍自强的带领下，孩子和他一起种下猕猴桃树。当他撒下陆部通的骨灰之时，孩子好奇了："叔叔，那是什么？"伍自强对他们莞尔一笑，回答着："这是一个名字叫作陆部通的叔叔专门为你们制作的高效肥料，可是这个肥料只能用来种这种猕猴桃果树哦。多施一些肥料，果树就会快点长大，你们也就能早点收获果实吃了。陆部通叔叔和你们一样，也都是在这个孤儿院长大的。还有，你们平时要好好照料好这棵果树，等到果实挂在树上的时候，你们要记得陆叔叔给你们做过肥料哦！"伍自强没有想到，他第一次说谎话时会说得那么一气呵成，孩子们听着很感动，一起感谢了他和陆部通。没过一会儿，猕猴桃树种好了，看着挺拔的树苗，伍自强心里默念着：大哥哥，安息吧，猕猴桃树给你留下的人生阴影，这下该去除了。

突然，伍自强看见一个孩子在踩踏蚂蚁，伍自强立刻就阻止他了，说道："孩子，你要珍惜生命。蚂蚁要长到成年是很不容易的，它要躲避多少人、多少危险，吃掉多少食物才能活到今天。你一脚下去踩死它了，对你也没什么好处吧。"孩子接受了他的教诲，站在原地听着。伍自强忍不住延伸来讲了："我们每一个人都像是社会上的蚂蚁，活着都很不容易，说不定哪一天，命运就像这样，突然把我们压扁。所以，你们千万不能随意杀生哦！一定要珍惜生命。"孩子们肃静地站立，似懂非懂地听着。

随后，伍自强带着孩子往果树拜了拜，这时，小猕猴桃树被微风吹拂而摇了摇，似乎赞同着伍自强的观点，又似乎是在向他告别。伍自强露出了两天来的首个笑容，他心想：自是一棵造福孩子的果树，又何必铭刻墓碑！

伍自强眨了眨眼睛后，认真地看了看老孤儿院。这一次，他明显感觉到院子里的花草树木都生意盎然，这里的环境虽然困苦，但一样绽放着美丽的生命之花。生命一定是美好的，不管是树，还是人。然后，他就转身回家，着手准备着陆部通的第二个遗愿了。

♪

离开了陌生的窟南县敬老综合福利院，伍自强坐上回家的大巴上，他终于能集中精力思考自己的家事了。细思了自己的家庭后，伍自强越想越觉得棘手：无论怎么看，妻子、儿子都是反对二胎的，更别提让二胎背上"陆部通"这个名字。这时，坐在伍自强旁边的一位小哥正看着这么一个古装剧的视频，视频上一个老爷子训斥着儿子："你要是敢入赘别人家，我就去投井！"看视频的小哥感觉索然无味，很快就换了别的视频，但是，这一个视频却勾起了伍自强的回忆。

几年前，陆灵姗还怀着伍愉悦的时候，陆灵姗就提出过让孩子随她姓："你自己都姓郭那么久了，就别坚持让孩子姓伍了，跟我姓陆吧，陆怎么说也比伍大一点！"伍自强认真观察着陆灵姗的表情，大概猜到她只是试探性的建议，而不是坚持让孩子跟她姓陆。伍自强就理直气壮地辩驳着："不行！就是因为我的血液流淌着的是伍家的血液，所以我能自己决定自己姓氏的时候就立刻改回姓来了。你想想，要是以后我带着孩子去开家长会的时候，别家的孩子都是跟爸姓的，我家儿子却不跟我姓，你让我的脸面往哪儿摆！"陆灵姗不依不饶，挖苦着他："那你就戴个面具去开家长会呗，这样脸面就随便摆。"伍自强突然想到一个更好的突破点，他义正词严地说道："你听我说，现在儿子跟你姓了，以后我们孙子出生的时候，儿媳妇说咱们家传统上就是跟妈妈姓，到时候，孙子就都不跟你、我姓，跟儿媳妇姓了！到时候咱们俩都落空啦。"

陆灵姗本来就没想和他"死磕"到底，打算再捉弄他一下就同意孩子姓伍了，她便嘟起嘴巴嘀咕着："我要是能好好听你说，我早就考上哈佛耶鲁了。"忽然，陆灵姗的脑袋又来了一个小主意，她岔开话题说道："最近呀，有一个网络新闻说，有女子征婚要求男方父母双亡，像你这样子的，可抢手了！嗯，就让孩子跟你姓，满意了吧？"伍自强假装听到后气急败坏，夺门出去。陆灵姗以为他真的是生气了，连忙打电话让他回来有话好好说。这样，伍自强方才像胜利者凯旋归家。伍自强知道，要是陆灵姗当时一再坚持，他应该就妥协了，儿子就成了陆愉悦。以后，伍自强每当想到这一段往事，他就会乐呵呵地笑了。他们夫妻俩之间的乐趣往事很多，数伍自强占到便宜的仅有这几次。

突然，一个灵感敲动了伍自强沉睡的脑子：就从二胎跟陆灵姗姓陆作为突破口！至于老二姓完陆后，为什么非要把名字叫为"陆部通"，这个难题就下一步再说。

就在伍自强觉得自己策划得天衣无缝的时候，陆灵姗这一边正在被领导喊去谈话。陆灵姗心里忐忑不安，她感觉自己没有做啥错事，而且现在差不多到了下班时间，她想不通自己为什么会被领导叫去办公室训话。当进了领导办公室后，陆灵姗注意到钟婕婷也在里面，陆灵姗这就疑惑了：钟婕婷不是还有几天才结束产假的吗？怎么她会在这里呢？就在陆灵姗心有余悸之际，钟婕婷给她使了使眼色：别慌，是好事！这下，陆灵姗感觉好受多了。

陆灵姗的上司是个慈祥年迈的妇女，领导亲切地看着两人，和蔼地说："你们两人平时工作表现都非常不错，同事和病人对你们的反馈也很好，都说你们的医术、医德很好，咱们科室一直都想重用你们，现在机会来了。咱们医院呢，人员也到了要新老交替的时候了，而别的同事要么在怀孕，要么年纪还小、不够成熟，我想把你们两个先调到住院部去熟悉一下，等熟悉好那边了，就往住院部提拔。你们意下如何？"陆灵姗听了后非常高兴，当场就表示："谢谢领导，我一定会尽快适应新工作，不辜负您的期待。"领导满意地点点头，然后把视线转移到钟婕婷。钟婕婷知道躲不过去了，她只能羞涩地回应着："领导，您的好意我心领了，但是住院部的工作比较繁忙，我有两个孩子需要照顾，想把时间多放到家庭里面。"钟婕婷的声音压得很低，似乎是怕领导听见。不过，领导早有准备了，领导面不改色地回应着："这事反正不着急，你不需要拒绝得太早，回去再考虑考虑吧。"然后，领导转头面向陆灵姗，嘱咐着："灵姗，我年轻的时候，也碰到同样的问题，我当时的问答是'让我回去和我丈夫商量'。你就不一样了，直接当场拍板就决定了，有魄力！"领导特意竖起大拇指，继续说道，"我们年纪越来越大了，需要培养接班人了，你还那么年轻，以后你的成就肯定在我之上，你要好好抓住机会哦！"陆灵姗听到"接班人""成就在领导之上"的字眼时，内心已是万马奔腾了。

没过多久，两人便从领导办公室走了出来。陆灵姗正是一副欢天喜地的样子，而钟婕婷则是垂头丧气，不过，钟婕婷没有忘记恭喜陆灵姗:"恭喜你了,你终于要熬出头来了。"陆灵姗知道这里不是说话的好地方,她伸出大拇指往上边指了指,指前往两人的秘密基地——楼顶。她们所在的医院楼顶正对面是一处小溪,每年冬季,小溪会露出流沙,而初春之时流沙受到河水的滋润会长出茂密的青草,可是到了盛夏又因为河水水位太高,把青草全部淹死了,年复一年。

陆灵姗和钟婕婷站在楼顶,看着小溪的河水比前几天上涨了很多。钟婕婷首先说话了:"长江后浪推前浪,现在轮到你了。"陆灵姗听得出她的失落,也就高兴不起来了。两人已是老"战友"了,一起熬了那么多年,钟婕婷却选择急流勇退,陆灵姗当然知道钟婕婷心里是多么难受,她又何尝不是为钟婕婷的放弃而感到惋惜呢?陆灵姗扶住钟婕婷的胳膊,说道:"婷婷,大家都那么熟了,我知道你是很不甘心的,你为什么要放弃呢?"夕阳把两人的身影拉得很长,钟婕婷把自己的另一只手搭在陆灵姗的双手上,吸了一口气后提到另外一个事情:"灵儿,你还记得咱们的师父吗?"陆灵姗渐渐地回忆起了自己的师父来,在她刚开始工作的时候,那个亲切的大姐姐悉心指导着她和钟婕婷,在她还不习惯倒夜班靠在椅子睡着时,师父还给她盖上大衣保暖。可是,师父最终选择了辞去工作,专心生育二胎,这在陆灵姗看来,当时自己的师父实在是太可惜了。陆灵姗至今还记得师父离开前的最后一句话是:"想生就鼓励生,不生也不勉强!人,最重要的是有选择的自由。"遗憾的是,陆灵姗还没有参透师父这句话。

钟婕婷接着说:"我前段时间打电话问候师父了,现在她的两个孩子也长大了,她稍微闲暇了一点,就去民营小医院从头做起。她说每天看到两个孩子乖乖的,心里就舒服了,不管大医院还是小医院,大医生还是小医生,在她心目中都是小事。她还说了,现在是既不后悔,也不觉得浪费。灵儿呀,不是每一个人都像陆灵姗你那样前途无可限量的,我要是上去了,说不定会因为能力不足而心力交瘁摔下来呢。"说完,钟婕婷还掐了一下陆灵姗的小脸。

这话听起来很豁达,不过,陆灵姗和钟婕婷实在太熟了,陆灵姗更使劲地搂住钟婕婷的手臂,说着:"我知道的,你这是安慰自己的话。"钟婕婷终于支撑不住,在闺密面前流下了几滴眼泪,她擦了擦眼泪后说:"灵儿呀,你们家孩子少,还有两个年轻老人帮忙带。我家不一样,老人身体不好,主要是我们夫妇带着孩子。要是我到住院部那边升职做小头目,我会更加忙,家庭就不好照顾了。我越来越懂得了,当妈妈的,工作是不指望能怎么样了。"

夕阳渐渐消失了,只剩下最后的晚霞,陆灵姗闷闷不乐起来了:"唉,为什么女性要怀孕呢?感觉女人一生完孩子后就贬值掉价了,工作什么的都顾不上,只能窝在家里做'黄脸婆'。"钟婕婷看着她杞人忧天的样子,忍不住去捏了捏她的脸,笑着说:"灵儿呀,你醒醒,不要做无谓的假设了。你不生,我不生,人类就要灭亡了。孩子多了吧,家长会受伤一点,不只是我,黄广耀也牺牲了不少。唉,我不像你那么好胜,我还是希望能多一点时间看看孩子。"

钟婕婷凝视着陆灵姗,严肃地提醒着:"灵儿,你去到了住院部后,工作肯定会更加繁忙的,而且还要带头倒夜班,到时候就不太适合怀孕了,这一点你可要想好哦!"陆灵姗挽着钟婕婷的手,一边走一边说:"知道啦,知道啦,你赶紧回家带两个孩子吧,地球人等着你去拯救人类呢!"

弯月的光线接管了夕阳的地盘,陆灵姗和钟婕婷在月色朦胧之中,选择了不同的回家道路。

陆灵姗回到家里的时候,伍自强正在给大家分发礼物。伍愉悦的礼物是幼儿书本,果然是不能输在教育的"虎爸";陆之彦和戚郁霞是皮鞋和丝巾。陆灵姗饶有兴致地走上前去,去看看她的礼物是什么。伍自强笑了笑,拿出一个包得很精致的小盒子交给了陆灵姗。陆灵姗摇晃了一下,凭着声音,她大概猜到是个杯子,打开后,果然!然而,她认真端详了一下图案后,神情疑惑地问着伍自强:"这个杯子,怎么图案是两个大人两个小孩呢?"伍自强装傻道:"啊?是吗?我只是觉得图案好看就买了下来,没有细看是什么图案呢。既然杯子都买回来了,两个小孩也行吧,你觉得好看吗?"陆灵姗再细看了一下杯子,然后,她露出了笑容,高兴地回答:"好看!"

伍自强见陆灵姗不排斥的样子,他跃跃欲试起来了,给自己壮了壮胆后,伍自强说道:"其实呢,有两个孩子也不错嘛,还记得小愉悦刚出生的时候,咱们俩还为孩子的姓氏吵过一架,要是能生个老二,让孩子跟你姓也挺好。"伍自强的话一下子引起了全家的注目,他原本就是反对二胎的"干将",现在却突然提起要生二胎,陆之彦和戚郁霞感觉摸不着头脑。陆灵姗明显感觉到不对劲了,她斜着头问他:"伍自强,你这几天发生了什么事,怎么说那么奇怪的话?"伍自强还是不愿意把陆部通的事情说出来,他装作若无其事的样子,简单地回应着:"没有呀,我只是在外边出差几天,闲着没事时想到生二胎而已。有时候看到黄广耀一家有两个孩子的,感觉也挺好,哈哈。"

陆灵姗的脸色变得沉重了起来,她知道伍自强肯定不会像他说的那样纯粹,既然问不出来,她就只有把自己的底线展现出来。陆灵姗严肃地说道:"自强,我要和你说清楚哦,我准备要到住院部去接班升职了,锻炼一段时间后应该就顶替换下来的老领导了。别的医生都是因为要生二胎,被家庭绑得死死的,这样我才有今天这个机会,所以,我是不会放弃这个机会的哦。"伍自强碰壁了,他立马软化了口气,走到陆灵姗的身后给陆灵姗按摩,细声说着:"放心,我不是让你现在就生。其实嘛,我们两人的年纪也不算大,只要你有这个意愿,再过几年,等到时机合适了,我们到时候再生也可以的嘛。"

陆灵姗有些词穷了,伍自强连未来都搬出来了,不过,陆灵姗还有绝招,她深信大家没有勇气再要一个二胎的。于是,陆灵姗笑眯眯地说道:"行!那我们就投票吧,大家一人一票,看看结果怎么样吧,伍法医!"陆灵姗扫完大家一眼后,兴奋地号召着:"好的,全家注意,反对二胎的请举手!"说完,陆灵姗把手举得高高的,然后她向四周看了看,只有伍愉悦跟着她举手了。陆灵姗感到心慌慌了,她连忙对戚郁霞说:"妈,举手呀,你的一票就够改变结果了。"戚郁霞心平气和地说:"我希望你能生个二胎,真的。"气氛到了冰点,伍自强、陆之彦和戚郁霞都一齐把目光投向陆灵姗,似乎提醒着她:投票结果出来了,你应该接受投票决定了!

陆灵姗窘迫了,她苦笑着,艰难地咧开嘴巴笑着,一边笑着,一边后退。大家没有乘胜追击,只是目送着陆灵姗拉上伍愉悦进入房间。消失在大家视线前,陆灵姗只留下一句话:"怎么今天大家都变得那么奇怪,和平常不一样呢?"然后,陆灵姗关上房门,自己闭关。伍愉悦摇晃着两人仍牵着的手,问着她:"妈妈,为什么我们要进房间呀?"陆灵姗敲了敲自己的脑袋,嘟囔着:"不知道呢。"

陆灵姗蹲下来抱着儿子,问他:"刚才你为什么要举手呢?"伍愉悦似懂非懂地说:"我看见你举手,我就举手呀。"陆灵姗被他逗笑了,还是儿子跟妈妈亲。她摸了摸儿子的小头,叹息着:"小愉悦真是一个小孩子,不过,这样也好,小孩子不需要面对复杂的世界。"

临睡之时,陆之彦和戚郁霞躺在床上,灯已经灭了,但他们的忧心难以平复,两人便聊起今晚的事来。

戚郁霞一想到这一对夫妇,她的话就像洪水一般想堵都堵不住:"灵姗,这女儿咋就那么倔强,一点可以妥协的样子都没有。而自强呢,问了他好几遍这几天发生了什么事,可他就是躲躲掩掩,不肯告诉我们发生了什么事情。唉,这对夫妇真的让人很不放心。"陆之彦非常同意戚郁霞的说法,但他不是一个喜欢纠缠的人,他的话比较少,就没有附和她了。

这时,陆之彦想起了还有另外一个人投了赞成票:伍愉悦。陆之彦转头问起戚郁霞来了:"你说,小愉悦为什么要反对生二胎呢?"戚郁霞知道老伴的精力游离在家庭之外,她拍了一下陆之彦的胳膊,说:"你一天到晚就只想着外面的事,你就以为每个人都会像你那么大方吗?人,多多少少都会有点自私的。他自己一个独生子,要啥有啥,多了个兄弟姐妹争东西,就不一样啦。你忘了？当年伊姗也不喜欢我们生灵姗的，以后，伊姗对灵姗也就一般般吧。"陆之彦恍然大悟了，他和妻子当年准备生二胎时并没有考虑过大女儿的感受，等到灵姗出生了以后，无论怎么做伊姗的思想工作都做不通。陆之彦拍了拍自己的脑袋，他作为一个大家长，是应该杜绝自己的私心，但是家庭里面的一个人，特别是小孩子，有点私心是太正常了。陆之彦感慨着："唉，真没想到那么小的孩子还会考虑那么多，要是三岁的孩子会考虑利益的话，那这个问题就大了。"戚郁霞转身背对他，嘟囔着："你尽是想一些高雅的东西，我们都是小人，和你想不到一块儿去。"

陆之彦苦苦思索着：独生子女在未成年时是舒服呀，集万千宠爱于一身，可是舒服惯了的孩子以后哪能培养出竞争力呢？从一个社会来说，人类害怕失败，畏惧不确定性，家长老是想着现在只生一个，把钱和精力都集中投放在一个孩子身上，高投入即能高产出，以为这样就更能让孩子获得成功。可是，没有兄弟姐妹的日常竞争和加压，平时就没有培养竞争意识，独生子女就更加不懂得如何竞争，也不知道该如何与人相处，这不就更容易失败吗？

戚郁霞用背部挤了挤他，似乎告示他：别尽想一些过于高大上的理论，该回归现实了！陆之彦似乎接受了老伴的安排，不过他的思维发散能力向来很好，他很快想到一个现实的问题，当即问："唉，你和我说说，当年，你是怎么说服他们下定决心生小愉悦的？"陆之彦的想法让戚郁霞眼前一亮：过去怎么让他们生首胎的，说不定也能同样让他们生二胎！戚郁霞转身向着老伴，一边回忆一边说着："这个呀，我都记不太清了。好像是，那时候我过来这里住了几天,看到他们有时候会吵架,我就提出让他们生小孩,生了一个孩子后就有共同奋斗的目标。他们最后还真的听了,现在看来嘛,更像是为了完成任务。"陆之彦平时对生育没有太大的关注,听到戚郁霞说一胎是"完成任务",他感觉情况更不妙了:二胎,不在大多数当代年轻夫妇的"任务"范围内呢。

很快,两人都沉默了,他们记起了当时生陆灵姗的决定,其实也就是老人说说、亲戚说说、邻居说说、同事说说,然后自己就跟从着当时农村的习惯:农村户口的家庭,首胎是女儿的,怎么说也要再生一个吧!"大家都那么生,你为什么不生呢?"这句话是两人当年听到最多的催生语。如今,这句话用在首胎,依然适用,但对于二胎,就行不通了。

的确,很多国人生育,更多是因为习惯力,习惯力会让人没有太强的毅力就准备着生首胎。可是,当习惯力不鼓励二胎的时候,就需要拿出更大的勇气来生二胎了。

这一晚的深夜,伍愉悦原本躺在父母中间入睡的。忽然间,他吓得整个人都弹起来了,伍愉悦紧抱着妈妈痛哭不止。伍自强和陆灵姗都被儿子的哭声闹醒了,陆灵姗揉了揉睡眼,问起儿子来:"小乖乖,你怎么啦?是不是做噩梦了?"伍愉悦哽咽地说:"呜,我梦见,我梦见爸爸只要弟弟,不要我了,呜呜。"陆灵姗抱着伍愉悦,怒目瞪着伍自强,暗示着他:你自己闯下的祸,你自己来补救!

"日有所思,夜有所梦",伍自强之前并没有想到这句老话对小孩子是那么见效。伍自强连忙给伍愉悦说了很多好话、唱了很多温馨的儿歌，伍愉悦才再次入睡。于是，伍自强就不得不面对一个问题：孩子也是家庭里的一份子，生不生二胎，也要考虑大孩子的想法。

早上一觉醒来，伍自强想到自己需要给予儿子更多的父爱，就自告奋勇，坚持送伍愉悦上幼儿园，伍愉悦半推半就地接受了。和往常上学一样，伍愉悦牵着爸爸的手，一路上他好奇地问这问那的，不知不觉中，他们便到达了学校。而今天，伍自强选择了晚一点上班，继续看着儿子在幼儿园玩耍。伍愉悦如常和别的孩子一起集合、早操，然而，早操过后，老师喊着孩子一个接一个"拉火车"上楼吃早餐时，伍愉悦为了"独占"黄庭满，推开了别的孩子，让别的孩子踉跄了几步。好在，那孩子没有说啥，平和地躲在队伍后面继续"拉火车"，反观伍愉悦一副胜利者的姿态。伍自强当场就受不了，他向来就是一个规规矩矩的人，哪能接受儿子这般胡闹后还扬扬得意的样子，他立刻把伍愉悦从队伍中拉了出来，训斥了伍愉悦几句，并要求伍愉悦向被推的孩子道歉。

可是，伍自强低估了伍愉悦了，伍愉悦当即躺在草地上哭闹着，引起了众多家长和老师的围观。伍愉悦的班主任过来劝说了："伍先生，你家孩子才刚满三岁，小孩子之间的推推撞撞是经常发生的，我们教育教育一下他就可以了。时间不早了，我们准备早餐啦，让孩子们好好吃早餐吧。"伍自强无可奈何了，他向老师点头道错："对不起，是我家教导无方，需要老师多加教育了。"说完，伍自强还塞了个糖给被推的孩子，摸了摸那孩子的头，小声地说着："小朋友，伍愉悦不是故意的，原谅他吧。"那孩子高兴地接过糖来，"嗯"了一声，点点头，高高兴兴地上楼了。

坐在上班的大巴上，伍自强还是安心不下，尤其是最后伍愉悦只是停止哭泣就跟着老师上教室，完全看不到有悔过的样子。他回想起自己小时候被管理员整得服服帖帖的样子，更加觉得自己的儿子已经到了无法无天的地步。他掏出了手机，翻着电话本，寻找着"盟友"。此刻，陆灵姗应该上班了，实在不便于打扰。他便和家中的戚郁霞连线视频。戚郁霞和陆之彦此时正在享受着难得的清静早餐，却被伍自强大吐苦水，"勿以恶小而为之，勿以善小而不为"之类的名言警句全部用上。戚郁霞这就不明白了，反问着伍自强："这是多么小的小事，我每天接送他上下幼儿园，看过别家小孩干这种事的多着呢。我自己教了三十年小学，这是连小学生都自制不了的淘气，你还有办法去制止吗？"伍自强发现话不投机了，他便说了几句好话，和和气气地结束掉视频。关掉视频后，伍自强泄了气似的，有了岳母做后盾，他还能管好伍愉悦吗？

晚上，陆灵姗从儿子的口中得知这件事情后，她把伍自强拉进房间，朝伍自强兴师问罪来了："自强，你这几天老是二胎二胎的，你看看，首胎你都搞不定吧，让小愉悦整天担心着你有了二胎就不要他了，还神经兮兮地到儿子幼儿园搞事。你别以为自己的父爱给够了，刚好相反，你对小愉悦的父爱都还不足。还想要两个？……"伍自强当然不接受陆灵姗的斥责，他为自己辩护着："灵姗，你看看小愉悦都自私蛮横成啥样了，一点小事没有顺着他，就大发脾气，大哭不止。干什么事情都是以他自己为中心，只顾着他自己。要是我三岁的时候是这个样子，我肯定天天挨打！""他和你不一样，你不要老是用自己的标准来要求他，他不是孤儿！他是有爸有妈的。"陆灵姗显然不愿意听他的解释。一般，陆灵姗在伍自强的面前是不会用上"孤儿"这样的字眼，除非是到了吵架的级别。伍自强生闷气了，他一句不吭，直接走出房间，坐在沙发上气鼓鼓地玩着手机。

　　陆之彦看着伍自强委屈的样子，他也坐在客厅里面沉思着：伍愉悦的教育看来是存在不小的问题呀。他内心是支持伍自强的，对待小男孩，家里这两个女人的手法确实太宽松了，着实宠了三年。但是，陆之彦却不作声，因为，他确实不知道该如何下手。三岁的幼儿究竟在想些什么、想要些什么，陆之彦是没有太大的概念。要是往常管教小学生，他的经典做法是喊来相关的老师，先问好老师具体是什么情况，然后再下令该怎么干。久而久之，他和孩子直接沟通的时间明显不足，更别说是听不懂道理的三岁幼儿了。现在，他手下没有老师可以差使，只能靠自己了。陆之彦想好了，自己要从头开始，明天就去图书馆查查幼儿教育的资料。

　　接下去的日子里，伍自强看着陆之彦翻读教育书籍，他以为这是一种暗示，暗示他要给孩子做好读书的辅导。伍自强也想着：岳父来了他家那么久，也没怎么夸奖过他，是不是自己平时就没怎么表现过呢？于是，伍自强网购了一堆幼儿早教的书籍，准备让儿子好好读书。可惜，伍愉悦似乎没有遗传到妈妈的学霸基因，伍自强不断轮换着识字、算数、英文、科学的书籍，伍愉悦都懒得翻开，唯独抱着故事书去找陆灵姗给他讲故事。陆之彦在客厅的一角翻着书，看完他们父子的一切，他问着伍自强："你这几天好像挺用心辅导小愉悦学习呀。"伍自强被点名了，他觉得自己虽然没有完成"任务"，但勇气可嘉，便谦虚着"邀功":"这是应该的,养不教,父之过嘛。现在学生读书竞争那么激烈,不能让孩子输在起跑线上。"伍自强对自己的回答还比较满意,尤其是那一句"不能让孩子输在起跑线上"简直就是画龙点睛!

陆之彦合上了书本,走到伍自强的跟前,轻轻地说了一句:"读书可以,但不要搞成考试机器,不然,孩子长大后是不会感谢你的。"说完,陆之彦带着书本回房间,他寄望着伍愉悦不要再走陆灵姗的老路。而伍自强独自一人在客厅中思绪凌乱了,他琢磨着岳父实在是一个太难以捉摸的人了,这是鼓励他让伍愉悦走素质教育呢,还是让伍愉悦在童年好好玩乐呢?不对,岳父早些年在繁荣小学不是严厉地抓学生做题学习吗?伍自强彻底迷茫了。

有一天,黄庭满因为感冒,没有到幼儿园。伍愉悦一个人心烦气躁地玩着往日的玩具,而老师已经看出他的"小叛逆期"来了。老师引导着他:"悦悦,幼儿园里,好玩的不是玩具,而是玩伴,是别的孩子们!"伍愉悦听着感觉有点意思,但他又有点害羞,多年来,他只有黄庭满一个玩伴,并不习惯和别的孩子一起玩。不过,老师拉着其他小朋友和伍愉悦玩着小游戏,经过一天的磨炼,伍愉悦总算能玩进孩子堆里了。

没过几天,伍自强收到幼儿园老师的一个电话:"你好,是伍愉悦的爸爸吗?"伍自强听到电话那头急促的声音就知道不是好事,他立刻回答:"我是,老师,有什么事吗?"电话那头迅速道歉着:"不好意思,伍愉悦在教室撞到头了。"伍自强听得心都要跳出来了,连忙问:"现在他怎么样了?严重吗?"老师羞愧说着:"其实也没有撞得多厉害,就是孩子在玩耍,不小心把他推到墙上的,好在力量不大,情况没有大碍。他现在在校医室里,我们刚给他抹了抹药油……"伍自强一听到头部就立刻放下工作,去幼儿园看看。

伍自强很快就到了幼儿园,而比他更早到幼儿园的是戚郁霞。伍自强来到校医室门口的时候,伍愉悦正依偎在戚郁霞的怀里,述说着刚才发生的事:"外婆,我刚才和大块头、妮妮玩着扮演游戏,我先扮演着爸爸,可是演完以后,我还想演爸爸,大块头就不愿意了,他是我们班最高大的。我去推他的,结果他反推我,我就撞到墙上,就哭起来了。"戚郁霞抱紧了伍愉悦,还揉了揉伍愉悦的头,细声问着:"疼不疼?"伍愉悦非常满足,笑着说:"不疼。"

伍自强进入了校医室,走到儿子的面前,检查着他肿胀的伤处,发现确实只是皮外伤,他急躁地想到自己放下工作,原因竟然是儿子主动挑衅大个子而造成自己受伤,这可让伍自强受不了了。伍自强忍不住了,他斥责着儿子:"你怎么可以先推人的?下次你再胡闹,人家就直接打你了!"伍自强的音量并不大,可是,伍愉悦还是感觉自己委屈了,倚在外婆的怀中撒娇道:"外婆,小愉悦也不想这样子的。"戚郁霞转过头来对着伍自强,手往外划了划,暗示着伍自强出去,她又温柔地教导着伍愉悦:"爸爸走开了,你不用害怕。小愉悦知错就好,下次不能再这样顽皮了……"岳母出面护着伍愉悦,这就让伍自强有气没地方出,他实在看不下去了,转身就回去上班了。其时,伍自强并没有意识到,这是他第一次骂伍愉悦。

从那天开始,伍自强"重点关照"起伍愉悦来了,他的容忍已经到极限了:绝对不能让儿子这么不可一世!于是,但凡伍愉悦有一些行为上的瑕疵，伍自强都当面指出，或成功，或失败地让伍愉悦纠正着，结果，伍愉悦很快就既害怕着父亲，又渐显对父亲的叛逆了。

这一天，伍自强力邀伍愉悦出去踢球，可是伍愉悦并不想动身，便懒洋洋地说："爸爸，我想看动画片。"伍自强听着就恼了，他压制自己的怒火，微声劝着："看电视看多了，眼睛会瞎的。"然后，他直接关上电视机，惹得伍愉悦当场就跑去找戚郁霞。戚郁霞晓得小孩子窝在家里看电视真不是好事，还看到伍自强的眼神是那么坚决，她便劝着伍愉悦："孩子，别闹了，跟着爸爸去踢球吧，踢球也挺好玩的。"伍愉悦听了反正踢球也不是学习，听起来感觉好多了，他便跟着伍自强出去了。

在街道走着走着，伍愉悦就吵着要买玩具了，伍自强必然不会买给他，伍自强尝试利诱着他："你还想不想吃好吃的？等踢完球回来我就带你去吃好吃的。"伍愉悦对比起来，感觉还行，就跟着爸爸去了。很快，他们便到达了踢球的地方。伍自强感受到了春暖花开的气息，心情总算平静了一点，非常愉快地向儿子传着球。可是，伍愉悦象征性地踢了几下皮球后就嚷嚷了："好了好了，爸爸答应我吃好吃的！"

伍自强受够了，他的愤怒和忍耐已然到了极点，他想起附近有一家医院，他就直接抱着儿子往医院走，不管伍愉悦怎么哭闹，他毅然紧抱着儿子进入了医院。很快，伍愉悦的哭声被医院里病人的哭声掩盖了，那才是人发自内心深处的哭泣。伍愉悦渐渐地不哭了，他问父亲："爸爸，他们为什么要哭呀？"伍自强这才放下儿子，教导着他："他们的亲人生病了，有些还去世了，子女都很伤心。小愉悦，外公、外婆、爸妈总有一天会去世的，到时候你也会这样哭泣的，所以，你要乖乖的。这世界上悲惨的人很多，你的日子却过得太舒服了，不能玩物丧志。"伍愉悦听不懂父亲的话，但他看得出周围的人哭得很凄惨，他之前的飞扬跋扈荡然无存了。伍自强继续带着儿子在医院游荡，看着病人和家属有着种种的不幸和痛苦，让儿子品味着人间艰苦，伍愉悦看的悲惨东西多了，心情也就沉静下来了。于是，伍自强带着儿子回家了。

一个周末的中午，戚郁霞去看望亲戚了，陆灵姗也正在上班中，家里只剩下三代男丁。伍自强正在做着午饭，突然间他收到了戚郁霞的电话："自强，我交代要做的菜，你做了吗？那都是小愉悦很喜欢吃的菜。"伍自强无奈地点点头，回复着："做了，这些菜他一定喜欢吃的。"戚郁霞又提出："平时吃饭的时候，都是我一口一口地喂小愉悦吃饭的，他要是不吃饭，你就喂喂他呗。"伍自强口头答应着，心里面却准备着阳奉阴违。不过，伍自强看了看客厅里的陆之彦，自觉地克制了一下自己的情绪。

伍自强把饭菜摆上了饭桌，就招呼着岳父吃饭，伍愉悦也跟着陆之彦来到饭桌。伍愉悦扫视了一眼饭菜，发现有自己喜欢吃的菜，开心地拉着陆之彦呼叫着："外公，外公，喂我！"陆之彦向来不宠小孩，他把伍愉悦推到了他平时吃饭的位置，吩咐着："在幼儿园，孩子都是靠自己吃饭的，你在家也应该自己吃饭，和幼儿园保持同样的标准。"伍愉悦见外公不好支使，便转向了父亲："爸爸，喂我，喂我。"伍自强压制住自己的怒火，努力保持平静，双手平搭在桌子上，平和地说着："我们都是自己吃饭的，你也要自己吃。在幼儿园，你们才有三个老师，却有二十多个孩子，怎么可能会专门喂你呢？"伍愉悦听不进任何话，一直吵着要爸爸喂饭，然而，并没有人理会他。伍愉悦就闹得更大声了，情急之中，他还掀翻了自己的饭碗。这下可彻底惹恼了伍自强了，伍自强再也控制不住自己的怒火了，动手按下伍愉悦，拍打着伍愉悦的屁股。

伍愉悦第一次被施以体罚，他疼得哇哇叫，哭得嗷嗷的。打了几下后，伍自强的目光扫视到了陆之彦，他便停下了手，观察着岳父的反应。没想到，陆之彦只是静观着，目光锁定在他的身上，什么话都没有说。这让伍自强感到不知所措了，伍自强停下来，低着头，放下伍愉悦，静等陆校长训话。被放开的伍愉悦显然是怕了，连忙躲到窗帘的背后，不敢直视两个大人。

伍自强双手合十，向岳父赔礼着："不好意思，我刚才实在气不过，才动手的。"陆之彦给伍自强夹上菜，示意他继续吃饭，并说着："你才是孩子的监护人，当孩子有过分的行为，你是有义务采取惩罚的手段，制止他走上错误的道路。对待孩子，绝对不能放任不管。整天让孩子过衣来伸手，饭来张口的日子，结果只会让孩子不堪造就！"伍自强瞬间就感觉到岳父是跟自己站在同一战线。

随后，陆之彦说出自己的意见："其实我挺赞同你的教育行动。郁霞有时候会嫌麻烦，没有给孩子培养好的习惯。大家都知道孩子有一些不卫生、任性的行为是不好的，而我们这几个监护人正是缺少一股坚持的力量。自强，只要是正确的，就不用嫌麻烦，继续坚持下去，这对你和他都是一种修炼。"

没过多久，伍愉悦从窗帘走过来，站在伍自强的面前，一脸天真无邪地说着："爸爸，你不要生气，我自己吃饭吧。"陆之彦点点头,替伍自强回答着:"嗯,知错就好,自己乖乖吃饭吧。"然后,伍愉悦就自己一口一口慢慢地吃了起来。陆之彦很快就解释了:"我这几天研究了一下,想通了一些东西。孩子本性都是不坏的,他们的性格品质是他们接触到的世界的反映。他们接触到的世界是怎么样的,他们就会往那个方向变化。就好像这孩子喜欢依赖别人,是因为有溺爱他的外婆;而他坚强、爱动脑子,不正是因为受到你们夫妇的影响吗?"伍自强肃然起敬了,他点点头,心里做起了笔记。

陆之彦给伍愉悦夹了菜后放下筷子,郑重地和伍自强讲出自己的结论:"我看呀,小愉悦表现出来的问题,就是独生子女的常见问题!给他生个弟弟妹妹的,就闹不起来了!"

伍自强被陆之彦的说法惊吓住了,但他认真想了想后,发现确实是这样:他在孤儿院要争着吃饭,是因为太多孩子争着吃饭了,而此时的伍愉悦非但没有竞争,反而外婆和妈妈把他捧在手心上,让他不用顾忌任何东西,当然,他就不需要去考虑别人的感受。伍自强默默地同意了:要是伍愉悦当上了哥哥,应该就不会那么自私,责任心会变强一点吧,就像黄庭满和小粉粉两兄妹。

另外,伍自强又头疼了,给伍愉悦生个弟弟妹妹哪有那么简单就能实现的呢。他向陆之彦寻求提示:"爸爸说得非常正确,事情应该就是这样子的,那么我们应该怎么办呢?"陆之彦显然也知道问题的难处,姜还是老的辣,陆之彦不慌不忙地说出了下一步的打算:"短期内呢,你们也生不出二胎来的啦。现在最重要的是改变小愉悦的独生子态度,可以给小愉悦一种体验式的教育,孩子的很多东西都是向大人学习的,大人在孩子面前就要做好自己的本分。然后呢，就是让小愉悦多参与劳动，让他和你们一起做家务。人，闲着就容易变懒，甚至是堕落。"伍自强冒冷汗了，这些说起来简单，真要每一个细节都做到，还真的不简单。不过，只要能做到一丁点，对孩子来说确实挺好的，他连忙回复着："是，是，是。"

下午，戚郁霞回到家里，看到家里三个男丁同时打扫起卫生来了，她惊呼："你们在搞什么？"擦着桌子的陆之彦简短地总结着："劳动改造！"戚郁霞愕然了，她看着扫地的伍愉悦，问他："小愉悦，辛苦吗？"伍愉悦笑了笑："不辛苦，还挺好玩的。"戚郁霞感到欣慰了，她明白这样的氛围对于伍愉悦是再好不过的了。戚郁霞坐在沙发上，看了看三人做家务的情景，她猜到了这是陆之彦的杰作。戚郁霞认真地看着老伴的表情，她察觉到老伴变了，二十年前他只是想着如何让伊姗、灵姗变成"考试机器"，以高分论英雄，恨不能把生活上的所有时间用在学习、考试，力求日后出人头地，德育基本靠口头指示，现在陆之彦竟然会带头做起模范来了！不久，陆之彦和伍愉悦一起拖着地，两人一同握着拖把，这让戚郁霞明确了：在贴身教育孩子的过程中，老伴了解到教育的真谛，他现在能听进孩子的声音，看到孩子的全面成长了。想到这里，戚郁霞欣然一笑，感觉自己的腰伤好像彻底好了，她也跟着他们干起家务来。

晚上，伍愉悦一下就扑到刚回到家的陆灵姗身上，向陆灵姗夸耀着自己今天的劳动成果："妈妈，你看，家里面的地都是我扫的，我房间的地是我拖的。"陆灵姗听着儿子的喜报，心里高兴极了，她问了问儿子："乖儿子，今天怎么这么勤快了？"伍愉悦兴奋地说着："外公说了，只要我勤勤恳恳地工作，我就能买一套大房子,让大家住得舒舒服服。"伍自强走过来凑热闹了,说:"只要我们一家好好努力,我们也能像黄广耀家里那样,换一套大房子,让大家住得舒适,还能留足位置,多养一个孩子。"陆灵姗表扬了儿子后,却对伍自强的说法嗤之以鼻:"咱们辛苦了那么多年,结果存了那么多钱都给了开发商,我可没那么傻,还继续给开发商打工。"陆之彦在一旁插嘴了:"安,这个字,从汉字的构造看,就是'女在屋檐下'谓之安,有个好地方住了,你不是应该感到高兴吗?"

陆灵姗简单地回应:"算是吧。"她问伍愉悦:"小愉悦,要不要去庭满哥哥家里玩?"伍愉悦欣然答应了,于是,母子俩便高高兴兴地出门了。

没过多久,陆之彦也拉着伍自强下楼散步了。盛夏时节,蝉声响起,炎热天气已然到来。伍自强跟在岳父的身后,身上冒了很多汗。陆之彦选择在河边公园的一处长椅坐下,对伍自强说:"自强呀,你上次出远门碰到的事,你还不打算和我们讲讲吗?"伍自强知道平时陆之彦不怎么吭声,一旦邀约必有难以开口之事,伍自强感到为难了,他实在羞于分享自己的小秘密。陆之彦不着急催促伍自强坦然相告,他直面着前方,微风吹下了树叶,落到了陆之彦的肩膀上,他只是捡起了树叶,轻轻地放到地上。

过了一会儿,陆之彦继续说:"你还记得吗?你第一次到我家见我的时候,我特意安排你们打麻将的。"伍自强点点头,回复着:"记得记得,我当时猜到你一定是想靠打麻将考验我,但具体怎么考验,我就想不到了。"陆之彦缓缓地把谜底揭开了:"我当时一直坐在你的身后观察着,我就是要看你在赢了和输了的时候会有什么样的表现。赢了呢,你能表现沉稳,做人不轻浮,挺好。给我留下印象最深刻的是,你上手一副烂牌,却能用心打好它,不卑不亢。这样,我就知道你身处逆境的时候,会有耐心、有毅力去逐步解决问题的,我也就放心了!"说完,陆之彦转头对伍自强投向赞许的目光,此刻,在公园微弱灯光的照耀下,伍自强感受到了一股浓浓的父爱,看着陆之彦更像是一个慈父。伍自强渐渐敞口心扉,全盘说出了他和陆部通的所有事。陆之彦一直听着,不时点点头附和着他。

伍自强说完了以后,陆之彦还不发话,两人就此安静了下来,只听着河水哗哗地流动着。眼看公园的人渐已散去,陆之彦才慢悠悠地说道:"自强,你是一个有情有义的人,陆部通呢,我看也不算是一个多坏的人吧。但是呀,如果你要是怀着这个想法生下二胎的,那我估计这个孩子的一生将会是一个悲剧。"说完,陆之彦直盯着伍自强,似乎是用眼神来坚定自己的语气。陆之彦的反应让伍自强如此之难堪,一时间,伍自强无言以对。

陆之彦转头茫然地看着远方,感叹了起来:"还好,灵姗的出生不是悲剧。我的那个年代呢,生不生孩子,没有考虑太多,怀上了,就生下吧。"

伍自强看着突显苍老的陆之彦,他想说点什么,却又觉得在陆之彦面前说啥都显得幼稚,便默默地坐着听陆之彦述说自己的人生历程。

另一头,伍愉悦和黄庭满在黄家玩得不亦乐乎。陆灵姗在这种时刻是最开心的:儿子有玩伴陪玩着,完全不用看管,自己还能和闺密钟婕婷聊天放松。只是今天的话题不太放松,钟婕婷刚重回医院上班就发愁着医生考试,她焦虑了:"灵儿,我好羡慕你呢，你是咱们医院里出了名的考霸，各种考试你最后都能拿个高分。我在家休产假荒废了那么久，再加上一孕傻三年，实在学不下去呀。"陆灵姗对羡慕的目光向来不太感冒，她老实地回应着："我可是很下苦功的，好不好？你们要是一有空就翻书温习，也能做到的。"

钟婕婷听着陆灵姗学霸标准式的回答，酸溜溜地说："你继承到你爸爸的基因，读书厉害，我比不上。"不过，钟婕婷话锋一转，嘲笑着，"不过呢，你爹的雄才大略、沉稳大气你没学会，恃才傲物倒是学得十足，哈哈！"陆灵姗听得噘起了嘴，她没有反驳，默认了自己是有点小清高。

在干净明亮的黄宅里，钟婕婷给孩子削着苹果，黄广耀不时逗小粉粉玩着，黄庭满彬彬有礼地照顾妹妹，陆灵姗看着他们家母慈子孝的，她忍不住向往着他们家的生活："其实我才羡慕你呢。你们一家真好，简简单单，很温馨。"钟婕婷笑称："你别这么说，你们家比我家还要热闹呢，赶紧生个二胎吧，过了这个村就没了这个店。"陆灵姗苦笑了："哎，说到这里我就烦死了，最近家人不断提到这个问题，结果小愉悦特别不满，还进入了小叛逆期。"

钟婕婷听了后，放下手中的苹果，给陆灵姗看起自己手机里一年以来的照片，解说着："你看，这是我刚怀孕时的照片，你看庭满是不是气鼓鼓的？他当时是特别抗拒再生一个的。"陆灵姗对比一下现在的黄庭满和一年前的黄庭满，发现神情气色确实不太一样，她好奇地问："你是怎么做到的？我家伍愉悦连做梦都害怕多个弟弟、妹妹。"

钟婕婷把苹果削好分给孩子后，把陆灵姗的座位挪了挪，让她正对着孩子。陆灵姗还是观察不出什么玄机来。钟婕婷问她了："你说，他们俩为什么关系特别好？""年纪差不多吧。"陆灵姗只能想到这一点。

钟婕婷摇摇头，解答着："年纪差不多，所以就比较平等了嘛。孩子呢，不像大人，并不会考虑太多，只是一直在感受，不断地感受到痛了，孩子才会被'逼'着思考。要是他每天都过得和独生子时期一样平常的生活，他就不会觉得是大人偏心。所以，只要一开始时不要太宠着老大，这样老二出生后你才有能力维持同样高的标准继续对待着老大，让他觉得老二的出生没有让他的日子变差，这点是非常重要的哦。然后就是平等对待好老大、老二，不偏心，老大就不会有那么大的意见了。"

黄广耀嘴巴痒痒的，他放下小粉粉，专心"插嘴"来了："孩子的东西，说起来简单，做起来还是很难的。很多东西都只有一件，分给老二了，老大就没有了。我家呢，物质生活不丰富，我们就让精神生活来补充呀。灵姗，你慢慢领会吧。"钟婕婷走近了丈夫，给他按按肩，对着陆灵姗赞扬了丈夫起来："家里那么和谐，我老公得记个大功。庭满淘气的时候，我很多次都想揍孩子的，他说要用文化力破解，平时在家里多微笑，大人做好表率，自己和孩子的行为标准一视同仁。不要让孩子说：'你这样就可以，为什么我不可以？'"钟婕婷顿了一下，强调着，"灵儿，你知道吗？有时候我做错了，我也会和孩子说对不起。"

陆灵姗感到不可思议了：对小孩子道歉，自己从来没试过，平时自己对伍愉悦做错什么东西了，就当作没事发生，糊弄过去了。不过，陆灵姗也觉得要是能做到这样也不错，她竖起大拇指，表扬着钟婕婷一家："看来我真的需要向你们学习。"

伍愉悦和黄庭满玩累了，他们想让钟婕婷给他们看看电视节目，钟婕婷答应了，但是特意调出一个外国的早教片给孩子看。伍愉悦看着早教片，没一会儿就问了："妈妈，为什么外国卡通片里面很多家庭都是一家有三个小孩子的呢？"陆灵姗心虚了，不过她灵光一现，想到了一个理由，她就推托着："哈哈，要是没有那么多孩子，那戏就没法演了吧，编剧应该是这么考虑的，哈哈。"

黄庭满顺势对钟婕婷说："妈妈，咱们家啥时候再生一个？也像外国家庭一样，有三个孩子。"钟婕婷听到三个孩子就怕怕了，惊叹着："够了，咱们家生一男一女就够了，再生一个呀，我得白天在医院做医生，晚上在医院当护工才能养得起你们！"话音刚落，在场的大人都笑了。

笑过之后，陆灵姗问钟婕婷了："你知道现在住院部那里雇用一个护工一天一夜，得花多少钱吗？"钟婕婷随便猜了一个数字："500元？"陆灵姗摇摇头，说着："那个是前几年咱们俩在住院部轮岗时的价格。这几天，我准备去住院部那边，就和住院部的医生聊了聊，才知道现在护工价格涨得很猛，有的报价都到1000元一天了，碰到节假日还说要翻番，服务质量比以前还差，病人家属是苦不堪言呀。很多老人家都不敢生病，一生大病，去到医院真的是没什么人照顾了。护工呀，大家是没有经济实力随便请的了。"

这时，黄广耀又用自己的经济学来给她们解答了："这不就是很正常的事嘛？你以为这些年房价是涨得最猛的吗？当然不是，涨得最快的是体力工人的工资。这也没办法，现在孩子出生得少了，就变得金贵了，脏活苦活都没人干了，民工价格还不'天天涨停'吗？我们呀，还是别指望着靠别人家的孩子给自己养老了。你不想掏钱来养自己家孩子，就要掏钱养别人家孩子。其他国家已经是这么干了，咱们国家出生的孩子要是还是那么少呀，过几年肯定会做些事情的。"

黄广耀顿了顿，语重心长地说着："我们生育下来的孩子，不仅仅是我们自家的孩子，还是中华人民共和国的公民。要为国家养育更多的优秀公民，他们是国家的未来。一对夫妻只生二孩，结果一定是人口的持续减少，总有一天会降至零吧。"陆灵姗静静地听着，把话记在心上。

电视插播了一条新闻：国家允许生三胎了！陆灵姗下意识地观察着黄广耀，只见他双眼疲倦、欲言又止。陆灵姗联想到了：他家的人力物力，二胎已是能力上限了，理性的黄广耀一家不得不割舍三孩之爱。

这一天是陆灵姗坐诊的最后一天，陆灵姗观察了一下，感觉最近前来挂号的孕妇比起几年前是腰斩过半了，她心里怀疑着：难道真的被黄广耀说中了？孕妇是真的减少了吗？

才下午三点多，陆灵姗看着自己的接诊名单已经完结，便站了起来，收拾起自己的物品，心想着休息几天后就要去住院部报到了，得提前准备一番。还没收拾多久，电脑上的叫号机突然叫唤了："林之华，挂号，林之华，挂号。"陆灵姗这就奇怪了，确实有一段时间没见过她了，真有那么巧？最后一个坐诊的病人就是她？她没有考虑太多，点了电脑的"确认"按钮。

林之华戴着口罩推门进来了，依旧带着秘书，不过，这次林之华有点慌乱,没有往日的气势了。林之华坐下后,脱开口罩,喊了一声"陆大夫",然后就急忙掏出手绢,遮住鼻子,打了个喷嚏。身旁的秘书帮忙讲述病情:"林总昨天开始有了一些感冒的症状,现在到了孕中期了,不敢随便吃药的。所以来找陆大夫您,看看能开点什么药,让林总尽快好起来。"陆灵姗看着林之华的气色还是挺好的,她想起了自己上次提醒过林之华春季流感高发期的事。陆灵姗不免摇了摇头:这妈妈就是不爱惜孩子,不好好养护身子。

简单地检查后,陆灵姗建议着:"看你的情况,不算严重吧,吃药的话怕是有风险。你最好还是提升自己的免疫力,靠抵抗力打败病魔吧。"陆灵姗很平常地谈论着,她全然没想到林之华的反应会很大,林之华怒骂着:"你知道我怀孕的时候感冒有多辛苦吗?赶紧给我开点药,让我快点好起来吧,我还有很多事要处理的!钱,我会付。"

陆灵姗有些错愕了,今天的表现和她印象中恭敬的林之华相差甚远,甚至,她当医生那么久了,还是第一次被病人这么命令着。陆灵姗调整好自己的情绪后,安静地说着:"林女士,我如果开药给你的话,我还能拿到更多的奖金呢。也请你为肚子里面的孩子考虑一下吧,怀孕期间很多孕妇也都是这么过来的,你好好休息几天就康复了。"林之华的怒火并没有消失,只是从陆灵姗的身上转移到孩子那里,自言自语着:"早知道那么麻烦,还不如不生,现在公司正是需要我出马的时候,我竟然,唉,都是怀孕害的,真想流产了。"说完后,林之华咳了几声,引得秘书连忙喊她注意身体不要动怒。

陆灵姗眼睛瞪得大大的,她向来就反感不负责任的母亲,她直觉上就把林之华当作一个花钱买儿子的假母亲。陆灵姗顾不上林之华是什么总,也懒得管她家的产业有多大,陆灵姗偏要一本正经说道:"你考虑好是不是要流产哦,要是定下流产的话,我介绍你去专业流产的诊所!"秘书听了后就怒了,指着陆灵姗来骂:"你说什么?你信不信我们把你告到法院去?"林之华恢复了理性,她竖起了手,示意秘书不要和陆灵姗闹。林之华认真打量着陆灵姗,感觉是真的为病人好,林之华就这么说了:"陆大夫,我身体不太好,只靠我在家调节身子,怕是容易把病弄大了。要不这样子吧,你从医院请几个月假,做我的家庭医生,我出五倍价钱请你!如果你害怕影响你的工作,我会打点好与医院的关系。你想好了,只面对我一个人的话,你的工作会很轻松,时间很多的。"

陆灵姗有点怀疑自己是不是听错了,她还是头一次被人"高薪挖角"。可惜,陆灵姗不是贪财的人,更不是喜欢安静地伺候主子的人,陆灵姗自豪地说:"谢谢,不用了。要是钱对我那么有吸引力,我就不会做医生了,最起码不会做公立医院的医生。"

林之华点点头,平时林之华习惯在公司用钱解决人,现在碰了这么一块"硬骨头",林之华不得不重新审视着陆灵姗。林之华戴上口罩,心平气和地问着陆灵姗一个重量级问题:"陆大夫,我想听听你的意见,如果我想流产的话,会怎么样?"陆灵姗不依不饶,气还没泄完,依旧说着气话:"没怎么样,没了孩子,生活更洒脱了就是。" 林之华明白是自己无礼在先,她坦荡地承认起错误来:"好,我给你赔礼道歉,对不起。"说完,林之华头往前倾了倾,做着鞠躬的样子。

陆灵姗见林之华拿得起、放得下,算是个不简单的人物,况且,前几次坐诊时她还是挺有礼貌的,陆灵姗猜到她这一次应该是碰到很大的问题了吧,女人何苦为难女人呢。陆灵姗便放下心中间隙,聊起了心中真实的想法:"说实话,你这个年纪的,是毫无争议的高龄产妇。高龄产妇是有大风险的,像生出的胎儿容易畸形、产妇容易有并发症、产妇产后恢复更加困难、产妇更容易患乳腺癌之类的问题。"陆灵姗说着,林之华的脸色由严肃慢慢转为不安了。

从林之华的表情,陆灵姗感觉到自己说得有点过了,她内心中反驳着自己:陆灵姗,你自己是医生!孩子已经怀上了,既然孩子是健康的,怎么能劝孕妇放弃呢?陆灵姗很快就展露出笑脸,对林之华说出不一样的话:"但是,胎儿现在已经有了生命了,他在你的子宫里,我相信你应该能感受到他的,你能听到他在喊'妈妈,不要'吗?"听得林之华下意识地摸了摸胎儿。

陆灵姗看着林之华的脸庞渐转平和,陆灵姗的信心一下子就来了,她继续劝导着:"你回忆一下吧,刚怀孕的时候是很不容易的,年纪越大,小生命越难孕育,这个孩子是上天赐给你的礼物,你要好好珍惜哦。"

林之华闭上眼睛,回忆起自己怀孕的初心,不正是对生意场的厌倦和对新生活的憧憬吗?她睁开眼睛后对陆灵姗道谢着:"谢谢你,我缓过来了。我想通了,我要放弃了,公司我不要了,他们想怎样就怎样,反正以后我肚子更大了,我也必须休息的。接下来我就提前休息,公司的事我不管了,免得影响我怀孕!"秘书劝说着:"林总,公司是您的心血,这是属于您的事业,公司里还有很多同事希望林总能主持大局、拯救公司的,请您再考虑考虑。"陆灵姗引起联想了:这林之华身后有多大的产业？地球没了你，还不能转动吗？

林之华竖起手掌，暗示秘书不要再说下去，林之华转头对秘书说："放心，我会安排好你的，我这个面子，爸爸、弟弟和张总一定会卖的。"秘书点点头，事已至此，秘书也只能接受林之华的安排了。然后，林之华回头对陆灵姗说："既然，你不愿意做我的家庭医生，那，能平时多一点时间开导我吗？我现在已经很清闲了，接下去几天，我可以请你吃饭！"陆灵姗听着就觉得林之华对她是真的很关注，心想着：这林之华究竟是花了多少心思来打听她的消息呢？也罢，这林之华无论怎么看都是一个好人，既然是好人，就尽管相信她吧。

陆灵姗今天和林之华算是有点"不打不相识"了，受到了这样的邀请，她没有当即答应，也没有拒绝，只是和林之华交换着联系方式。

第二天早上，陆灵姗的"小长假"开始了，她送伍愉悦上幼儿园后，想起伍自强和她的闺密都在上班，家务又被两个老人包完了，寂寞感迅速包围了她。陆灵姗平时忙惯了，突然间休息了，她反而感到挺无聊的。坐在公园的椅子上发呆，一种无聊透顶的感觉油然而生。陆灵姗翻了翻自己手机上的通讯录，嗯，估计只有林之华是比较闲的吧，一个孕妇还能有多忙呢？而且林之华昨天还声称自己啥都不管了。

离拨打林之华的电话只有一个点击按钮了，陆灵姗想起了自己这两个月来对林之华感情的变化，有过猜忌，有过恼怒，但林之华总是那么信任自己，甚至是第一个提出让自己做家庭医生。陆灵姗突然间有一种担心：林之华最近事业上是不是碰到特别大的问题，大到让她无法控制住自己的情绪呢？如果真的是这样，会对她的怀孕影响很大呢。

或许是一种好奇，或许是一种担心，陆灵姗尝试拨打着林之华的电话，电话中嘟嘟嘟响着，陆灵姗心里就怦怦怦地跳着。电话那头终于接通了，响起了林之华温柔的声音："灵姗，我等着你的电话很久了，我知道你忙，不敢打扰你，没想到你那么快就联系我了。"陆灵姗第一次没有听到"大夫""医生"之类的称呼，一下子距离感就拉进了，陆灵姗更大胆地发出邀请："我家没人，你来我家玩吧。"

此时，林之华在自家的小院子散步着，她走近了一朵花，闻了闻花香，回复着："我现在怀孕了，不方便走动，还是你来我家吧，我让司机去接你。"陆灵姗不习惯去大户人家的家里，感觉自己严重被束缚了，不过林之华力邀，陆灵姗就说了："好吧，去你家吧，但不用叫司机了，我自己去就行。"林之华那边笑了，说着："我家住得远，公交车通不了，只能自家人开车，你也不懂路，还是别走错了，你就等着我家司机吧。"陆灵姗一听，心想：你家有那么神秘吗？好，就让我去会会你！

陆灵姗浏览了一会儿育儿网页，很快就看到不远处一部豪华轿车停在附近，司机还向她招手，这和她原本预料的网约车来接载她相去甚远，她猛然发现自己低估了林之华的实力。

没过多久，车子在一处欧式城堡般的大宅外停了下来。陆灵姗一看，林之华在不远处的小庭院向她招着手。陆灵姗没有细看林宅细致讲究的外观，她快步走向林之华。林之华看着陆灵姗紧绷的表情就知道她紧张了，林之华自然地笑着，对她说着："欢迎你来到我家。"林之华亲切一笑，让陆灵姗稍稍放下紧张心情。

两人在林家的一处小亭子坐了下来，一只猫咪向林之华走来，陆灵姗注意到了猫咪停在林之华的身旁。猫咪一身都是蓝色，圆乎乎的身体，短短的四只小腿，一副懒洋洋的样子趴在林之华的大腿上，一看就知道与林之华是极其亲密的关系。陆灵姗指着猫咪，小心翼翼地说："这个……"林之华当然知道她指的是猫，林之华豪爽地解答着："它叫汤公，是英国短毛猫，今年11岁了……"林之华开心地分享着自己的快乐，完全没有注意到陆灵姗的表情，陆灵姗一脸的谨慎，但是不敢随便打扰林之华的雅兴。

林之华停下说话后，陆灵姗没有接着互动几句话，林之华便预感到陆灵姗要唱反调了。果然，陆灵姗缓了缓后，委婉地说着："你没看我们医院提供的怀孕警告吗？"林之华猜不到陆灵姗想说什么，就摇摇头。陆灵姗拿出手机，搜索出了怀孕警告，专门把手机的页面停留在"孕妇和婴儿容易被猫等动物感染弓形虫"那里。陆灵姗知道自己口才不好，干脆就把整部手机递给林之华，让林之华自己看看。林之华翻开了一下后，没有太大的反应，淡淡地说着："这个我知道，汤公都这个年龄了，还可能活不到宝宝出生那一天了，就这样吧。"陆灵姗对猫没什么研究，不过，这猫咪看上去是一副很干净的样子，况且林之华心意已决，陆灵姗就识趣地转移话题了，和林之华聊起医院好玩的事儿来。

过了一会儿，一个仆人走近了林之华，问："小姐，是时候品尝上午茶了吗？"林之华点点头。在仆人匆忙准备之余，林之华和陆灵姗讲起上午茶："这是我给你挑选的上午茶，你尝尝味道合不合胃口。"林之华话音刚落，餐点已经准备好了，陆灵姗闻到了浓烈的红茶清香和奶味的香醇了，她低头一看，是一杯奶茶，茶杯还非常精致。奶茶的伴侣是一杯蛋糕，玻璃杯里面装着奶油、水果和蛋糕的混合体，陆灵姗说不出它的名字，林之华解释着："这是Eton Mess。"陆灵姗又看了看，林之华只有一杯牛奶和鸡蛋之类的。林之华挥挥手，示意着她开始享用美味。不过，陆灵姗和她父亲一样，是很克制的人，她就是微笑着，没有吃。对她来说，空手而来，白吃那么高档的奶茶和蛋糕，是多么失礼的事情。

林之华看透了她的心思，于是简单地暗示着："西式茶点有一个地方好，不挑温度，慢一点吃都没有问题。不过，没人吃的话，扔掉就太可惜了。"陆灵姗明白了林之华的意思，便小尝了起来，味道是真的一级棒。这时，伏在林之华腿上的蓝猫汤公站起来，它看了看陆灵姗，什么都没有做。林之华给猫咪倒下一些牛奶，然后呼唤着仆人："汤公醒了，给它来点猫粮吧。"仆人很快就端来了猫粮和宠物饭盆，透过包装，陆灵姗看到了全是英文字母的猫粮，可她只看懂了"老年猫享用"的字眼。

汤公一瘸一拐地走向自己的饭盆，缓慢地吃着几口。林之华怜惜地说着："这猫老了，是不是它们也和人类一样，老了也容易出毛病，毛病一多就受苦了呢。我每天看它睡得不好，走路一瘸一拐的，听兽医说这是关节疼痛，它每走一步路都会感觉到疼的。"此时，汤公咬着猫粮似乎噎到了，立刻回到林之华身旁舔吸着牛奶。林之华给汤公拍了拍，汤公缓了一下，缓过来后又重新去吃它的猫粮。林之华随后叫了它几声，它并没有任何回复。林之华看着汤公只顾吃自己、不顾主人的，自嘲道："唉，对它那么好，它就是爱答不理。要是以后生下的孩子也是这样，那我还不是要哭死？"陆灵姗眼睛转了一转，想起昨天夜里伍愉悦还因为不愿意睡觉,和她闹得很不愉快,让她气到今天早上。在陆灵姗迟疑的时候,林之华却突然诡异一笑,给自己圆场着:"算了,它再爱答不理,我也不计较,还是继续爱它,这就是爱吧。这老猫,只有妈妈,没有爸爸,也难怪它会那么矫情,哈哈。"说完后,林之华还不忘用自己的口头禅感怀一次,"C'est la vie(塞拉威)。"陆灵姗不知道该如何回答,只是淡然一笑,附和着:"对,这就是生活呀!"

陆灵姗度过了闲暇的数个休息日后,回到了阔别几年的住院部。她进入了前往病房的电梯,电梯门关上了,看着别人肃穆的神情,陆灵姗变得紧张起来。陆灵姗的楼层到了,她随着人流走出电梯,大家低着头前往自己的方向,陆灵姗一个人站在空旷的楼道,阵阵的凉风向她吹来。突然,楼上不远处的抢救室传来哭哭啼啼的声音,陆灵姗吸了一口冷气,医院住院部向来是一个不缺少悲剧的地方。

陆灵姗看着熟悉的"妇产区"三个大字,这里的装饰相对温馨很多,墙面上有不少宝宝和母亲欢笑的宣传画像,这区域算是医院住院部难得的绿洲吧。她清晰地记得,当时自己能从这里离开的原因是因为她怀孕了,为了能生下伍愉悦,医院才不需要她倒班,于是,她才轮回到门诊部坐诊。而这一次,要是她在住院部当上小头目,估计以后她就没那么容易"逃离"这里了。陆灵姗想起了几年前自己值夜班的时候,打瞌睡磕到自己的头、走路中迷迷糊糊间自绊脚而摔倒,诸如此类痛苦的往事难道又要重来?

陆灵姗攥紧了拳头,给自己鼓气着:不能挑工作,住院部才是看护孕妇、病人最重要的地方,夜班精神不足可以想办法克服,以后要更加努力了!然后,她走进了医生办公室,披起了自己的白大褂,开始了"新"的工作。

突然,产房外面出现了一阵喧闹声,陆灵姗跟了出去,她看到一个粗俗的中年男人在大喊大叫着。听了他们几句对话后,陆灵姗大概知道他是郑立敏的丈夫,嚷嚷着要求医生、护士立刻让郑立敏把孩子生下来。陆灵姗走上前拍了拍男人的肩膀,男人转身后看到陆灵姗有着医生强大的气场,猜到了她应该是个厉害的大医生,男人拘谨了一点,说了:"嘿嘿,医生,我叫狄豹,你们这里的住院费很贵,能让我老婆生完就走吗?我们就不过夜了。"陆灵姗蒙了,第一次听到家属为了省钱,连当晚入院费都要免去的。陆灵姗摇摇头,说道:"狄豹先生,你要知道,你的孩子什么时候出来,主要是看你家孩子的。请你放心,我知道你家经济条件不好,我会尽力给你省钱的。"难得陆灵姗理解狄豹的苦楚,狄豹当即暖心了很多。狄豹傻笑着赔礼:"哈哈,医生就是医生,我的儿子就有劳你了!"陆灵姗心里捏了一把冷汗:要是生出来的是女儿,狄豹会怎么样呢?

陆灵姗来到病房看望郑立敏,只见郑立敏脸色蜡黄、精神紧张,俨然一副在使劲的样子。陆灵姗立刻劝阻郑立敏了:"你在干什么?你的催产针还没有打呢,你这样子会很辛苦的。"郑立敏见到了陆灵姗如同见到了观音菩萨,郑立敏紧紧抓住了陆灵姗的手,渴望地说着:"陆医生,你帮帮我吧,我想快点生完回家。"陆灵姗叹了一口气,她拍了拍郑立敏的肩膀,劝导着:"你放松、放松,既然你都来了,就要健健康康地生下孩子,不要想别的东西了,好吗?"郑立敏却这样回答着:"我家大女儿还等着要看看弟弟呢。我又想起了生产大女儿的时候了,当时接生婆就在我家,喊我,用力、用力,最后我一个使劲,就把女儿生出来了……"狄豹在一旁给妻子鼓劲:"对了,就是这样,用力,用力!"陆灵姗此时不知道该说什么了,她自己本身也是在农村简陋的环境中出生的。旧时代,农村医疗条件很差,女人的确只能靠自己生出孩子,生不出来就只能难产身亡,哪像现在有各种的催产药剂来帮忙,郑立敏只是还想依靠着女人最原始的"生存技能"罢了。

突然,郑立敏使劲抓着陆灵姗的手,她呼喊了:"陆医生,我感觉我快要生了!你推我进产房吧。"陆灵姗第一次碰到那么强悍的产妇,她愣了一下后,立刻指示着身旁的护士做准备。送郑立敏进产房的路上,陆灵姗满脑子的疑惑,这郑立敏是真的不用打催产针呢,还是心疼催产针钱才不打呢?

进入产房后,陆灵姗心情豁朗了一点,她开怀地说着:"太好了,整个早上只有她一个产妇在生。"身旁的护士纠正着她:"陆大夫,你没在这里太久了,现在生孩子的产妇比你当年在这里的时候少多了,经常是一个产妇包房!"陆灵姗不知道该如何回复了,不过,最起码对于眼前的接生是个好消息,她指示着:"很好,那大家就保持耐心、集中精力,安心帮助郑女士生产吧。"护士们感觉不太对劲,都在想着:她不打催产针,从早上熬到晚上都未必能生出来呢,肚子里的孩儿会缺氧?果然,郑立敏躺在空荡荡的产房后,什么"感觉"都没有了,而医生、护士刚开始还激励着她,时间久了,大家除了围观着,就是在发呆。

下午,陆灵姗看着时间一分一秒白白过去了,陆灵姗考虑到:既然她家要求不在医院过夜,并且久拖不生将构成风险,便这么和郑立敏说:"像你以前没打过催产针的,完全没有抗药性,肯定一针就见效,你早点产下儿子来,说不定晚饭还能和大女儿一起吃呢。"郑立敏一听,立马当机立断:"陆医生说得对,那我就打吧。"打针的过程中,郑立敏疼得哇哇叫,据她自己说,她是极少打点滴的,所以感到特别疼。也如陆灵姗所说,针水打完后不久,郑立敏的"感觉"很快就位,在她的艰苦努力下,婴儿很快就顺产出来了。

然而,看到婴儿的时候,陆灵姗的心跳骤然加快:郑立敏产下的确实是一个女婴,而不是她日思夜想的儿子,这下怎么对她交代呢?还没等陆灵姗编织好动听的话语,耿直的屈护士已经开始说话了:"恭喜你,生出了一个健康的女宝宝!"郑立敏本已是非常虚弱,听到了如此晴天霹雳的消息,呼吸更加急促,拳头微弯后慢慢松开,表情僵硬,眼睛通红,眼泪不时流下,鼻子出现抽泣声。陆灵姗心里不好受,不过,丑妇总需见家翁,这女儿总是需要郑立敏看护着的,陆灵姗让护士把女婴清洗干净后放到郑立敏的身旁,让郑立敏好好感受着孩子。女婴在空旷的产房肆意哭泣,护士把郑立敏的手放在环抱婴儿的位置,只见她的手指轻轻点触着女婴,女婴的哭声亦渐渐地变小,还渐渐地在妈妈的身旁睡着了。

更大的考验来了,陆灵姗让护士把郑立敏和孩子推出去,让父亲狄豹接看母女俩。产房的门打开了,护士推着母女出来了,狄豹焦急地拥了上来。狄豹直接从护士手中接过婴儿来,自言自语着:"这个傻儿子,长得那么像女孩子。"护士回答着:"先生,这个是你的女儿,不是儿子。"狄豹冒着冷汗,手抖动着,他激动了起来,嚎叫着:"你们骗人,肯定是你们弄错了!"护士反驳道:"今天从早上到下午只有你们一家生产孩子,哪会搞错!"狄豹咽下了口水,还不愿意接受现实,他大喊大叫着:"是不是你们藏起了我的儿子!赶快拿出来!"

陆灵姗从产房走出来了,一字一句慢慢地强调着:"我们这里有录像,你可以调出来慢慢看!"狄豹还真把孩子放给护士,跟着陆灵姗去看录像。录像播出的时候,陆灵姗在狄豹的旁边不断讲述着郑立敏是如何艰辛地把女儿生下来,而狄豹早已是脸色涨得通红,一声不吭地看着录像,不过,陆灵姗知道,他是看不进录像的,他还在崩坏的旧心理世界中寻找着定海神针。当录像播完后,狄豹站起来,回到病房去收拾郑立敏的东西。傍晚时分,无论陆灵姗如何劝阻,狄豹还是坚决带着妻子和新生女儿出院回家了。

陆灵姗在楼上看着他们出院,狄豹抱着女儿、拖着家当,还扶着慢悠悠的妻子。突然,郑立敏好像步伐不稳,要摔倒了,好在旁边的善心人士扶着她。陆灵姗叹了几口气,心里不止一次同情着郑立敏,郑立敏此时一定是很艰苦地走着路吧。陆灵姗默默地为郑立敏祝福着,但愿她的受苦到此为止,不要再为继续拼一个儿子,而再受一次苦吧。

晚上,陆灵姗拖着疲惫的身躯回到家中,看到伍自强在和伍愉悦玩着益智拼图游戏,伍愉悦立刻停了下来,对她吧啦吧啦地说个不停,所言皆是学校里的开心事。这是陆灵姗最想见到的事了,双亲健康、丈夫管教孩子、儿子开心,陆灵姗似乎是获得了安慰奖,心情总算好了些。也不知道从哪一天开始,伍愉悦说话流利了不少,陆灵姗走前去摸了摸儿子的头顶,已然发觉儿子长大了不少,一巴掌都盖不住儿子的脑袋了。

陆灵姗坐到了他们的旁边,和他们一起拼了起来。伍自强看着陆灵姗失落的样子,他能感受到陆灵姗第一天回住院部上班后碰到的多半是挫败的事,他也不太会安慰别人,只会用最傻、但很管用的招数——陪伴来表达关怀。

他们拼着的正是一幅一家五口其乐融融的图案,陆灵姗有气无力地把一块属于妈妈的拼图拼进去,却发现不是那一块,她就干脆把拼图放在手里,问起伍自强来:"怎么你今天有兴致陪儿子玩拼图?"伍自强拿起一块属于父亲的拼图,拼了进去,嗯,正合适,就是这一块。他回答着:"爸爸今天给小愉悦买了这一个拼图,我觉得挺不错的,就找小愉悦一起玩。爸爸说得对,我平时对小愉悦特别缺少陪伴,现在开始我要尽量多地陪伴着他,潜移默化地对他言传身教。"陆灵姗看了看伍自强的表情,憨厚憨厚的样子,不像是刻意说出来的暖心假话,她反问了一句:"你学会拍我爸的马屁啦?"伍自强不着急反驳,只是低头说着:"我,出生以来就没有过爸爸的回忆,一直以来都不知道该如何当爸爸。现在有了陆爸爸,他让我和小愉悦一起做着家务,一起玩着游戏,一起聊着天,他教会了我如何当爸爸。"陆灵姗惊讶得双手一松,手中的拼图掉在地上了。她极度怀疑自己的耳朵,明明自己的父亲当年就几乎没有陪伴过她,现在竟然教起女婿陪伴外孙来了!陆灵姗觉得这样的话太不可思议了,她就不说话了。

伍自强问陆灵姗:"明天是星期六,你轮到上班还是休息?我专门和同事换了一个班来陪伴小愉悦,你也一起出去玩吧?"陆灵姗又惊了一下,这伍自强以前把工作看成至高无上的事业,别说换班了,恨不能休息日主动过去加班,现在还会在周末陪陪儿子了？陆灵姗点点头，不管怎么样，先表扬丈夫主动陪伴儿子，然后她回答着："我才第一天到住院部上班，不方便那么快就换班，你们去玩吧。"伍愉悦听到妈妈不愿意一起去，连忙走到妈妈的面前，拉着妈妈的手，恳求着："妈妈，妈妈，爸爸说明天咱们一家去游乐场，你也一起吧。"陆灵姗抚摸着儿子的小脸蛋，露出了笑容，推托着："乖，小愉悦，妈妈为了别人家也能快快乐乐的，妈妈才去上班的。你明天要听爸爸的话哦。"这一次伍愉悦稍显懂事了，他不再纠缠着妈妈，只是很不情愿地同意了。

第二天早上，伍自强带着一家四口出发了。伍愉悦还是第一次到大型游乐场玩，到了游乐场后什么都感觉新鲜，一个上午玩得特别开心。午饭的时候，伍自强让伍愉悦看看隔壁饭桌，伍愉悦一看，是一对夫妇带着两个孩子。伍自强看时机到了，他问："小愉悦，你看看别人家两兄弟能一块玩的，多好呀。"伍愉悦认真地看了看，之后就摇摇头了，说："不好吧。咦，爸爸你看，这两兄弟正在抢东西了，啊？小弟弟还被哥哥揍了！"其时真的不巧，如伍愉悦说的，这么不和谐的一幕刚好被伍愉悦看见了。伍自强愕然了，他退而转其次，这么说了："你再看看，他们那个小弟弟，多可爱呀。小愉悦，你喜欢小孩子吗？"伍愉悦简单直接地回答了："不喜欢。"伍自强把脸凑近了儿子，细致地问着："为什么呢？"伍愉悦冷冷地说着："你们都不喜欢小孩，为什么要我喜欢小孩呢？"

童言无忌，伍愉悦的话引起了父亲和外祖父母的深思。伍自强平时忙于工作，确实没有太多的时间陪伴孩子。大人们沉闷了一会儿后，陆之彦突然灵感来了，就郑重地对伍愉悦说着："不要紧，小愉悦，咱们一起养养金鱼，培养你对小生命的兴趣，好吗？"伍愉悦听不懂太多的东西，但是一听到养金鱼，印象中是一件挺好玩的事情，便欣然答应了。

当大伙儿回到家的时候，陆灵姗却瘫在客厅里闷闷不乐地想着事情。伍愉悦跑到妈妈的身旁，帮她捶捶背，问她："妈妈，你今天工作是不是特别累呀？"陆灵姗心不在焉的，过了一会儿后，她才摇摇头，回着话："不累。小愉悦，明天大姨过来了，你高兴吗？"伍愉悦平静地说："好呀，我很久没有见过大姨了。"

戚郁霞想到她们两姐妹平时交流得不多，突然说要过来，而且没有事先告知她这个当妈的，这事应该不同寻常。戚郁霞坐到陆灵姗的旁边，焦急地问了："灵姗，伊姗是怎么啦？怎么突然间就说要过来了？"陆灵姗挤出了苦笑，说着："她过来看你还不好吗？女儿见妈妈是天经地义的事情。"戚郁霞还不认识自己的女儿吗，陆伊姗素来不爱黏人、不会贸然登访的，再说了，陆灵姗是真不会演戏，姐姐要过来了，她还板着脸，一副沮丧的样子，这更让戚郁霞预感到不妙。戚郁霞又再一次质问着："灵姗，你好好告诉我，不然我打电话给她了！"陆灵姗头疼了，这陆伊姗都快要住进他们家了，她怎么能瞒得住爸妈呢？陆灵姗只能避重就轻地说着："咱们镇上医疗条件不好嘛，她就过来做一下体检。"陆灵姗说到这里时心情烦躁起来了，声音不免大了起来，"哎呀，你别那么烦人好不好，她过来这里玩玩是好事，你怎么弄得大家那么难堪呢！"

老人到底还是生活阅历丰富，陆之彦提示着："老伴，你和灵姗进房间聊吧，我们给小愉悦辅导功课。"戚郁霞便拉着陆灵姗进房间，然而，不管怎么盘问，陆灵姗还是保持着同样的回答：只是检查身体。

　　星期天晚上十点钟，陆伊姗赶着晚班车到达了少子市。陆灵姗早已收拾好家里，亲自驱车来汽车站接陆伊姗了，而且陆灵姗还不许家里人跟随她到汽车站。在冷清的汽车站里，陆灵姗左右观望，就是看不见自己的姐姐，她又看了看手机的时间，焦急地自言自语着："不对呀，这个时间点，她应该到了呀……"这时，陆伊姗终于出现了，急速向妹妹奔来。陆灵姗清晰地看到姐姐的泪痕，她知道姐姐一定是在大巴上哭得泪流满面了。陆灵姗和陆伊姗相拥在一起，她拍了拍姐姐的后背，哽咽地说着："姐姐，不用担心，这肯定是家里的小医院误诊的，不可能是癌症，更不可能是晚期，我明天请假带你去看市里最好的医生。"陆伊姗感谢了妹妹的安慰，既是将近四十岁的女人了，还是有点自知天命的，陆伊姗说了："好妹妹，我自己去就行了，不用劳烦你了。咱们姐妹现在都是妈妈了，也知道工作的重要，我就不打扰你了，你留个地方给我住宿就可以了。"陆灵姗缓缓地推开姐姐，她一边给姐姐擦了擦泪痕，一边说："姐妹一辈子，哪有什么你我之分啊！这几天就在我家好好住下，什么都不要想，就等我安排吧。"陆伊姗慰藉地点了点头，连声说了"谢谢"。她太需要别人帮助了，以至于她没有底气第二次推托。

　　陆灵姗拉了拉陆伊姗，目光投向洗手间的方向，伸手拉着姐姐到洗手间，陆伊姗拗不过陆灵姗，只能跟着她进入洗手间。这陆灵姗一进入洗手间就迫不及待地抓了抓姐姐的乳房，她右手一抓，结果发现真的有硬块，陆灵姗心情掉入了谷底，这下，她对姐姐说的乳腺癌相信了90%了。

　　夜晚的少子市街道特别冷清，陆灵姗的车子孤零零地在路上行驶。陆灵姗知趣地向姐姐讲起少子市的景点和趣事，好让姐姐心情开朗一点。可是，陆伊姗就是心不在焉，忽然，陆伊姗提起了自己的儿子："灵姗呀，咱们都是女人，都是妈妈。你和我说说，如果我得癌症死了，严雄会不会再娶一个？再娶的后妈会不会对东东不好呀？"陆灵姗实在不会安慰别人，她这么安慰着姐姐："你放心，姐夫是个可靠的人，有责任心有担当，他不会的。"陆伊姗情绪崩溃了，眼泪迸了出来，哭诉着："为什么我那么命苦呀！呜，呜。"陆灵姗本想安慰姐姐的，可不知不觉中情绪被姐姐传导了，嘴巴喃喃着："姐姐，对不起，妹妹没用，很多地方帮不到你了……"最后，陆灵姗的眼泪也不断地流下，泪水模糊了她的视线，她就把车子停在路边，姐妹俩依偎着哭起来。

十里之外，在家中的陆之彦陪着伍愉悦整理着新鱼缸，陆之彦特意往鱼缸里放进了三条金鱼，长相都比较相似，俨然"三兄弟"的样子。伍愉悦迫不及待地撒下第一勺鱼食，只见金鱼兄弟争相抢吃着。伍愉悦无心地说了："抢吧，只有最强的鱼儿才能活下来。"陆之彦有些窘迫了，人类社会也是如此，若是大家都饿着肚子，哪管他兄弟不兄弟的，活下来才是最重要的。

陆之彦问外孙："小愉悦，大姨都要过来了，怎么没见你很高兴的样子？"伍愉悦的回答是："我不太熟悉大姨。"陆之彦愣了一下，孩子的话往往是最真实的，陆灵姗姐妹平时的交流互动是真不多。陆之彦苦恼了：冰冻三尺非一日之寒，灵姗夫妇的兄弟姐妹合并计算起来，只有伊姗一个姐姐了，而且还不常来往，这样的亲戚关系难怪让小愉悦提不起兄弟姐妹的情谊来。

陆之彦跳过了陆伊姗的问题，潜移默化着孩子："你看，小鱼儿给咱们家添色了多少！多了一个小生物的，家里生机勃勃了不少哦。"伍愉悦听不太懂，不过他挺喜欢小金鱼的，他用手摸了摸玻璃，想触碰着玻璃里面的鱼儿。陆之彦让伍愉悦数数里面的鱼，伍愉悦清点着："一、二、三，三个小金鱼兄弟。"陆之彦点点头，他提到了另一个事："爷爷给你讲一个三支箭的故事。古时候，有一个国王，他有三个儿子，这三个儿子关系不好。老国王让三个儿子每人折断一支箭，他们很轻易就掰断了。老国王把三支箭叠在一起，让他们再试试掰断，这下他们就掰不断了。老国王向儿子说着：'你们只要团结在一起，就像三支箭那样，不容易被折断。'所以，小愉悦，有兄弟姐妹相互帮助着，才不会脆弱哦。兄弟姐妹呢，平时未必会显得很亲密，但是碰上事情的时候，一定会相互帮助的。"伍愉悦似懂非懂地回复了一个"哦"，然后往金鱼缸里给三个小金鱼都加了加鱼食。

　　陆灵姗和陆伊姗回到家的时候已经很晚了，或许，她们俩就希望这个时间点回来。屋子里很安静，大家似乎已经睡着了，临睡前一切都按陆灵姗的盼咐打点好了，伍自强和伍愉悦移居到客房，把主房留给她们姐妹。陆之彦和戚郁霞确实想睡觉的，但就是睡不着，他们听到了隔壁传来声音，就把耳朵贴到墙上，尝试偷听着两个女儿的对话，然而，他们只是听到陆灵姗的鼓励"没事的、你放心"，这样的对话反而让两个老人更加担心了。

　　星期一的朝阳升起来了，陆灵姗起床比谁都早，她留下熟睡的姐姐，自己一个人悄悄地出门，还往姐姐的手机留下一个信息：姐，你在家多睡一会儿，我先去医院给你安排！陆伊姗星期六下午才告诉她患病的事，事发突然，陆灵姗预约不上医院的挂号，她实在没有别的办法了，只能一个人大清早赶早去专科医院排队，希望能碰上别人因事弃号的"好事"。可是，看病的事并不是"早起的鸟儿有虫吃"那么简单，陆灵姗傻乎乎地等了很久却是一无所获。八点多，陆伊姗也赶到医院了，两姐妹坐在一起，此时陆灵姗变得着急起来，要是再晚一点还见不到医生，早上肯定就做不完检查了，可是，这个病是拖不起的。

陆灵姗脸上开始变红，她听同事说过，在有些医院里面，塞红包是可以走走后门、挂上号的，毕竟她自己上班时确实是有权把病危的病人调整为优先救治。陆灵姗看了姐姐一眼，那一双迷茫而疲惫的眼睛中透露出了绝望的气息。陆灵姗站起来了，尊严也好，胆怯也罢，和救治姐姐相比，都抛一边吧。早上出门的时候，陆灵姗为了不时之需，已经在口袋里备好了红包，陆灵姗看着病房里面的病人刚走出来，她就硬着头皮走进去了。

坐在诊室里面的是一位年纪不小的女医生，医生用余光看了陆灵姗一眼，没有对普通的"潜在插队者"注意太多。陆灵姗全身颤抖，嘴巴发出了颤音："医、医生，我姐姐、姐姐是重、重病，癌、癌症。你就……"她一边说着，一边伸出抖动着的手，把红包放到医生的面前。这医生对红包有着职业性的敏感，医生立刻用手掌挡住红包，她抬头认真地端详着陆灵姗，疑惑地问着："你，是医院妇产科的陆灵姗医生吧。"被同行认出来了，陆灵姗的羞愧感迸发出来了，陆灵姗下意识地遮住了脸，她真的很想逃离这里。可是，她慢慢地把手放下，露出了羞愧的脸，挤出了苦笑，说下更加难为情的话："医生，请你帮一下忙，我姐姐真的很需要早上就看这个病，赶紧做完检查的。"医生眉头一紧，她还是摇摇头，慢慢地说着："陆医生，你也是医生，更应该知道守守规矩吧，不要为难同行，好吗？"医生说得越慢，陆灵姗听着愈发觉得是一种强调，更像是一种精神上的鞭打。陆灵姗对待自己名声的态度尤其像父亲，视自己名声为人生最重要的东西。而且他们不善于道歉，更不喜欢道歉。所以，她绝对不会做出自取其辱的事情，然而，这绝对不会的事情已然发生了。陆灵姗说不出任何话，只是低下头，把红包放回口袋，失望地离开了。

陆灵姗坐回陆伊姗的旁边，精神有些恍惚。陆伊姗看出问题来了，她摇动着陆灵姗的手臂，紧张地问着："你怎么啦？说话呀，你怎么啦！"陆灵姗捂住了自己的眼睛，哀叹了一声，说出："姐姐，对不起，我没有能力为你做到什么。真的像爸爸以前说过的，做了医生也没有什么了不起的。"陆伊姗握住了妹妹的双手，眼泪从脸上掉到了她的手上，泣说着："不，你很了不起，是姐姐不好，一定是姐姐连累了你。"陆灵姗也忍不住了，和姐姐抱在一起哭泣着。

幸运往往从不幸的间缝中溜了出来。等了一会儿后，排在陆伊姗前面的几个病人突然跳号了，这样陆伊姗终于能挂上号了，而且还是紧急号。当再次看到那个医生时，陆灵姗和医生之间仿佛有了一种默契，都没有提起之前塞红包的事，医生给陆伊姗简单地检查过后，飞快地开好检查单让她们赶紧去做检查。

奔波了一个上午，检查结果逐步出来了，陆灵姗看懂了一点，肿瘤是有的，但没有想象中那么大，她稍微安慰了陆伊姗，可是陆伊姗以为是妹妹编造出来的安慰，报之以苦笑。中午，姐妹俩把所有的检查材料全部放回那个医生的手中。医生认真地看着材料，脸色紧巴巴的。陆伊姗等待太久了，她不想再等了，她扑到了医生的面前，急切地问着："医生，你们这里是大医院，医术高明一点，你就直接告诉我吧，我还有多久的命？镇里医院的医生说我只剩下一年的命。"医生再三考虑后，得出结论："你的是很早期的乳腺癌，没看到有转移的迹象。发现得特别早，而且你还年轻，现在科学技术也发达，做个小手术，然后吃药巩固，治愈的概率非常大。"陆伊姗继续听着医生的讲解，信心一点点地积聚回来了，事情总算没有想象中那么糟了。

陆伊姗一回到家，就把病情立刻告知父母了，陆之彦和戚郁霞听到是癌症，胆子都吓出来了，他们一句话都不敢吭声，生怕说错了什么。反倒是陆灵姗，她展露出开心的样子，不断地安慰着大家："姐姐会好起来，现在姐姐最需要的是关怀和鼓励！接下去五年是非常关键的，治好后还要防止复发，心理安慰的重要性不亚于吃药……"听得大家连连点头，用心记着陆医生的教导。

傍晚，陆灵姗专门开车送着陆伊姗回家了，陆灵姗给妈妈偷偷留下的信息是：姐姐现在最重要的是要避免和减少精神、心理的紧张因素，保持心态平和，我要去她家做好她家人的思想工作，还要排查有什么致癌的因素、不健康的生活习惯。这几天可能要住在她家了。

戚郁霞心思很乱，只知道眼下能依靠的只有灵姗了，她便回复着："放心去吧，我和你爸都老了，做不了什么东西了，接下来的事就靠你们姐妹俩和两个姑爷协力解决了。"陆之彦什么话也说不出口，对于这么重大的家事，他实在插不上手。猛然间，他察觉自己真的老了，这世界该交棒给年轻人了，而陆灵姗这次变得成熟了许多，成为陆家的顶梁柱。他看着不远处的伍愉悦，明确着自己的任务。

晚上，伍愉悦第一次度过没有妈妈的夜晚，他显得特别不习惯，心情也比较烦躁。陆之彦把伍愉悦带来看小金鱼了，伍愉悦看着金鱼缸里的金鱼兄弟慢慢地游动着，他给小鱼加了点鱼食，这一次他往鱼缸均匀地加鱼食，让里面的三条小金鱼在自己的区域自由吃着，他便感叹着："咦，外公，这些金鱼不再争鱼食了。"陆之彦微笑了，说着："是呀，你看，这些鱼不只是会争东西的嘛。"伍愉悦思考了起来，他左手托着下巴，还摩擦着下巴。陆之彦看着看着，忍不住笑了，小外孙竟然做出了自己往日思考时的动作。

过了一会儿后，陆之彦转头看着伍愉悦，感觉他比之前又长大了一点，就试问着他："小愉悦，你看妈妈和大姨关系多好，要不要让妈妈给你生个小妹妹，让你好好爱护着她？"这一次伍愉悦露出了笑容，这么回答："嗯，好，我和妹妹要像妈妈和大姨那样，一起好好的！"不远处的戚郁霞满意地笑了：没想到灵姗和依姗成了小愉悦最好的教材，这下，灵姗也知道孩子有兄弟姐妹的好处了吧。

几天后，等到陆灵姗回家的时候，家人已经列好队欢迎她了，伍愉悦兴奋地扑到妈妈的怀里。陆灵姗也开心地抱起了儿子，道歉着："不好意思，妈妈在大姨家待了几天，没能陪着小愉悦。"伍愉悦跳出了这个话题，他撒娇着："妈妈，我想要一个妹妹，你给我生一个吧。"陆灵姗的脸色从疲倦转为欣慰再变为谨慎，她依次看着丈夫、父亲、母亲的笑脸，她明显感觉到这就是已经排练好的局。她心里咬定了：这些日子里，儿子已经被他们和平演变了，家里的意见已经趋于一致，大家都想生二胎，她自己成了孤家寡人了。

　　陆灵姗不慌不忙地放下儿子,她一脸的镇定,一字一句对家人说出:"肚子在我这里,我,一票否决!"

5

被陆灵姗一票否决后,全家人皆是毫无准备,他们一头雾水,猜不到陆灵姗为什么坚持不要二胎。伍自强率先发问了:"为什么呀?大家都那么想给家里添个二胎,而你怎么总是那么抗拒呢?为什么呀?"陆灵姗脸色紧绷,转身走向房间,留下这么一句话:"你就只关心孩子,你想过我吗?"伍自强难以想象:陆灵姗都已经是三十多岁的人了,一个孩子的妈,现在不就是只多生一个孩子吗?怎么就变成不考虑她了呢?

还没等伍自强说出什么话之时,陆灵姗已经关上房门,停止了"闹剧",留下了一筹莫展的四人,无论他们怎么讨论,他们都猜不出陆灵姗心中的答案。而陆灵姗一个人待在房间里,右手拾起了一张全家福照片,那时的伍愉悦还只是一个婴儿,她的左手揉了揉自己的肚子,惆怅地长叹了一口气。

接下去的日子里,一家五口都过得漫不经心,大家几乎记不起发生过什么事,直到那一天。

陆灵姗照常在医院的餐厅打完早餐、寻找着座位。就在这时候,她听到不远处的几个护士在低声聊着:"听说了吗?昨天有一个当妈的在家自杀了,她才在我们医院产后出院不到一个月呢。""我知道,我也听说是她了,我当时就猜到她家会出问题的,没想到那么快就来大事了……"陆灵姗感觉到有"花边新闻"了,既然别处的餐桌都空无人烟的,而且她们都是同一个科室的熟人,陆灵姗就端着早餐坐到这些护士的旁边。出乎陆灵姗的意料,大家看见她坐下后当即变得有些慌乱,还立刻切换到别的话题。可陆灵姗就是不信邪,主动聊回到那个话题:"唉,你们刚才说的产后出院自杀的那个女的,是谁呀?"陆灵姗话音落下,几个护士立马闭上嘴巴,她们快速吃完早餐后全部告辞了。陆灵姗无奈了,好在她习惯了孤独,她只能一个人静悄悄地继续吃着早餐。

走出餐厅后,陆灵姗看见了砍树工人在处理草坪枯死的老树。陆灵姗印象中那是医院的"风水宝树",连宝树都枯死了,这医院的命数岂不是?陆灵姗管不了那么多了,君子坦荡荡,她迈步上楼了,前路再不祥,她也要蹚过去。此时一个急匆匆的电话拨至她的手机,陆灵姗突然来了不祥的预感,她一看,是刚才其中一个护士拨过来的。陆灵姗点击了接通的按钮,对方紧张急促却低嗓说着:"陆医生,你别上来,有人要对你不利!"护士不敢说太多,电话那一头还夹杂着一个男人大吵大闹的声音,这状况,显然是有人在闹事了。

陆灵姗此时大脑一片空白,她实在想不到自己得罪了什么人,她还没来得及问清楚,对方便已经挂断了电话。既然生活上没有仇家,陆灵姗想到的便是医患关系了,她早就听说过现在医患关系紧张,在自己的医院里面也听说过很多起争吵的事件,但她自己真的没有经历过。她想不通了,自己没有做错什么事吧,最近自己接生的孕妇都挺好的,为什么有人要"对她不利"呢?陆灵姗犹豫再三后,仍然决定"君子坦荡荡",毕竟,躲得了今天,也躲不了明天,事情总是要解决的,她要和闹事者解释清楚。

陆灵姗走近了自己的科室,这里早已堆满了围观的病人。离房门几米的远处,她就听到了一个男人在大喊大叫,这个声音,嗯,陆灵姗猜到了,是来自郑立敏丈夫狄豹的了。陆灵姗想起了"伸手不打笑脸人"的训诫,她给自己壮了壮胆后,露出了职业笑容,然后转弯走进了科室。陆灵姗挤进了人群,看见了同事在劝说狄豹,而狄豹依旧一副气急败坏的样子,凶巴巴地瞟着同事。

陆灵姗走近他们,和蔼地说着:"狄先生,我是陆灵姗,你有事找我吗?"狄豹仿佛搜到猎物一般,迅猛地扑了过去,一把抓住了陆灵姗。狄豹生怕陆灵姗逃脱,用强劲的左手臂锁住了陆灵姗的脖子,让她动弹不得,还恶狠狠地发问:"你和我老婆说过什么呀?"狄豹的举动把大家都惊吓住了,陆灵姗更是惊恐万分,她没想着躲避,只是如实地回答着:"我没有和她说过什么,她一出院就走了,我怎么能和她说过什么东西呢?她现在怎么样了?"狄豹强壮的手臂锁得更紧了,他气急败坏地说道:"我老婆喝农药死了!她平时都不怎么和别人说话的,一定是你们在医院时和她说过什么话,才让她想不开的。"陆灵姗一听到是郑立敏自杀身亡,她不假思索就痛斥着狄豹:"她自杀还不就是因为你重男轻女,生出来的不是儿子就立刻翻脸吗?她就是被你的冷暴力虐待才弄得产后忧郁、做出傻事的。"陆灵姗话音落下后,狄豹气得肺都要爆了,他被批驳得无法应答,右手当即从口袋中掏出了杀鸡屠宰刀,刀鞘滑了下来,露出了锋利修长的刀刃,把众人惊吓得尖叫了起来。

狄豹把尖刀架到了陆灵姗的脖子上,威胁着她:"你快说,你们当时和她说了什么,为什么她经常担惊受怕,为什么她一回到家,就经常说有人要害她!"陆灵姗视线往下一移,她变得毛骨悚然,往日在医院里显得高冷的陆灵姗这下彻底惊慌了。这十几厘米的杀鸡屠宰刀,刀刃锋利得让人惊悚,还有浓厚的鸡血腥味,这味道提醒着陆灵姗:鸡的骨头都是这样被削断的,人的肌肤怎么可能抵挡得住呢?陆灵姗投降了,她碎碎念着:"狄先生,不要冲动,有事慢慢说……"

小小的医生办公室挤满了人,大家接力式地对狄豹喊话:"请你冷静!""不要干傻事啊!"狄豹数落着陆灵姗:"陆大医生,你之前不是很喜欢对我们家指指点点的吗?现在你终于怕了吧?你整天和我老婆说些乱七八糟的东西,是你害死了我老婆,让孩子没有了妈妈,你把我老婆赔给我!"

陆灵姗有口难辩,她自然是同情郑立敏的,可是她真的和郑立敏没有说过太多的话,而这狄豹是带着答案来问话的,和他争辩就是多余的,稍有不慎还会刺激到他发达的愤怒神经元。陆灵姗情急之下想到了狄豹家里还有孩子,她劝说着:"你还有大女儿、小女儿吧,两个女儿现在怎么办?"

狄豹一想到自己还有两个女儿,心中的悔意浮现了出来,他停顿在那一头了。一个旁人见狄豹放松了警惕,立刻去抓住他的手臂,希望能夺走他手中的刀。可惜,他低估了狄豹的力量和反应,狄豹感觉到旁人的触碰后,迅速用左手肘侧击了旁人,旁人被他强劲的臂弯击中胸口后迅速倒地。而狄豹的左手在不经意之中从侧面微微划过了陆灵姗的脸,这刀就是锋利,即使是在空中随意划了一道线,就让陆灵姗的脸上被划破了一个小口,鲜血从伤口中一滴一滴流了出来,陆灵姗感觉到脸上的血往下巴流了下来，又往地上滴了几滴，她甚至能听到血液滴至地上的声音，她感受到了自出生以来最大的恐惧，她颤抖了。这下，周边的旁人都不敢轻举妄动了，大家后退了几步，谨慎地观察着。

狄豹被激怒了，他大喊大叫着："你们要逼我，你们要逼死我是吗？为什么你们总是要欺负我！好，死就死，老婆不要怕，我到下面陪你了！"说完，他举起了尖刀，目光却恶狠狠地对着陆灵姗，似乎是想先解决陆灵姗，再自行了断。

屋内的光线被光滑的刀面反射，射到了陆灵姗的脸上，刀光剑影之下陆灵姗情绪崩溃了，眼泪哗啦啦地流下来，她声嘶力竭地哭喊着："为什么你只顾着自己？你知道女人生下一个孩子多不容易吗？你知道女人产后容易抑郁，需要关怀吗？"狄豹听到这里，心软化了一点，他咽下了口水，想了想。他回忆起了自己并没有为妻子做一些像样的事情，可怜的妻子就这么离去了，他永远补偿不了了。

空荡的房间里，只剩下陆灵姗的哭声。狄豹上了贼船就下不来了，他恢复了恼怒，咒骂着："你们当医生的，那么有钱，哪会想到我们穷人过着什么样子的苦日子？"这一次，他不想软下来，硬下了心，准备挥下尖刀。尖刀落下的时刻，双眼被泪水模糊了的陆灵姗发出了最后的怒吼："一样的！我也会产后抑郁的！"千钧一发之际，狄豹的刀尖在陆灵姗的喉咙前停顿住了，他看了看陆灵姗，不像是说谎的样子，他脸色不再那么紧绷，疑惑地问着："你和我老婆一样，生完孩子就发神经了？"

陆灵姗抽泣着，哭述着："为什么不会有呢？生完孩子后，女人都那么虚弱，我们特别需要家人的照顾，尤其是男人的支持。那时我的丈夫一出差就好多天，父母也不在身边，我在家里只是对着月嫂，她还老是想着偷懒，弄得孩子经常发烧，我生气了也不敢对月嫂发火。我忧郁了，甚至想过从窗户跳下逃跑，好在，我自己是医生，会吃点抗忧郁药，撑到丈夫回家了。"狄豹将信将疑，在郑立敏自杀前，郑立敏确实一次又一次地向他请求过安慰、帮助，他也不是铁石心肠的人，只是不会表达，说话不好听，缓解不了妻子的抑郁症。狄豹把刀子移开了一点，左手臂也放松了对陆灵姗的锁喉，他再一次疑问着："你，说的都是真话？没有骗我？"

陆灵姗没有理会狄豹，继续痛斥："你们男人只知道喊我们生孩子，当孩子出生了以后不管高兴不高兴，就把我们晾一边，我们也会害怕，也会胡思乱想的……"狄豹一边听着，一边回忆起自己辜负妻子的往事，他自知无地自容，慢慢地松开了刀子，也松开了陆灵姗，很快，狄豹就被旁人按住了，而陆灵姗蹲在地上继续哭泣着，纵情哭泣着。

医院很快便联系上伍自强，伍自强甩下手中的工作，立刻坐上计程车去找陆灵姗。车上，伍自强给陆灵姗打了几个电话，而同一时间众多同事都向她致以电话慰问，陆灵姗那一头收到的安慰电话太多了，她把电话调至免打扰模式，让自己安静安静，伍自强的来电便石沉大海了。伍自强着急了，他一遍又一遍地在手机中拟出了安慰的消息，又不断地删去，平淡的几句安慰语肯定是不管用的。突然间，伍自强的灵感如泉水般涌现出来，他在手机中迅速敲字着："陆才女，考你一道题。当碰到困难时，陆灵姗会（　　）。A. 畏缩；B. 畏缩；C. 勇敢起来；D. 畏缩。"

不久，陆灵姗翻开手机后，一眼就被丈夫的安慰题目惊艳到了。陆灵姗回复着:"这道题我不会,但是,按照惯例,我不会的时候都选C!"

没过多久,伍自强飞奔来到医院,他在会议室里找到了陆灵姗,看见了妻子脸上贴着的医用纱布,他恨不能去毒打狄豹。陆灵姗楚楚可怜地看着伍自强,她在心理辅导医生和几个同事的陪伴下停止了哭泣,但她仍然是心有余悸,手还在颤抖着。伍自强便立马迎了过去,此时没有比照顾好妻子更重要的事了。同事见伍自强来了,一干人等都撤了出去,只留下夫妇俩。

伍自强赶来的时候已经听院方详细讲过事情的经过,他急切地抱住陆灵姗,安慰着她:"不用怕,有我在。"陆灵姗也抱紧了丈夫,抖动的双手坚定地抱紧了丈夫,头紧紧地贴在伍自强宽厚的肩膀上,深深地吸了一口气,她感觉到自己呼吸的空气终于安全了。不过,她却嘴硬地讽刺着:"我不用怕,是因为狄豹被制伏了,不是因为有你在!"伍自强太熟悉她了,他并不计较,只是轻拍着她的后背,和蔼地说:"你真机灵,临时编了那么一个故事,说自己和郑立敏一样都产后抑郁,这才让狄豹被你感动了。"

陆灵姗松开了手,后仰着,她看了看丈夫,严肃地说:"不是编的,这真的不是我编出来的!我那时候真的是患过产后抑郁的。以前小愉悦出生的时候,我和你说过的,你当时不相信,只是安慰我说'我已经回到家了,不用害怕'。现在时间久了,你忘了吧?"伍自强惊愕得说不出话,他继续双手合十抱着陆灵姗,大脑中高速地搜索着回忆。

过了一小会儿,伍自强艰难地回忆起那时的场景:陆灵姗怀孕八个月的时候,伍自强碰到人生最棘手的案件,他去案发地出差了很久，案件都还没有突破。戚郁霞和陆之彦当时也未曾想到陆灵姗会早产，此时他们二老忙着协助老家的亲戚处理丧事。那时，陆灵姗只是一个人在家，她不是内心坚强的女孩子，越想越害怕，结果她真的提前破羊水，靠着自己打急救电话进产房、独自生下孩子的。也正因为伍愉悦是早产儿，身体不好，大家的注意力都放到伍愉悦的健康上，陆灵姗更被忽略了。伍自强被案件再拖了一段时间才能回家，等到他回到家的时候，陆灵姗告诉他吃过抗抑郁的药物，已经好了。事后，伍自强了解过，平时心理感觉压抑的人产后是较容易患上产后抑郁症的，那一段时间伍自强给予了妻子更多的关爱。可是，时间久了，伍自强确实没把这个事继续放在心上。

伍自强脸色涨红了，他平时觉得妻子"强悍，很多事情都能自己处理，让他省事"，其实那只是因为他平时没有看出妻子内心最深处的虚弱。伍自强联想到前几天一家子劝陆灵姗生二胎的事，他一下子就懂得了妻子的苦衷：之前患过产后抑郁的，以后再患的可能性就大增了。万一强行再生一胎，让陆灵姗真的患上产后抑郁症了，那就真的是弄巧成拙了！

伍自强想通了，他向妻子投向体恤的目光，缓缓地说着："对不起，是我不好，平时只顾着工作，没有好好地理解你。"陆灵姗从丈夫的目光中看出了真诚，她点点头，投入了丈夫的怀中，体贴地回复着："大家平日都忙着生计，都为搞好这个家而努力。我也不想制造出那么多心理问题来，我也不想的。算了，别提这些破事了。有你在，我就安心多了。"

就在这时候，警察敲了敲会议室的门，打断了夫妇的二人时光。警察问道："陆医生，狄豹已经被我们控制住了，请你放心,我们一定会给医生提供安全的工作环境。为了更好地保护你,我们给你做个笔录材料吧?"陆灵姗松开了伍自强,她摇了摇头,回答着:"不用了,我也不想再回忆这个事了。我想,狄豹只是太爱他的妻子,接受不了妻子自杀的事实,这不是严重的医患问题。刚才我训导了他,他也没有对我继续伤害了,你们再教育教育一下他,就放他回家吧,他还有女儿要照顾。不能让他的两个女儿成为悲剧,对吗,警察同志?"陆灵姗说到这个分上了,警察就不打扰陆灵姗了,最后按她的意思从轻处置了狄豹。

医院领导慰问完陆灵姗后,专门给陆灵姗放了几天假,让她好好休养,她便和伍自强回家了。在回家的车上,陆灵姗倚在伍自强的肩上睡着了。伍自强抚摸着妻子的秀发。陆灵姗,是太累了。

伍自强冥思着:虽然当时陆灵姗没有去做专业的检验,不好说是不是真的患上产后抑郁症。不过,陆灵姗从来不矫情,她觉得是,应该就八九不离十了。伍自强掏出手机查阅了一下资料,确实,女人产后有生理上的原因,导致压制抑郁的激素分泌少了,再加上产后家庭变化带来的心理问题,患上抑郁症的可能性比不怀孕时更大。更麻烦的是,这种产后抑郁做不到提前预防。不过,不再怀孕的话,这个问题还算不会冒出水面,这是不幸中的大幸吧。

伍自强觉得自己该为妻子做点东西了,他点了点手机,给岳父岳母的手机发了一篇长文,把今天的事说完后,特意加上:"爸爸、妈妈,灵姗现在没什么事了,咱们平日里给她多一些温暖吧。二胎,我们就不要主动提了。她之前生小愉悦的时候可能有一点产后抑郁,现在医学界对产后抑郁症的研究还不深,不知道如何根除,这个病症有可能在生了二胎后再次复发。我们就不冒这个险了吧。"

几里之外,纵使医院方安抚过陆之彦和戚郁霞,他们对狄豹挟持陆灵姗的事尚且惊魂未定。之后,陆灵姗产后抑郁的消息倒是让陆之彦和戚郁霞感到不知所措,伍自强的长文更是让他们陷入沉思。两位老人面面相觑,过了一会儿,陆之彦问戚郁霞:"老伴,你和我说说,产后抑郁症是指什么病?"戚郁霞无奈地摇了摇头,呆滞地回答着:"我也不太清楚呢,听起来挺严重的,以前听说过有人生过孩子后就发疯的,我还以为是谣传,没想到会发生在灵姗的身上。唉,灵姗这孩子,看起来规规矩矩的,实际上呢,从小到大被我们按着学习,光会读书,不会处理别的东西了。人际关系是这样子,说话是这样子,连内心世界也是这样子。"说完,她的眼角边上流下了两滴眼泪。陆之彦坐在沙发上,回想起自己往日对陆灵姗的"缺钙式"养育,他眉头紧皱,说不出任何话,心中只是暗悔着:自己给小女儿的应试教育,让灵姗看起来强大,实则虚弱,长了脑袋、却没长好"骨骼"。

傍晚,伍愉悦看到魂不守舍的妈妈,他跑到陆灵姗的面前,抚摸着她脸上的纱布,关切地问着:"妈妈,你怎么啦?这里还痛吗?"儿子那么孝顺,陆灵姗总算开心了一点,她摸了摸儿子的额头,说道:"现在不痛了。妈妈只是被坏人吓坏了,当时很害怕呢,害怕再也看不到小愉悦了。"伍愉悦看着妈妈突然间显得苍老了,他义愤填膺地咒骂道:"是哪个坏人?我去打他!让他敢欺负我妈妈!"陆灵姗扑哧一笑,小孩子也敢这样打打杀杀?但是当她看到儿子还是怒火中烧的样子,她反而笑不出来了,也许吧,男孩的世界和女孩的世界是不太一样,自己小时候要是碰到这样的事情,说不定只能哭哭啼啼了。本来就不是多大的恶事,何必让孩子背上仇恨的包袱呢?陆灵姗转为微笑,她拍了拍儿子的肩膀,温和地说着:"儿子,坏人也不是一直都坏的,他只是一时想不开而已。小愉悦要开朗一点,要相信这个世界不是那么坏的。"伍愉悦似懂非懂地点点头。

第二天,伍自强也不上班了,专门陪着陆灵姗。夫妇俩一大早就送伍愉悦上幼儿园,放下孩子后,伍自强领着陆灵姗到粤式茶楼喝起早茶来。服务员给他们端上了普洱茶和早点,陆灵姗平时只知道上班,记不清有多久没有这样休闲过,或许,她本来就是一个不太习惯闲暇的人。陆灵姗看着隔壁桌的老头老太,疑惑地提起:"唉,你看这些老人家,从凌晨五六点钟就过来,喝到十点多才走,他们的话怎么就那么多呢?"说完,她自己也端起茶杯,品起普洱茶来。伍自强接过话来:"是哩,以前你妈也能在茶楼吃那么久的,自从你爸来了就没有这个习惯了。"

陆灵姗鼻子一翘,说道:"是呀,我爸来了以后,啥都变了。其实,我妈带小愉悦和我妈最早带我的时候都差不多的,她管得很松的。"伍自强这就奇怪了,他还记得陆灵姗和他讲过,戚郁霞对她是比较狠心的,讲台之上教导学生时也是挺严格的,怎么会这样子的呢?陆灵姗继续说了:"这些都是我爸爸潜移默化我妈妈吧。我妈妈本来就是一个比较慈祥的人,没有我爸影响的时候,她对待孩子松得我都看不下去。但是和我爸一起来了呢,她就变成严厉的老师。"伍自强也是经历过风风雨雨的人了,都知道待儿严厉一点好,可是,人总是会有惰性和叛逆的,天天被人催促着学习、奋斗,被管的人是什么滋味,伍自强是最清楚不过了。伍自强矛盾了，他就不说话，继续听着陆灵姗的。

陆灵姗一想到父亲的严肃脸庞，禁不住摇了摇头，回忆着："其实哦，我爸在我刚读高中的时候是想让我学师范，以后跟着他做教育的。我当时的理科成绩也不好，但是我就不爱听他的，我偏偏就要每天认真苦学理科，最后报志愿时我就选了读医科，不但考上了，考中的学校还不错。"伍自强端详着陆灵姗，他愈发感觉到妻子没有安全感，更像是一种单向的叛逆，那是对不安的自我挣扎，他猜想着，陆灵姗的反常都是来自于陆之彦吧，他尽力地代入思考着：在强人父亲的阴影下生活是什么样子的？

看着伍自强一副认真听讲的样子，陆灵姗就越讲越来劲了："我姐姐哦，小学学习成绩好，上了县里的好初中后，爸爸妈妈管不到了，她就放飞自己了，爸爸妈妈整天说她变坏了，就把矛头指向我，到我上初中时只让我上镇里的差初中，但是那里有熟人做我的老师，他们就让老师狠狠管教我……"伍自强不时地点点头，他越来越理解为什么陆灵姗对陆之彦那么大意见了，年轻时的陆之彦应该比他人生见过的"魔鬼教头"都要严厉，那时的陆之彦比现在的虎妈虎爸"鸡娃"得更严重。突然，陆灵姗用牙签戳了一个热气腾腾的牛肉丸，分三口吃完，然后喝起普洱茶来。伍自强细心观察着她的动作，回忆起陆之彦和他说过的"牛肉丸终极吃法"。

伍自强不着急打断陆灵姗，陆灵姗就继续罗列着陆之彦的"罪状"："他就把我当作他的影子，要我沿着他走过的道路继续走下去。因为他是远近驰名的考试机器，所以，我就也要成为考试机器……"她说着说着，突然发觉丈夫并不附和她，她便转变了话题，说道，"还好，你和他不一样，不会抛下家里不管，只顾着管别人家的孩子。"伍自强立马就听出陆灵姗的谬误来：她前面刚说陆之彦管得严，抓她的学习还管以后的职业方向，后面却说陆之彦对家里什么都不管、只想着学校的孩子，这些都和他印象中的陆之彦相去甚远。再说了，陆灵姗能有今天的能耐，与陆之彦的影响分不开吧。陆之彦带来的一切太复杂了，不同的人心中会有不同的陆之彦，人在不同的时期也会发现着不同的陆之彦。伍自强了解陆灵姗，所以就不着急驳斥陆灵姗，他只是傻呵呵地笑了，然后回答着："我要是有父亲，说不定也是这么严厉着。呵呵，可是我的养父更像是爷爷，唉，我也不知道自己该如何当父亲了。"伍自强往往无意之中提到他孤儿身份的时候，便是终结话题之时，陆灵姗接不上话，就低头吃起了点心。

两人吃了一些点心后，伍自强提了压在心中已久的疑问："那，你希望我成为什么样的父亲呢？"陆灵姗一边想着，一边用手指擦了擦自己的鼻尖，做出思考的样子。伍自强看着她这样子，感觉她和平常思索着的陆之彦简直就是一个模板印刷出来的。过了一会儿，陆灵姗绽开了笑脸，说着："我希望你像现在一样，和我有商有量，然后对儿子不要那么苛刻，这就满分了！"

伍自强欣慰地笑了，两人不约而同地喝起茶来。茶水湿润了喉咙，让人更想深聊。陆灵姗放下茶杯后，专注着伍自强的目光，问话着："我很想知道，为什么前一阵子你突然想生二胎？"伍自强还想着继续躲躲掩掩的，但当他看着陆灵姗渴望的眼神，伍自强妥协了，他把自己与陆部通的所有事情都说了出来。

直到伍自强说完，陆灵姗都是保持着沉默。伍自强首先沉不住气，他问了："是不是，我太傻了？明知道他不可能转世，还非要把这个东西当作任务去完成？"陆灵姗喝过一口茶后，说："我老爹以前说过，不知死为何物，何以明生之奥秘。看来，陆部通在你的童年留下了很深的印记。"伍自强放下筷子，如泉水般一口气说了很多童年的往事，陆灵姗都点点头、认真听着。陆灵姗从来没有那么深入了解过伍自强压抑的童年，很快，陆灵姗打断了他："走，我们去你的孤儿院看看吧！"

"啊？"伍自强惊奇了。陆灵姗继续说着："就去小时候收留你的那个孤儿院，我想看看你的童年，我想好好地了解一下你！"伍自强受宠若惊，他缓了缓，问着："但是，那个孤儿院离这里很远呢，当天来回肯定做不到的。"陆灵姗果断地回答："不要紧，让爸妈带一带小愉悦也行，如果不去一趟，我会觉得有点对不住你！就今天吧。"难得陆灵姗这么有诚意，伍自强喝完早茶后便立刻驱车前往窟南福利院。

就在伍自强小两口前往福利院之时，陆之彦抱着几本书从图书馆回到家。戚郁霞从侧面看了看书名，《产后抑郁详解》《如何克服抑郁症》……戚郁霞翻开了其中一本，读了几句后，她实在读不下去了，毕竟不是每一个老人都像陆之彦那样能沉得下心来慢慢读书的。戚郁霞放下书本，问着老伴："这几天你看了那么多书，有没有研究出什么东西来？"陆之彦合上书本，懊恼地说："不看了，这书呀，我是越看越着急了。哎，"陆之彦摘下眼镜，揉了揉眼睛，继续说着，"你说，灵姗的病会不会是，因为我压得太紧了？"这个话题太沉重了，戚郁霞一方面觉得，陆灵姗少女时期，他们夫妇俩或多或少对陆灵姗施压过重，另一方面，她自己本身也是个老教师，潜意识中坚信学生的任务就是学习,他们让陆灵姗多加学习只会是教导有方,而不是一种过错。矛盾中的戚郁霞,索性就选择保持沉默了。

陆之彦从房间拿出之前阅读过的书本,翻出折角的一页给戚郁霞看。戚郁霞简单地看了其中的黑体字,明白这是一本讲述缺乏父爱的书。这时,陆之彦在一旁讲述着:"我很早就留意到灵姗缺乏安全感了。这孩子不愿意和别人深交。她易怒,容易焦虑,爱逞强,甚至有时候显得懦弱,都和书本里说得很像,看来是我不称职了。"

戚郁霞把书本移到一边,她握着陆之彦的手,安慰着老伴:"之彦,这些都是书本说的,你也知道写书的人经常是笼统地写几个概念和理论,和实际生活是不太一样的。书本也没有提到外面的世界竞争有多么残酷呀,孩子不能永远生活在温室里的。即使现在灵姗有过小抑郁,但对于她的长久人生来说,这算不上什么大事,最重要的是,她成为受人尊敬的大医生了,她在社会竞争中立足下来了。反而伊姗呢,学生时期后面放松了,现在生活都有一餐没一餐的,她自己都不敢想以后怎么办了。之彦,我们在教育上,大的方向是没有问题的。"戚郁霞说着,目光中投射出一份恳切。

陆之彦稍感安慰,老伴在大是大非上和他的想法是很接近的。陆之彦把书本都叠了起来,和戚郁霞回忆着自己苦涩的少年:"也对。几十年前,我们村子真的是特别穷,当时乡里人都自暴自弃,我学习的时候,他们还说:'别读书了,去做生意赚大钱,乡村教师没出息的。'大家都忙乎了那么多年,他们之中没有一个能大富大贵的,子女一个过得比一个糟。在当代社会,只靠蛮力怎么能行呢?咱们一家子好好读书,在早期是吃了一点亏，现在看，还是可以的吧。"

戚郁霞不时地点点头，不过，她也是有担忧的，她说："老伴说实话，我很佩服你，做东西做到不带感情。我们看你就是，没有时间管理自己的感情，除了疯狂地读书、学习、工作，就没有其他东西，好像考虑个感情的东西，都觉得奢侈。你知道吗？灵姗她们特别不喜欢你一张嘴就是正确、错误的大道理，她和我说过，你只认黑白会导致色盲的！"

陆之彦笑了笑，说："灵姗有时候说话是挺犀利的。我呢，有些时候会想，自己坚持已久的答案是不是自己给自己的错觉。我每天自己提醒自己，不能在竞争中太靠后，会被淘汰的，唉，可是啊，时间久了，我自己都不知道自己活成谁了。"

戚郁霞想起什么东西了，她打开了电视机，播放着伍愉悦最喜欢的英国动画片《粉红猪猪》，与陆之彦回味着："你认真看看现在动画片里面爸爸都是什么样子的。"陆之彦之前几乎没有看过动画片，这下倒是激发了他的兴趣了，他便带着探究孩童心理世界的心态认真地看了看。看着看着，他不禁产生疑问了："怎么这部动画片里面的爸爸是一副傻乎乎的样子？"戚郁霞笑了笑，她当了一次老师，教导着"老年学生"："你的人生终于有疑问句了吧，以前不是肯定句就是反问句，什么东西都弄得清清楚楚。而孩子心中可爱的爸爸就是强人示弱，温和的爸爸才容易产生凝聚力。强悍的爸爸，会让孩子特别害怕的。"

陆之彦大呼了一口气，心里很不是味道，现在才知晓这些，晚了吧。戚郁霞看出了他的心思，连忙安慰着："你不必太在意这个，人多多少少都会存在些缺点，不然就是超人了，而你的优点是特别的优。"陆之彦听了后，笑了笑，点点头，他不是喜欢表扬与自我表扬的人，他喜欢直面问题，知错就改。陆之彦凝聚了瞳孔，把目光放在窗外，大脑急速思索着。

见陆之彦没有过多的回应，戚郁霞进一步说出："老伴呀，在我的心目中，你是大器终成了，离教育成功最后的道路，只剩下通晓人性了。"戚郁霞明白：教育事业是老伴最在乎的事情，他肯定会有点回应的。

陆之彦喃喃了一句："世界上的事情本来就不是标准化考试，没有标准答案。"然后，他侧看着戚郁霞，眨了眨眼睛后，自嘲着，"现在，教育成功不成功已经无关紧要了。我退休了，人老了，没有工作的束缚，会变得慈祥的，就像你一样。"说完，他和戚郁霞两人对笑起来了。

接下去，陆之彦调整了电视频道，他又重播了自己最常看的一期动物世界——《狮群的故事》。画面中，一只雄狮表面上占有了几只雌狮子，大摇大摆地去吃雌狮子打猎到的猎物，吃够了才把残羹冷炙留给几只雌狮子和小狮子吃。然而，在狮子群碰到危险的打斗时，雄狮就会坚定应战，雌狮子只在一旁无关紧要地观看着。众多的雄狮相互比武，只为决战出最强的雄狮，赢者通吃，输者则躲至别的地盘。经过多轮的打斗，非洲大草原上的最强雄狮已然用它的嚎叫昭示自己的雄心，这是多么壮观的时刻。可是，当最强雄狮老了之时，它被更年轻的雄狮打败了，还受了重伤，它独自卧在草地上，想痛苦地嚎叫着，却又不知道有什么东西可以嚎叫的，毕竟狮子的嚎叫更多是用来吓唬敌人，而不是用来安慰自己的。雄狮舔着自己的伤口，在月亮的伴随下因重伤而死去，而它原来的雌狮子们继续留在狮群中，与年轻的雄狮生存下去。

戚郁霞不太理解他为什么这么爱看这个节目，但也陪着他看完。她只是听陆之彦以前这么评论过：性，是种群的分工，分工才更有效率，让种群进化得更好。雄狮看起来尊贵、强壮，但也就是与雌狮分工的不同而已，在自然界中总会有被推陈出新的一天。

节目播完后，陆之彦看了看墙上的全家福，意味深长说出一句：''灵姗是坚硬的钢铁，自强就像是空气，比水还柔和，但是空气被压缩后，这空气炮还是能打碎钢铁的。''

傍晚时分，伍自强的车子停到了窟南敬老福利院的门口。每次来到这里，他总能回忆起高中哲学课上，老师说过的哲学三个终极问题：我是谁？我来自哪里？我要到哪里去？当时的同学都能简单地回答出一点，唯独他，全然说不出一个字。

陆灵姗看到了眼前荒凉的情景，她内心不安了起来。荒凉的小山坡的顶上只有一栋孤零零的破烂房子，那就是伴随伍自强童年的孤儿院了，几十年来除了名字换成敬老福利院，增加了孤寡老人外，就没有别的变化。福利院门前稀稀拉拉地散落着几棵大树，有几群老人在远处聊着天，还有一个腿不太好的男孩在艰难地后退回屋子。伍自强很是理解那个孩子，自己也曾经那么腼腆过，不过呢，他看上去挺干净利索的，应该被照顾得不错，只是与外人的接触比较少罢了。陆灵姗举起了携带过来的瓜果零食，这一下快速地打消他们的疑虑。既然是善心人士，大家就无须谨慎了。很快，夫妇俩沿路给老人小孩分发瓜果后，大家纷纷向他们表示感谢，伍自强还和他们拉起了家常。

陆灵姗近看了整个福利院，破落的庭院、迷茫的孤儿寡老，也就花草树木是个亮点吧，而这孤零零的几棵大树中，唯独一棵年轻的小树显得极不合群。陆灵姗这就明白了,她提议着:"自强,那棵就是你说过的陆部通大哥的猕猴桃树吧,我们过去看看吧。"伍自强欣然一起去看看自己栽下的果树,走近了果树后,他眼前一亮:果树比上一段时间长高了不少,变得更加直立挺拔,在新长出的小分枝中还隐约能看到即将冒出的小花朵。伍自强满怀信心,他点了点头,对着树拜了拜,他相信陆部通应该融入了这棵树了吧,好一个"化作春泥更护花"。他感叹着:"嗯,孩子们把这棵树养护得很好!"陆灵姗附和着:"是的,而且,果树自己也很坚强!生命力顽强!"伍自强转头看着妻子,真不知道她是说树呢,还是说这里的人呢,甚至是说陆部通呢,也许三个都是,无论指哪个,都值得开心,伍自强微笑了。

夫妇俩走进了屋子,伍自强急切地领着陆灵姗去看看自己儿时的床位。只可惜,他头往里一探,发现已是面目全非了,原本一楼的大房间被间隔成众多小间,居住地也都换成了行动不便的老人便利房间。物是人非,伍自强感觉索然无味了,这时,伍自强发现刚才那个有点跛脚的男孩站在楼梯间看着他们,伍自强刚想着叫唤他的,他却一瘸一拐地扶着楼梯扶手上楼了。伍自强和陆灵姗见状便上二楼看望仅剩的几个孩子,上到二楼,跛脚男孩愈发谨慎地看着他们,旁边还站着一位六十来岁的奶奶,看样子就是孤儿的管理员了。陆灵姗从包里拿出了一个小玩具给小男孩,他羞涩地回绝着:"不用了,叔叔阿姨,我拿这个东西不好吧。"小男孩嘴巴上拒绝了,眼睛倒挺诚实,直盯着玩具。伍自强很快就懂得了他,毕竟自己也是这么走过来的。伍自强抚摸着他的头,和蔼地说着:"孩子,不用怕,这是我们捐赠给你的,你们管理员明白的,放心拿去吧。"男孩迅速转头看了看管理员，管理员奶奶点点头，于是，他很高兴地接过玩具来，进房间玩去了。在他艰难走进房间之时，伍自强朝他说了一句："孩子，不要自卑，不要放弃，你的人生还长着呢！要努力呀！"男孩似懂非懂地转过身来，乖巧地回复了两个字："谢谢。"然后，男孩继续回房间了，陆灵姗看着男孩卑微的身影，心想着年幼时的伍自强也是这么走过来的吧，丈夫平时显得特别愿意讨好所有人，而这身后皆是各种辛酸。陆灵姗开始用体谅的目光重新打量起丈夫来了。伍自强感到了她的目光，问："怎么了？"陆灵姗微笑着，摇摇头，回答着："没什么，好像是坐着时光机，看到了过去的你。"

这时，管理员奶奶双手作抱拳状，像是请求他们的样子，说道："前几天刚来了一个双目失明的小女孩，我们都安慰不了她，她想妈妈想到饭都吃不下，你们帮我安慰一下她好吗？"陆灵姗听到这种情况，心都酸了，跟着管理员进入了另一个房间，然而，女孩的惨状远远超出陆灵姗的想象：小女孩头发凌乱，绷带绑住了双眼，脸和身子都脏兮兮的，蜷缩到小床的一角，微微地抽泣着，看上去非常瘦弱。

陆灵姗缓缓地走近女孩，生怕焦急的脚步引发孩子更大的不安。可是，当陆灵姗轻轻地坐上小床的时候，小床咯吱咯吱地响了起来。小女孩立刻警觉起来了，她抬起头，问："谁？"陆灵姗微微地抚摸着她的头，轻声说着："不用怕，我是来慰问你们的，我给你带来礼物了。"说完，陆灵姗翻起自己的包来，可是，陆灵姗猛然想起最后一个玩具已经给了跛脚男孩，这下她就尴尬了。小女孩低下了头，回应着："不用慰问，也不用礼物了，你们出去吧，让我一个人留在这里。"陆灵姗有点慌乱了，这孩子的情绪还是很低落呢，一般哄孩子的招数根本不管用。

管理员奶奶发声了："灵灵，阿姨是好心来看你的，你就回应一下喽，别整天一个人待在这里。"女孩稍显激动，她看不见东西，但眼泪依旧能流出来，她含泪说着："妈妈说，让我在这里乖乖听话，过一些日子，她会来这里接我回家的，呜，呜……"孩子的哭泣声让大人们都心碎了，陆灵姗靠近了女孩，轻声安抚着："灵灵，你妈妈看到你成这个样子，她会很伤心的。你妈妈一定希望看到干干净净、健健康康的灵灵，对吧？"灵灵听着有些心动了，她突然唱起了《鲁冰花》来了，悲情的母爱歌曲《鲁冰花》，不正是印证了灵灵的妈妈在舍弃孩子前的内心自责吗？陆灵姗来不及鄙夷灵灵的妈妈了，跟着灵灵一起合唱起《鲁冰花》，这联袂演唱的默契就像是往日搭配已久的母女。

灵灵唱完了一遍，仍不解恨，还唱起第二遍、第三遍。直到她声音沙哑的时候，陆灵姗把水杯塞到她的手中，劝导着："灵灵，喝点水吧，对嗓子好一点的。"灵灵接过水杯后，慢慢地喝了几口水。陆灵姗心里安定了下来，又劝着孩子："灵灵，听说你这几天没怎么吃饭呢，等到你妈妈看到你饿得那么瘦的时候，那该怎么办呢？"灵灵低下了头，说："我看不见，平时都是妈妈喂我的。"陆灵姗抱住了灵灵，亲切地说着："不用怕，我来喂你！"女孩沉默了，她不习惯陌生人给她做那么亲昵的事。

不久，陆灵姗从厨房给灵灵弄了一点晚饭，食物的芬芳味道已经传到了灵灵的鼻子里，她有意无意地吞食着口水。陆灵姗看出了灵灵的羞涩，她装了一小勺的米饭，温柔地说着："灵灵，饭来了，吃一口吧。"说完，陆灵姗尝试着把她手中的小勺慢慢地靠近灵灵，可是，灵灵的嘴巴并没有张开，饭依然是喂不进去。陆灵姗忐忑地说着:"张开嘴巴,啊——"灵灵不再倔强了,她慢慢地张开了嘴巴,接受了陆灵姗送来的米饭,即使是纯白普通的白米饭,灵灵还是吸着鼻子,感谢着陆灵姗:"谢谢阿姨,真好吃!"一种莫大的慰藉感笼罩着陆灵姗,接下去,陆灵姗耐心地喂着饭,给灵灵洗澡、换衣服、扎辫子,扎完辫子后,还用她的小手摸了摸自己的辫子,让她感受着自己的美丽。

  陆灵姗给小女孩梳洗的时候,伍自强回避了,他在楼下走了走,意外地发现了一位在给树木浇水的老人,伍自强的声音颤抖着:"院、院长。"那位老人正是伍自强儿时在孤儿院的当任院长,可是老人始终认不出伍自强,问道:"你是?"伍自强解释着:"我是伍自强,三十多年前我就在这里,你当时经常逗我是个扁鼻子,说男孩子长个高鼻子才好看,我就经常自己捏自己鼻子。"老院长被这么提醒,记忆大门迅速被打开,想起了伍自强的众多童年往事。老院长走近伍自强,上下打量着他,看到伍自强如今是顶天立地的男儿,老院长很是欣慰,忍不住捏了捏伍自强的鼻子,两人对视笑了起来。

  伍自强问老院长了:"院长,你住在这里吗?"老院长放下手中的浇水罐,和伍自强细聊起来:"我住在村子附近,现在都七十多岁了,还放心不下这个福利院,平时我有空就过来帮帮忙了,最近年纪大了,除了陪孩子聊天外,只能给花草树木浇浇水了。"伍自强很是感动,老院长退休多年还是不忘公益事业。老院长又问了:"你儿时的好玩伴呢?他长大后去找你了吗?好像叫陆部、陆部什么去了?哎呀,我都忘记了。"伍自强一想起陆部通的下场如此,他就不好让老院长伤心了,他撒谎了:"那个哥哥叫陆部通,他没有找过我呢,但我想他应该会记得这里的。"老院长微笑了，指着陆部通滋润着的那棵树，说道："当然，他一定记得这里，你看看那棵猕猴桃果树，一定是他哪一天过来种的。自从多了这棵树，我就感觉孤儿院多了一份生机。"伍自强不知道该如何应答这个话题了，他只是呵呵地笑了。

　　院长突然想起了重要东西，他说着："我想起来了，你出生的那时候，你的亲生父母留给你的玉佩还在我那儿呢，我明天再拿给你，好吗？"伍自强当场就蒙了，自己印象中就是陆部通妒忌他获得养父母的青睐才藏起来的小玉佩，怎么几十年后小玉佩会到老院长的手中呢？老院长见他怔住了，便把事情的来龙去脉说了出来："我知道你小时候特别想念亲生父母，一直把小玉佩视为珍宝。我呢，见过太多这样的例子，因为想念着亲生父母，到养父母家里去还继续闹着情绪，还有的孩子闹得差点被退回来的。所以，我想好了，每一个出去的孩子，我都要斩断其对亲生父母的思念，全心融入新家庭。当时，我就偷偷地收起你的小玉佩，让你长大后、养父母去世后再拿回去做纪念。我年轻时还记得的，现在我真的老了，都忘了这个事，你恨我吗？"伍自强惊讶得说不出话来，只是呆呆地看着老院长。老院长语气深长地说道："对我们凡夫俗子来说，每天重要的事，就是我们接下去要干什么。人，不要总是往后看。"夏日的风吹拂着伍自强，他想明白了许多，他回复道："玉佩，不用还给我了，就让它过去吧。我是谁、我来自哪里，都不如'我要到哪里去'重要。我想通了，接下去，照顾好家人才是最重要的！"

　　院长笑了笑，拉着伍自强来到猕猴桃树前，和他拉起了家常。得知伍自强已为人父后，老院长问着他："你现在有几个孩子了？""就一个儿子。只有能力养育一个孩子了。"伍自强直截了当地回答着。

院长摇摇头,给树浇着水,说着:"据我了解,你们孤儿都不太敢生太多孩子,是有心理阴影吗?"伍自强只是笑了笑,没有回答。院长鼓励着他:"不只是你们,我发觉这年头当爹的,都特别怕,害怕生下孩子后,没能力让孩子过上好日子,反而让孩子受苦了。还说,不生孩子就不会有麻烦。唉,你们想得太多了。孩子,不要害怕,就算你有亲生父母,他们也只能管到你二十岁的样子,前途都是靠自己奋斗的。你看看同岁数的青年人里面,比你厉害的,有很多人吗?"

伍自强扪心自问,现在他过的日子真没有比正常人家的孩子差多少,自卑,只是自己强加给自己的。院长拍了拍伍自强的肩膀,继续说着:"如果你能把孩子教导成积极向上、敢于拼搏的孩子,你就多生一些吧。幼少年时寒酸一点也没关系,营养跟得上就可以了。抛下杂念、用心培育生命吧,这国家太缺少年轻人了!"伍自强笑而不语,看着茁壮成长的猕猴桃树,还有孤儿院里的每一个角落,他心想:多一些孩子,是挺好的,难怪陆部通想化作婴儿,再来一次!

告别了院长后,伍自强上楼找着陆灵姗。透过窗户,他看见陆灵姗给小女孩灵灵讲完故事,哄着她睡着了,陆灵姗坐在她的床前,怜悯地打量着灵灵。过了一会儿,陆灵姗才吻了她一下,依依不舍地退到房外,准备离去。管理员送着他们夫妇走了出去,走到大门口的时候,陆灵姗突然停住,转身向管理员发问:"灵灵的妈妈会回来接她吗?"管理员奶奶翻了翻眼帘,摇摇头,说:"这么多年来,但凡送来孤儿院的,就很少再接回去了。"陆灵姗心里凉透了,焦急地续问:"那我能为灵灵做点什么吗？她太可怜了。"管理员奶奶非常开心，他们太需要善心人士了。可是，管理员抿嘴一笑，谢过陆灵姗："你真有爱心。你常过来看看就可以了。"见陆灵姗有些灰心的样子，伍自强牵起了陆灵姗的手，说道："我们夫妇助养她吧，一对一助养，供到她成人，供到她读完大学，怎么样？"管理员直直地竖起了拇指，陆灵姗听着就激动起来了："对！助养好，看着灵灵我都母爱爆发了！"

此时，伍自强仔细地看着窟南敬老综合福利院的大门，心想：遥想当年，自己被养父母从这大门牵出去的时候，感觉就像是一种越狱，逃离了苦难。现在却对这孤儿院愈加感到怜惜和爱护，这里，越看越顺眼了，而且，还有了些家的味道。

饱满的明月挂在天上，夫妇俩坐上了他们的粉红小车，在乡间小路行驶着。陆灵姗突然间愤愤不平："灵灵的父母怎么能这么狠心的！"然后，她对灵灵的父母各种指责。伍自强已经过了愤世嫉俗的年龄，他握紧了方向盘，细说着："灵姗，你也是当妈的人了，你觉得一般的父母会这么狠心吗？"陆灵姗听着感觉特别不顺耳，她转头想和丈夫辩论的，可是一转头看到伍自强沧桑的脸庞，她迅速就懂了：别的孤儿身世是什么样子的，伍自强的身世大概就是什么样子的；别的父母这么狠心，伍自强的父母也会那么狠心。

陆灵姗回过头来，她选择了相信人性，说道："你说得对，我想灵灵的妈妈应该也是走投无路了，单靠自己的力量，说不定连养大灵灵的能力都没有，所以才想着靠社会的力量养育着灵灵。这样，说不定灵灵还有一线生机，甚至是出人头地。"伍自强默认了陆灵姗的说法,露出了笑脸,接着,他转移了话题:"我看出来了,你是真的喜欢女儿,你的人生要是没有一个女儿,你会不会觉得是一种遗憾。"陆灵姗看着窗外的乡间小道和无边际的农作物场,感慨着:"遗憾也没办法,就像你说的,咱们当父母的,碰上一些无可奈何的事情,也只能该怎么做就怎么做咯。"

话题突然静止了,两人变得安静起来。突然,伍自强急刹车了,陆灵姗被吓得半死,急切地问着:"怎么回事?"伍自强冷静回答着:"没事,前面有个小狗在拦路,我们等它走开后我们再走吧,免得轧伤它。"陆灵姗往前一看,前方的小狗应该是刚出生不久,还没学会生存的本领就跑到马路上来了。两人在耐心地等待着,没过多久,一只大母狗飞奔叼起了小狗,带着它跑出了马路。这样,伍自强又重新挂挡,车子往前行驶。陆灵姗有感而发了:"你,会不会觉得我当女儿的,很不称职?"伍自强心里面多多少少有一点想法的,嘴巴上却这么说:"女儿嘛,不都是这样子的吗?"陆灵姗知道丈夫的好意,她想着想着就哭了起来,哽咽地说着:"我一直以来感觉自己是一个精神孤儿,没有家庭温暖,只是爸妈的考试机器。今天和你看完孤儿院后,我才知道,真不是这样子的,我一直都很幸福的,只是我自己,只是我自己……"陆灵姗已是泣不成声,伍自强专心地开着车,既然妻子流下的是感动和理解的眼泪,岂不妙哉,就让她自己好好理解陆之彦、戚郁霞多年来的苦心吧。

第二天下午,伍自强和陆灵姗终于疲惫地回到了家。伍愉悦给父母倒上茶水后,不忘透露了一句:"外公中午想起妈妈喜欢吃豆角煎蛋,就去买菜了,还说他晚上要自己做饭。"陆灵姗印象中，陆之彦总是都把时间用在"干实事"上，一次饭都没有做过，这次他竟然主动做饭，这是多高的规格呀。更何况，陆之彦还记得她最喜欢吃的菜就是豆角煎蛋，他平时肯定一直在关注着她的，陆灵姗心里美滋滋的。

晚饭时候，美味的饭菜铺满了饭桌，陆之彦一边擦着热汗，一边招呼着大家："我平时很少做饭，做得不好吃也就当体验一次噢。"在一片祥和的气氛中，家人动起筷来了。都说心思细腻的人不容易失手，陆之彦这次做的饭也没有失手，伍愉悦直说好吃。而陆灵姗吃着吃着就慢下来了，还不时看了看陆之彦，陆之彦便问："灵姗，怎么了？"陆灵姗犹豫了一下后，虚心问起父亲来："您是教育界的老前辈了，有个事想您教一下你。我在福利院遇见了一个可怜的孩子灵灵……"陆之彦认真听着，然后和陆灵姗探讨着教育灵灵的方法。

戚郁霞眼前一亮了：这陆灵姗还会有主动请教陆之彦的时候？挺好，有第一次就容易有第二次，然后就有第三次……

饭后，连洗碗之类的工作都由二老带着伍愉悦干了。陆灵姗感觉浑身都轻松了，她便在屋子内到处走走，尝试着看看在家里会不会有新的发现。咦，陆灵姗注意到了阳台多了一盆向日葵花。陆灵姗走到了阳台，抬起了向日葵花盆来观赏：这盆向日葵花制作得真是用心，花朵迎着阳光显得神采奕奕，平日里一定是施肥调理得当；树枝和树叶被修剪成左右各三片，错落有致，想必是认真修剪过；搭配的花盆更是精妙，蓝色的盆身再搭配婀娜的线条，图案尽是地中海风情的元素。陆灵姗大概猜出是谁送的了，但她还是问了问伍愉悦："儿子，这个花是谁送过来的？"伍愉悦回答："是一个孕妇，带着一个人搬上来的。"陆灵姗既理解，又吃惊：这林之华，还真的亲自上她家来了！

　　陆灵姗立刻给林之华打了个电话："喂，华姐，我刚回到家，才知道你送了一盆向日葵花给我，我好喜欢！"林之华娓娓道来："喜欢就好。我听说你在医院被人袭击了，担心死我了。我昨天就想着上你家看望你的，没想到你不在，但是知道你和老公一起出去散心，我就安心多了，也就没有打扰你。向日葵花我放下了，但愿你能像向日葵花那样，每天围着太阳转，每天都能被光明照射，驱散黑暗。"陆灵姗受宠若惊了，自己和林之华非亲非故的，她却对自己的事总是这么上心，陆灵姗客套地说："不好意思了，昨天没在家，没有好好招呼你，要不，明天你来我家玩？"林之华听到"明天"两个字，心虚了，闪烁其词："明天呀，呃，明天。明天我想我可能要去处理一些事。"

　　电话那头的陆灵姗听着就感觉奇怪了，平日里很清楚自己需要什么、如何得到自己心头好的林之华，竟然也会吞吞吐吐？陆灵姗预感到林之华要做一些事了，而林之华眼下能动的事只有胎儿了，上一次见面时林之华正怨恨着婴儿不懂事、阻碍妈妈工作的，莫非？陆灵姗着急地问："华姐，你是想要干什么东西？你不要做傻事呀！"林之华更加心虚了，她简单地敷衍着："有些东西避免不了的。唉，算了，真没什么事，你就在家好好休息吧。"说完，林之华就挂断了电话。

　　林之华奇奇怪怪的表现更引起了陆灵姗的不安，可是，自己不是她的家人，连闺密、朋友都未必算得上，仅仅是坐诊过几次的医生病人关系，陆灵姗的手再长，也不好伸进她的世界去搅动。

　　凌晨，陆灵姗翻来覆去地睡着，满脸的汗水，她正做着噩梦,又或是记起了一些往事。梦中的是去年的场景,陆灵姗意外怀孕了,当时伍自强和戚郁霞都同意流产,陆灵姗也很坚决地要流产,在医院签字确认时也是毫不犹豫的。可是当她真的拿到人工流产的药物后,陆灵姗犹豫了,这些药物一旦吃进去了,就再也挽救不回来了。她的肚子隐隐作痛,孩子靠着脐带在向她乞求着:"妈妈,孩儿什么事都没有做错,请你不要这么对待孩儿,好吗?"陆灵姗无论怎么遮住自己的耳朵,满脑袋还是孩子的哀求声。陆灵姗惊醒了,旁边的伍自强迷迷糊糊地问:"你做噩梦啦?"陆灵姗看了看时间,五点多,她回复着:"是,梦见那流产的孩子。"伍自强听到是流产的那个孩子,他内心深处也曾经因此多次愧疚过。他困意迅速消失了,疑惑地问着陆灵姗:"你怎么想起他来了?你那时候不就是只怀了他两个月吗?身体上应该对他没什么感觉吧。"陆灵姗挠了挠头发,回答:"有个朋友应该是想流产了,不知道是不是孩子托梦让我去阻止她流产呢。"伍自强听着就更震惊了,他问:"你后悔流产那个孩子吗?"陆灵姗呼了一口气,说:"以前没有,现在好像有一点了。"窗外出现了一丝阳光,太阳要出来了,陆灵姗伸了伸腰,起床准备独自前往林之华的家了。

　　陆灵姗对认路这事实在不太在行,她开着小粉车到处瞎转,费了很久的时间终于到达了林宅的大门。陆灵姗拨打着林之华的电话,可电话就是未接通。彼时,林之华早已从家里的窗户看到了陆灵姗的车子,她猜到陆灵姗过来就是要阻止她打胎的。林之华的手机继续响着、振动着,她把心一狠,拒绝了来电,并把手机设置成免打扰模式。"不要逃避了""请你顾顾孩子"这些文字,早已连续发送至林之华的手机中,而她连看都懒得看了。林之华的保安给林之华致电了，林之华无奈了，她决定狠心到底：不给陆灵姗放行。这样，不管陆灵姗在围墙外怎么喊，保安都不允许陆灵姗进去。

就在陆灵姗一愁莫展之际，一部豪车从里面开了出来，陆灵姗感觉不是林之华的车，但她一想：就算是林之华的父母，也能让他们说得上话呀。陆灵姗便上前拦停了车辆，然后她到车位上座找目标人物理论去。车窗缓缓摇了下来，一个年迈却眼神颇有杀气的老年男人露出了脸。陆灵姗看了看他，满头的黑发难以掩盖着发根的全白，那皱纹清楚地交代着他的年龄，脸上稍显鄙夷的表情已经表明了他的态度，他问："这位女士，有什么事吗？"陆灵姗心里出现了一点怯懦了，不过，她硬着头皮说："叔叔，您应该是之华的父亲吧。我是之华的朋友，她好像要去流产了，请你阻止她吧。"老人听了后，脸上的皱纹更多了，眼神出现了不安，他闭上眼睛想了一会儿。当他再次打开眼帘之时，坚定的眼神重新归来，脸正对着前方，他的回复是："之华已经四十多岁了，她自己要做什么东西，决定权在她那里，而我要做好自己的角色。女士，我该走了，请你让开。"陆灵姗下意识地往外让出了几步，豪车则继续前行。

吃了闭门羹后，陆灵姗还不想空手而回，继续在门口守着，希望能等到林之华。楼上的林之华心里并不好受，到了该出发的时间了，林之华便让司机载着她从后门离开，避开陆灵姗。

过了许久，陆灵姗又看见一部豪车从里面出来，陆灵姗还想着去拦车的。可是，她一看开车的是一个典型的年轻"富二代"，他目空一切，旁边坐着的女伴一看就是整容成"蛇精"的女网红，陆灵姗立刻退缩了，豪车在她面前呼啸而过。这两个年轻人明显就是败家的二代，和林之华分属于不同的世界里，却从一个屋子出来。陆灵姗这就奇怪了：这两个人年纪和林之华相差那么大，和林之华有什么关系呢？就在她疑惑之际，又有一部豪车开了出来，陆灵姗一看里面的人，年纪比林之华大不了多少，看样子应该是她的姐姐了，陆灵姗就过去拦下了车子。车窗摇下后，主人露脸了，细看发现只是打扮妖艳而已，年纪应该不小，不过，神情是陆灵姗见过的女人中最飞扬跋扈的。陆灵姗开口了："你好，你应该是林之华的姐姐吧，她现在应该去流产了，请你……"还没等陆灵姗说完，女人只说了一句："我不是她姐姐，我是她妈！"然后摇上车窗就走了。陆灵姗大脑一片空白，她实在看不懂林之华这一家人怎么会是这样子的。不过，陆灵姗此时终于收到了林之华的消息：陆大夫，你不用再等我了，我现在已经到达诊所了，我想我不是一个称职的妈妈，谢谢你的关心！陆灵姗惊呆了，自己的猜想应该没错了，而且还应该是准备做流产手术了。陆灵姗连忙继续联系林之华，可是林之华依旧设置手机为免打扰，陆灵姗站在原地，万念俱空，她一遍又一遍自责着为什么前几天自己没有好好关心林之华。

过了许久，陆灵姗无奈地开车回家了。然而，就在这时候，她收到了林之华的来电，她的大脑高速运转着：一般月份那么大的孕妇流产后身体必然虚弱，无法看手机，所以，林之华肯定没有流产成功！

陆灵姗立刻把车子靠边、停稳，接听了电话："喂，华姐，你现在怎么样？"电话那头林之华有气无力地说着："没怎么样，就是心有点乱。咱们，出来聚聚？"陆灵姗立马答应，然后飞奔前往约定的地点——幽静的会所。陆灵姗率先进入了清静的房间，她细品了这会所的环境，窗外幽静的小桥流水内景，高端得让她难以想象，看来这账单只能林大小姐支付了。陆灵姗想着林之华选择不流产了，心里美滋滋的，不知不觉中哼起歌来了。

没过多久，憔悴的林之华挺着肚子，步伐沉重地进来了。陆灵姗赶紧过去扶住了林之华，对着林之华的肚子说："孩子，灵姗阿姨在叫唤你呢，你听到了吗？"林之华点点头，说："她好像听到了，在踢我呢。"

两人坐下后，无须陆灵姗过多询问，林之华便主动交代了："我前几天去一家诊所做性别鉴定了，验出是一个女婴，我就想把她做掉了。"林之华本以为陆灵姗会说"女孩又怎么啦？""你本身不也是女人吗？"之类的话，可是，陆灵姗只是摸了摸林之华的肚子，轻声问着："你知道性别鉴定不一定准确吗？万一你肚子里面实际上是个男婴呢？那你不就是亏大了吗？"这些技术问题林之华当然是没有考虑过的，她愣了，一时间无言以对，只是苦笑着。

陆灵姗喝了一口水后，问林之华了："你都一个女强人了，见过世面那么多，还会介怀女婴吗？是怕没个男丁继承家业吗？"林之华叹了一口气，回答："我一开始是有这个想法的，到后面就不是了。"这个回答很有内涵，陆灵姗没有着急追问，只是用求知的目光看着林之华。林之华毕竟是大家闺秀，有些家里的秘密，她还是不愿意外泄出来，她问："灵姗，你今天早上见过我的家人啦？我爸爸都打电话给我了，我就知道是你求他来的。"陆灵姗老实交代了："嗯，我怕你干傻事，见每一部豪车出来，我都去拦着，宁可杀错，不能放过。希望他们能劝住你，除了见到你爸、你妈，应该还有你的弟弟和弟媳妇吧。"

林之华闭上眼睛，敲了敲自己的额头，说："这就是我为什么刚开始的时候那么想要一个男婴。看到这个败家子天天玩物丧志，要是家里有个更年轻的男继承人，家业就能传给我的儿子，让他喝西北风去了！"陆灵姗不解，提出了问题："可是，现在也有些女性作为继承人的，你不也做得挺好的吗？"林之华睁开眼睛，站了起来，感叹了："我是想干好，要是真的干好了，我就不会躲去生孩子了。老爸七十多岁还继续主持公司，靠高薪聘请职业经理人来办事。唉，都怪我，没有自己想象中厉害，撑不起家业，自己分管最重要的销售业务，还是被敌人步步蚕食。算了，我退出，这总比家业败在我的手上好吧。"说完，林之华黯然神伤地扶住玻璃，看着寂静的内园景色。陆灵姗从林之华历经风霜的眼睛中看出了林之华的无奈：她一定很努力过，可成年人都知道，不是努力了就一定能成功的。四十不惑，或许就是因为这样，她才把希望寄托给下一代吧。缓了一阵子后，林之华又说："其实，我爸也不是非要男孩接班，我接班也可以，但总得再往后有人继承呀。如果我生下的是女儿，等她长大后，又面临同样的问题。在古代，可以招上门女婿，其实还是能靠女人传承家族的。现在还是老样子，维持家族的长久权势只能靠最原始的生育和血缘，谁也不想把辛辛苦苦做大的事业捐出去。而男人总是更容易生育，像播种机一样，想生就能立刻生，随随便便就能生一堆。"陆灵姗无法插嘴，大家族的事，太魔幻了，更像是电视上才能看到的事。

两人点的果汁到了，陆灵姗扶林之华归座，陆灵姗露出开朗的表情，劝说着："不用担心。就算这一胎是女婴，你也可以选择再生一胎呀，第二胎再生男孩不也一样吗？你家可是有实力养多个孩子的噢。"林之华喝了点橙汁后,把自己的最大秘密说了出来:"我弟弟年纪和我差那么远,长得也不像,就是因为我妈、我妈生我的时候,死了。"说完,她的眼角边流下了泪珠,言语中带有几分哽咽。陆灵姗连忙给她递上纸巾,林之华擦干眼泪后,坚持说下去:"我妈生我的时候大出血、难产了,后面才有后妈、弟弟的事。我呢,说不定基因里继承了妈妈不适合生育的东西,在人工受孕的时候就已经很难怀上了,做人工受孕手术做到第七次才成功,当时疼得我很惨,我一个人咬咬牙,自己挺过去了。可是,当我真的怀上了孩子以后,我又害怕像妈妈一样,生完首胎就大出血,挂掉了。以后,就不存在二胎的事了。唉,还是生个男孩好,不用害怕生育的遗传病,男人永远不用担心自己难产。"

陆灵姗沉默了,没想到林之华的身后是那么沉重,面对那么复杂的人生,甚至背负难产的风险,陆灵姗已是不敢支招了。她怀孕最痛苦的时候还有伍自强、戚郁霞的陪伴和支持,而林之华只有她自己安慰自己。突然,林之华破涕为笑,说出:"我最近一直在做梦,梦见我女儿在咒骂我,她还试着自己从我的子宫爬出来。嗯,在我准备堕胎的时候,我,还是为她退缩了。呵呵,最后,我想通了,家业是我父亲的,不是我的,但这孩子是我的,是我人生中唯一的所有!"

陆灵姗也跟着她笑了,赞扬着她:"说实话,我见过那么多孕妇,就你的事例是给我最震撼的。"林之华凑近了桌子上的茉莉花盆,摸了摸茉莉花瓣,说了一句:"父亲也好,男朋友也好,只是在我的少女时代保护着我。当我变成妈妈了,就轮到我要守护一些东西了。"

陆灵姗醋溜溜地说:"你家那么有钱,哪需要你拼命去守护什么东西。"林之华摇摇头,脸色阴郁起来,她卸下了所有的面具,把自己的底牌亮了出来:"灵姗,你是有所不知呢,现在的钱是很难赚呀。早些年,生意好做的时候,爸爸创下一番大事业。越往后,商业竞争是越来越激烈,这生意,我守都守不住了。现在我爸爸也是束手无策,林家已经是外强中干了,都不知道风光的日子能维持多久了!"陆灵姗完全想象不到大小姐最大的烦恼是来自于事业,听得她尴尬得说不出任何话。

而林之华则对着那朵洁白的茉莉花,唱起了《Trouble is a friend》,苦中作乐,也许,是她目前唯一能做的东西吧。

陆灵姗"小假期"的日子里,伍自强给陆灵姗联系了几个心理医生,都被陆灵姗取消了。直至那一天,陆灵姗散步回家后,就在家门口看到了一双职业女士鞋,结合这几天来伍自强的表现,她预感到伍自强直接把心理医生邀进家里了。陆灵姗本想掉头就走的,突然间她又想起伍自强在上班,他的手不至于伸那么长吧。这时,戚郁霞一听到开门声后便追出来了,呼喊着:"哎,灵姗,你终于回来啦,许医生等你很久了,你过来吧。"陆灵姗感到哑巴吃黄连了,少子市负有盛名的妇产科陆医生沦落到看心理医生了,更何况她自认为现在心理上很健康,这让她很难堪。陆灵姗苦笑了,她推开原已关上的门,准备溜出去。这时候,许医生走过来,寒暄道:"灵姗,几年没见,怎么感觉你憔悴了那么多。"

陆灵姗认真地辨识着许医生,猛然间她认出来了,她吞吞吐吐地应答着:"怡姐,好久没见了,过来玩吗?"原来,这许家怡是陆灵姗老家同样负有盛名的才女，也是陆之彦的得意学生，自陆灵姗上学后许家怡就是她的对标"学习榜样"，学生时许家怡对待陆灵姗还不错，许家怡考上医学专业后，还给过陆灵姗不少指导，是陆灵姗心存感激的大姐姐。陆灵姗苦恼了：许家怡好像是在遥远的北方工作，陆之彦竟然让许家怡"堵上门"了，陆灵姗更没有"逃跑"的理由。

许家怡绽放着亲和的微笑，回答着："是的，专门飞过来找你聊聊的。"陆灵姗是聪明人，这么大一个人情，她知道躲不过去了，便关上大门，一场应酬是在所难免了。

仿佛是一种默契，陆之彦看到许家怡和陆灵姗过来了，他就站起来，说："家怡，你和灵姗慢慢聊吧，我和老伴去给你们买菜做饭。"随后，陆之彦从陆灵姗身边走过的时候，她认真地观察着父亲，她猛然发觉父亲这些日子老了许多，向来笔直的腰杆微微地弯了。

门关上了，屋子里只剩下陆灵姗和许家怡，许家怡不着急进入主题，她拉上窗帘，让屋子幽暗宁静起来，然后，她靠近陆灵姗，却发现了陆灵姗脸上的伤疤。许家怡聊起伤疤的事后，陆灵姗哀伤了起来，两人坐在沙发上讲述起狄豹给她留下的伤害。许家怡却这么安慰着她："我毕业去外读书的时候呢，陆校长专门教导过我，女孩子在外要好好保护自己。你呢，估计是陆校长觉得自己能保护你，才没有这么教导你吧。"陆灵姗愣了一下，确实，过去陆之彦只是教导她"进攻"，没有好好地教她"防守"。许家怡又说道："也是吧，陆校长从小就保护着你，然后给你挑了好女婿，现在又培育着伍愉悦来保护你，他可能就觉得不必多次强调让你保护自己了吧。"陆灵姗闭上眼睛，没有做回应。

许家怡靠近了陆灵姗,问:"你平时睡觉会做噩梦吗?"陆灵姗点点头,没有作声。许家怡熟识陆灵姗已久,她感觉到这一次的陆灵姗内心深处有微妙的变化,莫非?许家怡握起了陆灵姗的手,恳切地说道:"灵姗,我突然间很担心你呢。"陆灵姗愣了一下,疑惑了:"怡姐,我有什么好担心的?""连你当大医生的都抗拒做检查,你说是不是让人很担心呢。"许家怡暗示着。

陆灵姗懂得许家怡想说什么,她内心做着抗争:自己没啥问题呀,何必做些多余的东西呢?可是,这些年来,自己是不是太羞涩了呢?许家怡是好姐姐,被她检查一下也不是多为难的事情,万一自己真有心理问题,及早治疗才是为医之道。

许家怡轻声说着:"灵姗,咱们一起躺下聊吧。"陆灵姗大概猜到躺下聊天的潜台词就是"催眠治疗"了,她心里忐忑了,一旦被许家怡催眠了,那很多秘密都要被她甚至是其他人知道了,想到这里,陆灵姗顿生抗拒之意。许家怡理解陆灵姗的心情,她自行躺下后先曝光了自己的秘密:"你知道吗?我来你家前和婆婆冷战了……"陆灵姗还没有经历过与公公婆婆同住的日子,便认真地听了起来,不时和许家怡互动了起来,不知不觉间她也躺下来聊了。两人的聊天让陆灵姗渐渐地放松了,在许家怡的诱导之下,陆灵姗缓慢进入被催眠的状态了。

许家怡感觉催眠进行得差不多了,她试问着:"你还感到脸上的疼痛吗?"陆灵姗迷糊地回答:"不疼。"许家怡安心了不少,想来狄豹的袭击没有给陆灵姗的心灵留下太大的伤害,她又问:"你平时做的噩梦都是什么样子的?"陆灵姗慢悠悠地说出自己的懵懂回忆:"我梦见,小愉悦刚出生时,家人都不在,我自己一个人躺在医院病床上,孩子在哭泣。我听到了,心里只能着急,不敢老是让帮忙照看的同事来看看小愉悦,偷偷掉了很久的眼泪……"许家怡心酸了,确实是一段不堪回首的往事,生孩子是女人最脆弱的时刻,偏偏命运让陆灵姗一个人承受了。

"我有时候还会梦见。"陆灵姗蒙眬之中又提到她的另一个噩梦,"小愉悦小学入学摇号摇不上好学校,在差学校被坏孩子带坏。我还梦见,掏光家里的钱去买一套学区房,结果发现那是假学区房……"不自信的妈妈,多半会为孩子的前路而焦虑吧。许家怡哀叹了,她何尝不知道自己也有这方面的忧虑呢,只是没有陆灵姗强烈而已。"人无远虑,必有近忧",现代人忧虑多了,心理亚健康就成了萦绕在现代人身边的幽灵。

许家怡猜测陆灵姗的内在自卑心理多半是来自于小时候,于是,她换到另一个引导问题:"你小时候经常做些什么噩梦?"陆灵姗迷迷糊糊地说出:"我小时候偶尔会梦见自己咳得很厉害,但是爸爸不让我吃药,只是让我跑步、锻炼身体,用增强免疫力来扛过病痛。"许家怡有些不知所措:俗话说"严师出高徒",这点她是很感激陆之彦的,可是,严父,会是好事吗?在她接触过的病人中,有不少间接原因是家庭给的压力太大而导致的。许家怡没有时间迷茫太久,她继续深挖陆灵姗的过去内心世界:"你爸爸给你留下记忆最深的一件事是什么?"陆灵姗喃喃着:"中考出成绩的时候,我高兴地拿着成绩单报告爸爸,中考我考到全镇第一名了,爸爸笑了一下后收起笑容,严肃地说,这成绩离县的顶尖水平还很远……"

等到陆灵姗恢复意识的时候,她听到戚郁霞和许家怡的聊天声夹杂着动物的叫声,还能闻到蒸煮食物的味道,隐约中她猜到戚郁霞和许家怡在厨房做着饭。陆灵姗慢慢睁开眼睛，发现陆之彦坐在沙发观看着动物纪录片，她默不作声，静静地陪父亲看着电视。

电视上，一头雌老虎怀孕了，可是捕食这么高风险的事只能靠它自己。这一次，雌老虎似乎肚子里怀的小老虎太多了，严重影响了它的觅食能力，最终它找不到足够的食物，饿死在野外，一尸多命。播到这里，旁白陈述着：怀孕是动物妈妈最虚弱的时候，一些种群能不能存活下来的重要影响因素是孕期的动物妈妈是否足够强大。然后，镜头切换到狮子群中，雌狮子怀孕了，狮子群一起扶助着它，于是雌狮子很顺利地诞下健康的小狮子。

这时，陆之彦注意到陆灵姗醒来了，刚才许家怡给他的教导还铭记在心中，他便绽出了笑容，问候道："你醒啦？睡得香吗？"陆灵姗坐了起来，回应着："嗯。看完老虎妈妈的故事，我想，人类孕妇是不是也一样呢？没有家庭，没有社会的帮助，孕妇也难以生存吧？"陆之彦猜测陆灵姗联想起了自己生育的情景，他一边调换着电视频道，一边安抚着："别想太多，你需要多休息。"

陆之彦把电视调整到人文频道，恰巧是一个辩论比赛，陆之彦感觉陆灵姗会喜欢的，便停了下来观看。反方辩手开辩了："我们自小就从课本上得知，中国人口过多，专家说，六亿到十亿人口对中国是最好的。"正方辩手针锋相对："首先，十四亿人口绝对不是负担！我们现在就假设十亿是最佳人口，那么从十四亿降到刚好十亿的时候还止不住下跌，那怎么办？一路下跌，总有一天会跌到零的！"反方忍不住说了："不要吓唬人了，给钱给政策还怕没人生？"正方辩手双手压下台面，慢声强调着:"还真会没人愿意生。首先碰到的问题是生育文化的退却,全社会都不再催生了,年轻夫妇视养育子女为麻烦事。再加上老龄化加剧,社会资源向养老倾斜,分配到孩子、年轻人的资源就更少了……"就在这时,场内的嘉宾讲了一句耐人寻味的话:"孩子少如旱灾,孩子多如水灾。之前闹过洪灾,一直为洪灾战备、水库放水,而现在是刚转换到旱灾,旱季才刚刚开始。"

陆之彦不禁想了想:最初的人类社会应该有生育友好型部落和不重视生育的部落,随着不重视生育部落的人群减少,他们最后消失在历史尘埃中,只有生育友好型的部落才能延续下来。陆灵姗则感兴趣起来了,她抖擞了精神,认真收看着节目。

辩论赛里的反方提问了:"万一以后的家庭又生多胎,引发人口爆炸,那怎么办?"正方雄辩着:"上一阶段,家庭多子是因为农业社会时期粗放式的发展,而现在国内基本上就是工商业占主导的社会了,集约式发展深入人心。集约式的发展自然会导致少生、优生。当今哪个发达国家在农业社会时不是一家几孩,而现在生育率都很低呢?况且,减少生育孩子对家庭来说岂不是很简单吗,不生就了事,反而生下孩子后却要不断地抚养。于是,理性的家庭都在减少生育,甚至丁克,更为严重的是单身人群飞速上升……"

陆之彦顾不上看电视,心里想的尽是陆灵姗的事。他脑子里一遍又一遍提醒自己:许家怡的诊断是灵姗当时应该没到产后抑郁症的地步,但从小到大的惧父心理倒是让她压抑了很久。陆之彦组织好语言后对陆灵姗说话了:"灵姗,你是不是从小就很怕我?"陆灵姗用余光观察着父亲,敷衍地回复:"也没有吧。"陆之彦知道冰冻三尺非一日之寒,他吸了一口气,慢慢呼出,突然，他灵光一动：既然生产外孙的时候帮助不了女儿，就在养育外孙的日常更加用心吧。陆之彦缓缓说出："现在生养孩子不容易呀，生下还不是最难的，教导至成人才是最考验人的。我知道，你们夫妇最近也在为小愉悦上好学校而焦虑。如果，如果你们夫妇信任我的话，我可以给小愉悦辅导功课。我三十多年的教育生涯经验知道，来自家人的教学辅导会比学校教育更管用，也比去外面报补习班更能学得进去。"

陆灵姗愣了一下，平日里她一直惦记着"不能让孩子输在教育起跑线"，可父亲主动提议陪孩子读书，这让她始料未及，她呆呆地回应了："好。"就在这时候，伍愉悦刚好回到家，他一把扎到陆之彦的怀里，还和陆之彦说起了悄悄话。爷孙之间的亲密感情让陆灵姗不得不审视自己对待父亲的态度：父亲，卸下了校长重担，变得慈祥了许多，应该能给伍愉悦带来很棒的童年。陆灵姗绽开了笑容，恭敬地对陆之彦说："那，爸爸，小愉悦的教育就劳烦您了，谢谢。"陆之彦听着感到太客气了，但不管怎么样，这会是一个好的开始。

时间过得往往漫不经心，转眼间几个月过去了，林之华已是即将临盆，肚子大得不好挪动身体。这几个月里，她留出了长头发，神情间变得慈祥，隐约中还透露出了一丝女人味。此前，陆灵姗一有时间就去探望林之华，为她排忧解难，两人不知不觉中结成了闺中密友了。

这又是其中漫不经心的一天，陆灵姗照常来到林之华家，两人坐在林之华的房间里聊着天。陆灵姗发现林之华养的猫咪汤公伏在猫窝上一动不动，可是，不管陆灵姗怎么逗它，它还是没有反应。陆灵姗再摸了摸汤公，便发现其中的奇怪之处了，她问："华姐，我发现汤公的毛颜色变浅啦。"陆灵姗没有养过猫，凭借着医生的经验，她只是觉得汤公可能生病了。林之华阴郁地回答："人老了，头发、眉毛之类的颜色不就变白了嘛，其实猫咪也是一样的，猫老了，它们的毛色也会慢慢地变浅。唉，可怜的汤公，现在连嚼东西都没力气了，反应更加迟钝了。唉，估计我很快就要熬过它了，猫咪也就活个十一二年。真不好说，人的一生可以熬过多少只猫。"说完，林之华从抽屉中找出了一沓发黄的旧照片。

林之华从中抽出了一张照片，只见少女时期的林之华抱着一只小小而华丽的布偶猫。陆灵姗当即羡慕起来，她从小就想养一养华丽的小猫咪，只是家里的条件不允许。林之华讲解着自己的养猫历程："我养的第一只波斯猫陪伴着我的童年，一次旅行回来，后妈告诉我它死了，而且没有留下它的任何照片和痕迹，它就只存在我的记忆里。这照片上的是我的第二只猫，布偶猫，是爸爸带我去挑选的……"林之华述说着自己的往事时，还不断地往后翻着照片，很快便翻到一个男性和青年林之华与布偶猫的合照。

陆灵姗指着男人，别有用心地指问着："这个男的，你该不会说是表哥之类的吧？"林之华很大度，没有拐弯抹角，直接承认了："是的，他是我的男朋友，曾经的男朋友。他和我一起的时候想做一个喜剧演员，他现在已经结婚了，估计孩子也不小了。其实他家里条件挺好的，他父母一直催促着他好好学做生意，在家里接班。可是他太喜欢喜剧了，对生意人的生活，他很厌倦。熬到布偶猫去世的时候，我想，我的少女时代也该结束了，不能再和他纠缠下去。我便下定决心和他划清界限，一心一意做生意。"

陆灵姗看了看照片的落款时间，问："接下去几年你都没有养猫呀，怎么后面又想起养猫来了？"林之华无奈地看着陆灵姗，这个陆灵姗就像侦探一样，想把她的秘密全部挖出来，她又坦承了："是呀。布偶猫去世了以后，我到处相亲和结识商务男性，都不成功，反倒是越来越想念这个喜剧男友来了。有一天我听到他结婚的消息后，当天就去领养了汤公。他呢，特别喜欢动画片里的汤姆猫，和他一起的时候，他经常和我开玩笑、逗我开心，他也是有些贱贱的样子，我就找遍宠物店，养了一只和他最相似的蓝色英国短尾猫，也不叫汤姆了，就改叫汤公！"陆灵姗不由得转头看了看汤公，圆圆胖胖的，四只小短腿非常可爱，还性情温和、非常温柔，不会乱发脾气、更不会乱吵乱叫，确实挺适合林之华的。忽然，林之华不安地提到："要是我熬过了汤公，算是什么时代结束呢？单相思时代？接下去再养一只猫就是单亲时代？"陆灵姗连忙打断她悲伤的情绪："行了，行了，你就别触景生情了，要开心一点。怀孕就要保持良好的心态，这样对你和孩子都好！"

林之华竖起了OK的手势，然后亲切地呼唤了几声："汤公，汤公，过来。"老猫咪吃力地站了起来，它往前走了几步就停了下来，似乎是太吃力了，它抬起了头，看着陪伴已久的主人，嘶声叫唤着："喵，喵……"那凄凉的声音，似乎不是在向主人道歉，更像是向主人道别。林之华担心起来了，她和陆灵姗吐露着："哎哟，我想起来了，上次，布偶猫在最后的时候喊声也是那么凄惨的。然后，它就离家出走了，在屋外一个偏僻的地方安静地离去,直到几天后我们才发现它。猫咪,不喜欢主人看到自己的死亡,它感觉自己不行了,会到外面去孤独地死去,希望让主人不要太伤心。"陆灵姗听着就感觉不可思议了,平时这些猫咪对主人爱搭不理的,到死的时候竟然还有这灵性?

陆灵姗很少触及宠物死亡那么沉重的话题,她也不太会安慰别人,只是抱住林之华的手,安慰着:"之华,生老病死是人间常情,你不用太介怀。猫猫不可能比人长命的,宠物只是宠物,它寿终正寝了,谁也没办法的,你看开一点吧。"林之华吸了一口气,陆灵姗从声音中听得出来,林之华的鼻子已经堵上了,是真的动情了。

林之华坐在原地一动不动,看样子是在想着什么东西。忽然,林之华站立后艰难地走到另外一个柜子,拉开抽屉,从里面拿出了一本很精致的日记本,然后交到了陆灵姗的手中,告诫她好好保管着。陆灵姗疑惑了,问:"你让我保管这个干什么?"林之华挤出了笑容,一份苦涩的微笑,她说:"我怕,万一我有什么不测,我的一些想法传不了给女儿了,我爸爸也不一定能撑到那一天,到时候还得靠你和她讲讲,还是你可靠。"说完,林之华都不好意思地笑了。陆灵姗憨笑了,拿着林之华悉心呵护的日记本,特别厚的日记本,陆灵姗想了一小会儿后,还是把沉甸甸的日记本放回到了桌面,说:"你别讲那么不吉利的话,现在生孩子都很安全的。"林之华摇摇头,恳求着:"别说这些话,上了手术台,发生什么事,没有人可以保证,你就当作是我求你的吧。这是我的怀孕日记,从确定怀孕的那一天开始,我每天都写一篇,写我的所思所闻,希望女儿长大后能更好地理解我,让她知道她妈妈是一个什么样的人。这几天,我连直坐都困难,就不写了吧。实在要记录下来，我就拍一些视频给她以后看看。"陆灵姗的泪水忍不住流下了几滴，这下陆灵姗是必须接受了，她回答着："好，在你生出乖宝宝前，我一定保管好你的日记本，之后还给你。"林之华给陆灵姗擦了擦泪珠，说了一个小小的冷笑话："这里面也没什么秘密的，你闷的时候可以翻来看看，说不定能看到我在说你的坏话。"陆灵姗破涕为笑，接过她的冷笑话回复着："很好，看来你没有在日记里写我的坏话。"然后，两人总算一起笑了。

过了一会儿，林之华又想起了另一个事，她握着陆灵姗的手，提到："灵姗，还有，这次分娩，我害怕，我有一种严重的不祥预感。到我生孩子的时候，你给我接生好吗？"陆灵姗坚定地点点头，一字一句慢慢地说："难得你那么相信我，你就放心吧！我一定给你接生出一个乖宝宝！"

陆灵姗回到自己家里，她抱着林之华的怀孕日记，惹得她心里痒痒的，犹如一只馋猫抱着一尾鱼，就是不被允许偷吃的样子。她一下子想着：偷看别人的日记是违法的，陆灵姗，你不能沦落成违法分子！另一边，她又想了：不对呀，林之华授权给我了，这是获得她同意的！最后，陆灵姗还是拗不过自己的好奇心，她坐到书桌旁，快速地翻开其中一页：

> 孩子，妈妈最近操劳过度，感冒了，很痛苦呢。
> 陆医生说了，孕妇是不能随便吃药的，只能靠自己苦撑，
> 妈妈感觉都快要撑不下去了，
> 但是妈妈呢，每次一想到宝宝，
> 妈妈还是坚持坚持再坚持。

可是，妈妈怎么说也是林家大小姐、副总经理的，还长得特别漂亮，

要是每天鼻水横流的，在公司里面会多影响形象呢。

看来，为了你，妈妈还是要专门休息几天的。

陆灵姗微微一笑，感觉这林之华挺有意思的，她又随机翻到了另一页：

对不起，孩子，妈妈是跟不上时代了，

公司里的很多事情都处理不好，只能靠爷爷出来撑一撑场面了。

妈妈呢，什么都只是懂一点，毅力比不赢别人，做出来的成果一般，还喜欢显摆有文化。

但，这就是妈妈的风格，希望宝宝以后是真材实料。

最近几天，妈妈能感受到宝宝在踢我了，这应该就是胎动了吧，妈妈从来没有感到和宝宝那么亲近过。

现在妈妈专心在家陪着你，

没事就看看书，给宝宝做做胎教。

可是，妈妈没上班呢，喉咙就是痒痒的，总是想抽点烟。

昨晚，妈妈去了宁宁阿姨家，看到她刚生出的婴儿，很漂亮的宝宝，我感觉我的人生都明亮了。

妈妈也要生下一个肤白貌美的乖宝宝。

孩子，妈妈坦白了，怀着你的时候，

上班时妈妈会心情烦躁，确实抽过烟，还抽过不少。酒呢，也没少喝，妈妈很害羞。

> 现在，为了你，妈妈坚决戒烟戒酒。
> 今天妈妈一嘴痒，就吃水果，吃撑了就提不起抽烟的想法。
> 请你相信，妈妈一定能坚持下去的。

陆灵姗忍不住笑了，这四十多岁的大孩子。陆灵姗再大手往后一翻，看到：

> 妈妈实在太想知道你是男孩还是女孩，前几天去找了一个阿姨验了验你的性别，阿姨说你是个女孩。
> 妈妈还差点想不开，把你流产了，妈妈要向你说对不起了。
> 妈妈这几天晚上总是很怕，梦见了你的奶奶、我的妈妈。
> 梦里她和我说，咱们这一系的女人，不适合生育。
> 就像是犯了什么诅咒的，要是生下女儿呢，她就容易难产，一命换一命。
> 只有生下儿子，才能躲开这个命运循环。
> 妈妈最后想好了，即使是这样，妈妈也要给你生存下来的机会，万一我能打破这个诅咒呢？要相信科技进步嘛！

陆灵姗感到非常满意，阳光满满的正能量才能让孕妇的身体和胎儿都健健康康的，她急切地翻到下一页，读到：

> 今天Yama阿姨听到妈妈去流产的消息后，她立刻把她珍藏的一套光荣母亲勋章、英雄母亲勋章全部送给我。
> Yama阿姨是个生物学家，她和我说，生物活着就是为了要繁殖，没有为什么，因为，没有了繁殖，那种生物就要灭

绝，就没有以后了。无性动物的繁殖是一分为二，有性动物的繁殖是一种分工，雄性去外面找吃的养活一家，雌性在巢养育孩子，只是分工的不同，没有高低。

　　Yama阿姨的话听得我莫名其妙，但是细想了以后，我感觉也好像是这样，生出乖宝宝、养育好乖宝宝，这就是一份事业，妈妈何必要干着外面找吃的爸爸事业呢？

　　妈妈现在每天都端详着母亲勋章，好像这不是别人送给我的，而是上天颁发给我的，哈哈。

陆灵姗放心了，难得林之华把生育看得那么有使命感。突然，她发现日记本后面的纸张有泪湿过的痕迹，往后的纸张都有些皱巴巴的，她猜测林之华一定在那些页面上流过泪了，难道林之华在孕期后期经常想着掉泪珠的事情吗？陆灵姗迫不及待地继续往后翻，很快，她便在一页纸上停了下来：

　　今天，灵姗阿姨给妈妈做孕检，这应该是妈妈做最后一次孕检了吧，也许再过几天就能看到宝宝了。

　　妈妈已经迫不及待要给宝宝取名字了，想让宝宝叫作"之茵"，"林之茵"宝宝！

　　妈妈的名字是林之华，爷爷说，那是树木繁盛的意思。

　　妈妈是树，宝宝就做草吧。

　　林之茵宝宝，你就是绿草如茵。

　　可是呢，灵姗阿姨说妈妈胎位不正，不好顺产，妈妈还是要动刀子了。

　　宝宝不用怕，妈妈让灵姗阿姨给宝宝接生。

灵姗阿姨医术那么了得,她一定能保护好妈妈和宝宝的。

陆灵姗记得这是前几天发生的事了,看来林之华是真的害怕了。陆灵姗想到林之华母亲就是产后大出血、最后不治身亡的,她猛然间感到林之华的担心不是空穴来风,有些东西确实是会遗传的,这是很严肃的医疗问题,陆灵姗心中的沉重感油然而生。她飞速地往下翻,看到后面空白了很多页,那都是为以后留下的。翻到最后一页,只见林之华写下大大的字:

宝宝,跟着妈妈大喊:Viva La Vida!
这是西班牙语,叫作生命万岁!

好了,陆灵姗知道她不该再看怀孕日记了,陆灵姗决定了:自己要好好地向林之华学习,独立地做一件伟大的事情。她从抽屉里拿出自己的笔记本,认真地给林之华做接生方案了,这还是陆灵姗第一次专门给产妇做后备预案。事实上,在陆灵姗生育伍愉悦的时候也就是急急忙忙地进产房,无须后备预案。

都说父亲认真工作的样子很帅,伍自强看到陆灵姗在认真研究着资料,他欣赏着:认真工作的母亲不也很漂亮吗?伍自强便悄悄关上房门,不让外面的嘈杂打扰着陆灵姗。

然而,陆灵姗还没有做完计划的时候,伍愉悦就闯了进来,他兴冲冲地和陆灵姗说:"妈妈,妈妈,我同学的妈妈怀孕了,你啥时候也给我生个妹妹?"陆灵姗捏了捏他的小鼻子,回答着:"妈妈会考虑的了,你先让妈妈工作完吧,乖,出去找爸爸玩。"已到门口的伍自强听着就感到有希望了,陆灵姗的态度从以前的严防死守变为现在的不反对了。伍自强便自告奋勇帮帮妻子，他对儿子说："小愉悦，去和外公外婆玩，爸爸要帮妈妈干活。"陆灵姗低头继续工作，漫不经心说着："不用你帮忙了，你去陪孩子玩吧。"伍自强听着就不服输了，他声称："你别小看我，我自己怎么说也是医科大学的优秀毕业生，你能做到的，我也一定能做到！"陆灵姗转头对丈夫诡异一笑，调侃着他："有些东西，男人是真做不了，只能靠女人自己做。比如，生孩子！"伍自强愣在那边，挠了挠头，默默地带孩子出去玩了。

从第二天开始，陆灵姗不安排任何其他的活动，为林之华可能来的胎动而准备着。陆灵姗还坚持每天都前往林之华家，给她做腹部按摩，焦急地期待着能让林之华胎位扶正，这样，她就能顺产，尽量避免动刀子的风险。可是，结果并不尽如人意。

一天早上，林之华起床后照常呼唤着汤公，可是汤公并没有回应。林之华看着窗外乌云密布的，她眉头一皱，有一种不祥的预感，便立刻让用人去找汤公了。找了很久都没有找到，林之华预感到不好了：这情形，估计是汤公知道自己的天命将要到了，它极有可能是躲到无人的地方准备安静地死去。林之华瘫坐在椅子上，苦思着往日与宠物之情。情急之中，林之华的羊水破了，不断地流了下来。

林之华捏紧了拳头，她鼓励着自己：林之华，决战的时候到了，一定要生下健康的林之茵宝宝！然后，她在用人的搀扶下，勇敢地前往医院。

这一天恰巧陆灵姗休息，起床后，她猛然发现她的家庭面貌变化了不少：伍自强忙碌着有关孤儿的公益活动，戚郁霞在边擦洗边欣赏着《子孙满堂》图,陆之彦则陪伴着伍愉悦上学。她又看了看饭桌,以前没人擦拭的第六张椅子,今天竟然被擦得特别干净,难道家人觉得二胎已是十拿九稳了?陆灵姗没有思索过多,安逸享用着早餐——汤圆。

就在陆灵姗惬意地吃着早餐时,她突然接到林之华破羊水的电话,她迅速抖擞精神,飞速前往医院。林之华抵达医院之时,陆灵姗已经穿好白大褂,在急救通道等候着。陆灵姗看着林之华没有亲人陪伴着生产,便主动在另一边扶着林之华,还紧紧握着她的手,一遍又一遍告诫着林之华:"不用担心,一切都会好的。"

彼时,医院里的医生和护士都在忙碌着,陆灵姗却全程陪伴着林之华,还故作轻松地说笑着,这让林之华感觉有些不妥。等到安顿好待产室的床位和后续安排后,林之华便向陆灵姗挥挥手,说:"行了,不用陪我了,我还没那么快生呢,你去工作吧。"陆灵姗不但没有离开,反而愈加靠近了她,陆灵姗笑称:"不要紧,我今天休假了,我只是自发来加班的,嘿嘿,所以他们管不了我。"

林之华紧紧地抱着好闺密,她一遍又一遍地感谢着陆灵姗。陆灵姗轻轻地拍了拍林之华的后背,然后,慢慢松开了她,指着待产室里的大显示屏,提前报喜着:"你看,又一个健康宝宝生出来了,再多过几个小时,这个屏幕就会显示'林之华母女平安'了,要争取顺产哦。"林之华咬着嘴唇,欲言又止,她越来越憧憬着女儿的到来。突然,林之华来了一阵痛,痛得她特别难受,陆灵姗只能坐在她的边上靠聊天来转移着她的注意力。隔壁待产室的孕妇也来了阵痛,孕妇痛得哇哇大叫,可是同时传来的还有丈夫的安慰声。当林之华的阵痛过去了后，她对着陆灵姗自嘲着："别的孕妇靠老公支撑过去，而我只能默默承受了。"陆灵姗一时间无言以对。

下午，林之华已经打过催产针了，可还是没有太大的反应。林之华和陆灵姗不再像上午那么淡定了，连续的检测不断表明：胎位不正，难以顺产。陆灵姗做好最坏的打算了，但是，任凭她再怎么爱护林之华，她并不是林之华生命中最依赖的人，更何况，要是林之华突发什么事情，需要亲属授权治疗之时，她不是家属，便束手无策。陆灵姗试探性地问了："华姐，你的家人呢？"林之华着急地道："今天公司开股东大会呢，这是特别重要的日子，我爸得处理完股东大会的事才能过来。不用怕，要是发生了什么事情，用人会通知他们过来的。"

陆灵姗好奇了："你恨你爸爸吗？"林之华有些错愕了，思索了一下后，回答着："小时候有一段时间很恨他，到了三十多岁后，什么东西都看开了，现在四十多岁了，更能体谅他了。"林之华停了一下后，着重强调着后面的话，"你是没有办法恨唯一的亲人。还有后妈和弟弟，我最近变得平和了，也对他们没有什么恨意了。朋友说我是受到孕激素的影响了，哈哈。"从林之华忧愁的脸上，陆灵姗知道这不太像是"遮家丑的套话"，她太需要家人的扶助，而且，一个平和的林家对于迎接新生儿来说，是再合适不过的了。

聊着聊着，林之华想起了什么东西，她把自己的手机塞给陆灵姗，乞求着："要是，我真的像我妈妈当年那样，只能在保胎和保孕妇中做出选择，请你把我提前录好的视频给我爸爸看看，让他做决断吧。"按理说，产前说这样的话是非常不吉利的，不过，陆灵姗仍然快速地收下了手机，即使她心里有些不舒服。毕竟，有什么事情都要完整地向家属转说、服从病人做出的最终决定，这是医护人员的基本操守。

没过多久，林之华的父亲赶到了，他在妻子、儿子的搀扶下，还小心翼翼地拄着拐杖。他们一家四口和谐地坐在一起，俨然正常的一家四口，林之华的表情当即舒展了许多。也许吧，怀孕是女人最脆弱的时刻，没有了集体的保护，女人是不敢肆意怀孕生产的。

林父的样子比起几个月前见面时老了不少，林母和林弟也失去了往日的跋扈，看样子公司的事并不太平，难道这就是人们口口相传的"共患难易，共富贵难"？陆灵姗不方便打扰林家四口谈话，她便到医生办公室去了解情况。离开待产房，她来了一阵莫名的第六感，她预感着林之华的身体状况比想象中差。

陆灵姗刚到医生办公室，当班责任医生就对陆灵姗说："前辈，你的朋友情况不太好，在高龄产妇中她的年纪算是比较大的，生育遗传史也不好，孕期早的时候还抽烟喝酒的，还经常熬夜，把身体都熬坏了……"陆灵姗忍住怒火，严肃地说："黄医生，咱们做医生的，责任就是，既然孕妇到了这里，我们就要全力以赴。困难再大，也不能责怪孕妇。"黄医生惭愧了，便收起了皱眉，讨论起孕情来："林之华破羊水那么久了，生育的反应还不大，我们是不是该加大催产针的剂量呢？"陆灵姗看了看时间，心里更着急了，说着："嗯，她流了不少羊水，拖的时间久了，怕是不行了。你看着情况配针水吧。"黄医生点点头，又提出："像她这样的高龄女性，最常见的生育并发症是妊娠高血压和子痫的，而且说不定会大出血，到时候我们该怎么做准备？"

陆灵姗拿出了自己的备用方案，这让黄医生吞下了口水，黄医生当医生以来是第一次见到孕妇要特意做后备预案的，心中压力徒增。黄医生翻看了预案后都傻眼了，惊讶地说道："前辈，你还打算调入那么多大医生过来帮忙呀？他们真的会过来吗？"陆灵姗眉头一皱，略带泄气地说："不管了，真到了那个紧急情况，他们不肯过来的话，我就去求他们过来。"黄医生被陆灵姗的用心和决心震住了，她不敢再轻言了，回头一遍又一遍地看着林之华的材料。

隐约中，陆灵姗听到护士和医生聊着八卦："那个姓林的孕妇和她爸吵起来了，好像在争论着保胎还是保孕妇的问题。"陆灵姗坐不住了，她急忙回去待产室，在门口就听见林先生说："你不需要再说了，我是不会同意的，当年就是选择了保你，你妈妈才保不住。我不能放弃你，我做不到。"陆灵姗立马进屋调停了他们："华姐，你要注意保胎，这种不吉利的事情你们就别讨论啦，肯定会母女平安的，对不对？"林先生注意到了自己的错误，他便转变了话风："之华，你是我的骄傲。放松一点吧，你一定会没事的……"林之华摸了摸肚子，也调整了自己的情绪。

到了晚上，林之华终于来了剧烈的反应了，陆灵姗见时机差不多了，便推着林之华进入生产室。

夜间的人员力量不像白天那么充足，好在，这年代的孕妇并不多，待产室加上生产室，就林之华一个。偌大的生产室里，大家集合到陆灵姗的身旁，等着她分配任务。陆灵姗和大家讲解了要点后，把大部分医生和护士调回办公室、照顾白天产后的孕妇和宝宝，只留下她和屈护士守着林之华。屈护士是陆灵姗最喜欢的护士，为人真诚、勤快，比较大的问题就是大事不过脑，想到啥东西就直接从嘴巴说出来。不过，陆灵姗向来喜欢心直口快的人。陆灵姗给屈护士交代了起来："等林女士开始生产了，我就做不了其他事了，你是我最信任的人，联系人的事就交给你了。"屈护士本来还想着说"第一次听到要联系外调医生来妇产科"之类的话，可当她看到陆灵姗严肃的表情后，使劲地把这些话压回心里去，只敢回复"好的"两个字。陆灵姗还把林之华的手机放到桌面上，让屈护士在必要的时候转托着林之华的最后声音，屈护士却说："人家已经和家属都商量好了，还给他们看什么视频呀？"陆灵姗瞟了屈护士一眼后，屈护士便不敢再吱声了，默默地去工作了。

　　林之华有临产反应，疼得哇哇叫，陆灵姗每隔十几分钟就给她做检查，可是胎位还是不正，产道开得也不理想。陆灵姗看在眼里，急在心里，除了不断安慰林之华外，陆灵姗什么也做不了。时间一分一秒过去了，深夜即将到来，林之华脸色变得苍白，她紧紧地抓住陆灵姗的手，恳求着："灵姗，我，我不行了，我顺产不了，你给我开、开刀吧。"陆灵姗有些迟疑了，这几天来，陆灵姗一直在冥思苦想着如何顺产，她也害怕着：如果真的到了剖腹阶段，会不会重蹈林之华母亲的覆辙呢？而今，陆灵姗已经没有办法了，她做了最后的思想挣扎：林之华年纪大了，盆肌已然硬化，再不开刀，怕是婴儿会缺氧窒息，孩子就不容易保住了，况且，就算顺产也会有产后大出血的风险。陆灵姗决定动手了，她安抚完林之华后，交代屈护士喊人、做好剖腹产的准备。然后，陆灵姗带上林之华的手机，走出了产房。

　　林家的人一看到陆灵姗从产房出来，他们就迎过来关心情况了："怎么样，生出来了吗？"陆灵姗轻微地摇头，说："还没有呢,顺产不了,需要剖腹产,这需要你们家属授权我们动剖腹产的手术。"林先生走到陆灵姗的跟前,他双手握住陆灵姗的右手,答应着:"陆大夫,之华母女就靠你,我们绝对相信你。你们尽管去干!要签什么字,我立刻签,现在立刻签。"陆灵姗默默地用左手伸进口袋,掏出林之华的手机,说:"这是她让我转交给你们的,她说,如果,如果噢,如果真的到了孩子和产妇二选一的时候,请您先看看她给你录的视频后再做决定。"林之华待产在即,林先生不敢耽误陆灵姗太久,他收下了手机,继续说着:"陆大夫,我只是一介商人,很多东西都不懂,之华的事就靠你了。"陆灵姗理解他的苦处,点了点头,迅速转身离去,前往产房的更衣室换着手术衣。护士给林家人作讲解,并让他们签字授权剖腹手术,林先生素来是谨慎的生意人,往日对合同左审视右审视的,而今他直接就签上字,生怕耽误了手术。

　　林先生坐在等候座位上,内心焦急如焚,他忍不住了,打开了林之华录好的视频看了起来。视频是林之华几个小时前录好的,她一字一句地和父亲说道:"对不起,爸爸。当你看到视频时,我估计要拖后腿了,远远活不赢中国人的平均寿命。现在我应该在产房里动弹不得了,我已经决定不了自己的生死和宝宝的生死了。过去,我觉得事业是最重要的,有时候,你也或多或少地表现出:女人只是生育的机器。我一度也恨自己的女儿身,可是,爸爸,当我怀上孩子后,我的想法改变了,我非常感谢上苍给予我生育孩儿的权利。人类需要女人生育,不能说成女人就是生育器皿。就好像人类需要吃饭,总不能说人类就是饭桶吧。现在,对我来说,事业重要吗?一般吧,我活着,不是为了事业,不是为了赚钱,而是,要好好地抚养这个孩子。我活到四十多岁了，什么景色都见够了、美食都吃够了，而这个孩子什么都没有见识过，这世界值得她好好享受。所以，当孩子和我，二选一时，请您选择保胎，我不会怨你的。"

林先生不知不觉中眼泪湿透了双眼，他自言自语着："傻孩子，现在科学发达了，不会像几十年前那样了。"说完，他回忆起几十年前的场景来：林之华的母亲被推进产房的几个小时后，突然有个护士闯出来，让他二选一，年轻的他无法取舍，最后，家人让他选择了保住小孩。那是痛苦的回忆，历史应该不会重演吧。林先生嘴巴喃喃着："孩子她妈，你在天之灵，要保佑之华和你的孙女平安无事！"

狭小的更衣室里，陆灵姗给自己灌了两瓶咖啡，疯狂地给自己提神。接着，她换起自己绿色的手术室大褂来，她的心情愈发沉重，心跳开始加速。她大力地紧闭了自己的双眼，默默地给林之华祝福后，重新睁开大眼，迈开大步走进产房。陆灵姗轻轻地关上产房大门，她检查了一下，剖腹产手术要准备的东西齐全了，自己坚持要提前准备的血袋之类的也齐全了，产房里的其他医生和护士也都到位了，她们都向陆灵姗投来等待指令的目光。黄医生向她报告着："陆医生，尿管插好了，麻药打了有十分钟了。"陆灵姗感受到前所未有的压力，她的心跳速度急剧加快，她看了看墙上的时钟后，吩咐着："大家做最后的调整和准备，11点钟准时剖腹！"

时间过得很快，陆灵姗始终抓着林之华的手，直到林之华彻底半身麻醉、双手无法动弹，陆灵姗才松开了手，改为和林之华讲着轻松的话题。不过，林之华已无法听进去这些话，内心深处的恐惧依旧打消不了。陆灵姗焦急地看着时钟，11点钟到了后,她轻微地和林之华说:"之华,时间到了,我们开始吧!"林之华脸上冒着冷汗,头颅左右挣扎着,含糊不清地回复了:"好。"

陆灵姗走到林之华腹部的地方,细致地对刀口进行定位、消毒。和众人做好眼神的交流后,陆灵姗飞快地划出一道刀口,在众人的帮助下,孩子一点一点地出来了。屈护士首先忍不住欢呼了:"是个儿子,恭喜你,林女士!"林之华有些难以置信了,她很想挪动着身子去看一眼自己的儿子,可是,麻药并不允许她做任何事情。陆灵姗也被屈护士吓了一跳,她看了一眼婴儿,确认了就是一个儿子,然后,陆灵姗对林之华点了点头,就继续做手术了。林之华收到了陆灵姗的眼神,对她来说这消息是太好了,自己之前做的性别鉴定不准,她高兴得合不拢嘴,这个孩子不需要受到难产的"诅咒"了。

孩子出来后,哭声还特别大,大家感到很安慰:这应该是一个非常健康的孩子。眼下,林之华的身体也尚可,陆灵姗心里安定了不少,她继续有条不紊地做着手术。等到伤口缝好后,主要工作已经大功告成,陆灵姗感觉身体都要被掏空了,她伸着懒腰、回一回神,又重新地查看着林之华的身体,还是没有发现什么异样,她渐渐安心了。屈护士早就把孩子抱到林之华的身边,让妈妈好好看清楚自己的儿子。林之华已是满怀大笑,她感觉自己成功了,母子平安,她对陆灵姗微弱地说着:"灵姗,我是在做梦吗?要是生个孩子那么简单,我怎么感觉我还是想要一个女儿,让她也试一下生孩子?"陆灵姗谨慎地笑了笑,回答着:"那你要好好康复,以后再生一个女儿!"

清理完后,陆灵姗抱起了孩子,看着精灵可爱的孩子,把玩了几下后,她想起了黄广耀的"教诲",说了一句:"林之茵小朋友,欢迎你成为中华人民共和国公民!"宝宝睁了一下眼睛,似乎投来一个注目礼。

陆灵姗的话把大家都逗乐了,不久,她便把孩子转交给黄医生,对林之华说:"你们母子平安的消息已经传给你家人了,晚一点她们就推你出去见家人。我先去休息一下,晚点要隔一个小时给你检查一次呢。"林之华还洋溢在喜悦中,懒得细细品味这话的意味,她简单地谢了谢陆灵姗后,就专心注视着宝宝。下了手术台后,陆灵姗特意吩咐好屈护士要进入战备状态,不能睡得过死。屈护士是个老护士了,她明白陆灵姗的这个安排是要提防什么,便点头答应了,一阵紧张感直击心脏。

林之华和儿子被推出产房后,林家的幸福来得太突然,林家三人都很高兴,好像卸下担子。林先生心里默默感谢着:之华她妈,谢谢你保佑。历史没有重演,这次总算很快地从产房推出来了。

陆灵姗与林之华分开后,她不敢高兴得太早,她知道从产后2小时至24小时内都是产后大出血的高发时间,她需要养足精神,下半夜要勤快地给林之华检查,万一真的出现产后大出血,也能够早发现早解决。

也许是之前精力消耗过多,陆灵姗躺在简易床上很快就陷入混混沌沌的浅睡眠状态。即便如此,她还是或做梦或回忆地让大脑出现一些影像。这时的陆灵姗还跟在自己的师父后面实习,当时的产妇在产后第六个小时才开始出血,接下去一发不可收拾地流血,产妇用渴望的眼神盯着陆灵姗,脸色惨白地向她求救着:"医生,救救我,我的孩子才刚出生,他不能失去我……"陆灵姗很同情产妇，当时她们也全力抢救着产妇，可是产妇的体质实在太差，她们最终还是挽救不了产妇。陆灵姗第一次亲眼目睹了产妇大出血死亡，她情不自禁地在产妇遗体前痛哭了，那产妇痛苦的神情和求生的渴望，陆灵姗从此就忘记不了。

突然，陆灵姗设定的闹钟响起来了，她揉了揉自己的眼睛，这个时间点正是产后的第120分钟，从这个时刻开始，林之华最容易出现产后大出血的情况。陆灵姗清醒地认识到：这，才是最重要的关头。

陆灵姗带着睡眼惺忪的屈护士来到林之华的产后母子房，此时林家五口都入睡了，透过微弱的光线，陆灵姗能看见他们的脸上还挂着笑容，陆灵姗估计这一家人很少那么团结过。屈护士照常开全了灯，呼叫着："医生到点查房了，请配合。"林之华见到是陆灵姗后，揉了揉睡眼，嘟嘟着："我没事的，你不用那么紧张，查得那么勤快。"陆灵姗认真看了看林之华的脸庞，她精神淡漠、嗜睡，下意识地裹了裹被子，脸色变得苍白，甚至身子有些许水肿。陆灵姗的精神迅速紧绷起来，陆灵姗来不及打招呼和寒暄，径直来到林之华跟前做检查。陆灵姗和屈护士详细地察看着，等到林之华的产褥卫生巾被打开后，陆灵姗的冷汗滴到了地上：真的是产后大出血！看样子，流下的血还不少。陆灵姗的手颤抖着，她的心情失落到了极点：虽然之前做了不少准备工作，可是，为什么还是避免不了呢？这可恶的难产魔咒！屈护士立刻按住了墙上的急救通话，急忙呼叫着："黄医生，林之华大出血了，立刻按照预案给她止血！"

林家的人听着就被吓醒了，而林之华当即被陆灵姗和屈护士换上急救推车推了出去。林之华蒙眬中知道自己这次要被推去，可能就回不来了，她问陆灵姗："我是不是很没用？生个孩子还弄得大出血？"陆灵姗焦急地推着推车，她不忘安慰着林之华："不是的，你很勇敢，你是很值得我敬佩的母亲，我生儿子的时候混混沌沌就生了，然后混混沌沌地忧郁了。而你明知道自己可能有危险，还坚定地生下孩子，你是我最敬佩的妈妈！……"陆灵姗说的话听起来是如此之真实，林之华也不自谦了，她只是微笑着，她要使出自己母亲的勇气和坚韧来保全自己、守护儿子。一开始，林之华还怀着很大的信心的。可是，几个小时过去了，陆灵姗她们给她打下去的针水似乎没什么作用，她自己还是有点发冷的感觉，更为直观的，陆灵姗变得越来越神经质，林之华的信心渐渐地流失了。

凌晨的妇产急救室里，一群医生聚集在这里，陆灵姗把能叫来的内科、外科值班大医生都叫来了，就连穿着睡衣的心血管科之类的专科医生也专程赶到，可是手术台上积满了林之华的鲜血，更麻烦的是，这出血的速度不见减缓。大家都愁眉苦脸的，陆灵姗满头大汗的，眼睛不敢看着林之华的脸，生怕看到她求生的眼神。林之华看着悬挂的血液不断滴下，她数不清这是挂的第几包血液了，她只知道抢救已经进行很久了，该用的办法都已经用上了，自己依旧感觉全身无力，她心里面大概猜到了怎么回事。林之华对陆灵姗微弱地喊着："灵姗，灵姗。"陆灵姗立刻凑过来，认真聆听她的声音，还看到了林之华孱弱、昏昏欲睡的神情。

林之华吃力而缓慢地说出："我刚才睡了一小会儿，梦见妈妈和我说：'之华，你做得非常好，孩子已经生出来了。妈妈当年也是这样子的，生完你以后，感觉最重要的任务已经完成了，妈妈就安心地走了。你也不要太勉强自己了，累了的话，跟妈妈走吧。'我想，妈妈应该是在召唤我了，我出来前已经在家里的抽屉放好遗书了，也没什么遗憾的了。灵姗，谢谢你，能认识你真好。"陆灵姗的眼泪飙了出来，手臂不断地擦拭着眼泪，她恳求着林之华："华姐，你不能就这样就离开，你还要好好地抚养着儿子，他才刚刚出生，不能失去妈妈……"林之华还想和陆灵姗继续聊着的，不知怎么了，她的嘴巴已经很难张开了，视线渐渐地模糊起来。陆灵姗着急了，对屈护士喊叫着："别停呀，继续按摩她的子宫，你要是累了就换人呀！"

大家此时不敢懈怠，继续在自己的位置努力着，而陆灵姗对着林之华渐渐变弱的心跳在发愁。一个医生走过来轻声安慰着陆灵姗："陆医生，药物是作用在人的身上，靠逼出人的潜力来治疗的，而她，好像要放弃自己。你也不要过于勉强自己了。"陆灵姗向他鞠了个躬，感谢他深夜前来支援，然后，她郑重地说出："医生，不能放弃任何一个病人。"

十里之外，林之华的爱猫汤公在野外对着残月，喵喵，叫了几声，似乎是在自己生命的最后时刻告慰着远方的主人，然后，它伏在了地上，再也起不来了。

过了不久，陆灵姗看到林之华的心率有下降的趋势，她便抱着林之华的手，继续苦劝着林之华不要放弃。这时，一个老人推开了急救室的门，陆灵姗立刻迎了过去，恭维着他："老前辈，不好意思了，您退休了还深夜打扰您……"老医生不太计较，他说着："不要紧，人命关天，她这种情况，我以前碰到过，我有一个急救方案，有过成功的案例，但是，也有些病人留下了后遗症。"大家都不敢作声，都看着陆灵姗。陆灵姗仿佛抓住了救命稻草，连忙答应着："老前辈，我是她的好朋友，家属那边我会慢慢解释的，他们应该会同意的。我们不能再拖延了，她已经昏睡过去，请您施救吧。"老医生点点头，开始了他的针灸疗法。陆灵姗继续在林之华的耳边说着鼓励的话："你要重新好起来，以后还要看着孩子读书、结婚……"被针灸刺中穴位的林之华感觉注入了强心针，懵懵懂懂之中，她似乎听到了不远处孩子的哭声，她的孩子还需要她的养育，她的母性终于被激发出来了。不久，林之华的心率又重新走强，这一次大家都满怀着信心。

老医生趁着治疗间隙，凑到了陆灵姗的耳边，轻声地说着："据我看，今晚她应该能渡过难关的。不过，她极有可能会因为下半身失血过度而瘫痪。"他们身旁的屈护士听到后，心惊胆战地自言自语："啊？瘫痪，这对家里是多大的打击？"意识微弱的林之华听到了这句话后，她自己彻底放弃了，她不能成为孩子的守护神，反而变成家里的负担。她知道现在家里的状况，这年头，谁都耗不起。林之华突然之间感觉特别犯困，特别想睡一个好觉。迷迷糊糊之中，她看见了自己的母亲，母亲抚摸着她的额头，温柔地说："之华，妈妈当时也很怕瘫痪而拖垮了你们，妈妈就离开了。看到你一直过得挺好的，妈妈很开心。你也累了，好好睡一觉吧，剩下的事留给爸爸他们处理吧。"这一次，她的心率再度走弱，再也起不来，直到最后成为一条直线。

陆灵姗全身抖动着，泪水模糊了她的双眼，她攥紧了拳头后狠狠地看了一眼屈护士！然后，陆灵姗一边脱下手术大褂，一边跑了出去。屈护士意识到了自己的过错，她一遍又一遍对着林之华的遗体道歉着。

陆灵姗崩溃了，她跑到无人的密室中失声痛哭，她没有勇气再去面对林之华的身体，也没有勇气把消息告诉林家的家人。这时，陆灵姗的电话响了，透过模糊的泪眼，她看到是多年不见的师父来电给自己，她便接通了电话。师父平缓地说："她们告诉了我，你刚刚的手术失败了，让我来安慰你。孩子，不要太难过了，大家都知道你尽力了。"陆灵姗仍旧止不住哭泣，她哽咽地哭诉着："师父，我不想当医生了，我看着好朋友从我的手中逝去，我很没用，我只想哭泣。师父，我真的不想再做医生了。"师父吸了一口气后缓缓地呼出，说道："你还年轻，过了三十而立，很快就四十不惑，以后就会五十知天命了。大家都知道，你努力过了，可是，医生并不是万能的。人的生死，有时候像是一种天命，人总是会死的，这世界从来就是在生死交替。知道了死亡的沉重，就更应该体会到新生命的价值，更应该发现生命传承的意义才更懂得要保护孕妇。逝者已去，好好对待活着的人，特别是那刚出生的孩子，那是比悲伤更重要的事情。离开这世界前，林女士还能有自己的传承，这个结果也是她想要的吧。"对，孩子，那孩子才是更重要的，陆灵姗知道自己不能逃避了，她感谢了师父后，勇敢地走出密室。

　　手术室外，陆灵姗对着林家家人不断地道歉。林先生抱着孙子，不禁流下泪，他勉励着陆灵姗："陆大夫，我们知道你已经尽力了。之华，那孩子像她妈，命薄，这怨不得你。"气氛冷到了冰点。突然，孩子哭了，哭得很大声。林先生把孩子传给陆灵姗，哽咽地说出："陆大夫，孩子应该是想妈妈了，你带他去看妈妈吧。"

　　陆灵姗不敢耽误，立刻抱着孩子进入急救室，此时的急救室里大部分人都已经走了，只留下屈护士静默地站在林之华的遗体前。屈护士接过了孩子，对孩子道歉着，并让孩子好好地看看自己的母亲，似乎是一种默契，孩子停止了哭泣，静悄悄地看着身体僵硬的母亲。

陆灵姗拉开了窗帘，此时，窗外太阳一点一点地升起来了，新的一天又开始了。陆灵姗看到之前外面草坪枯死的老树换成了新长出来的小树，往日飞翔的小鸟似乎长成了大鸟，世界就是这样在新老交替中生生不息吧。陆灵姗看着初升的太阳，郑立敏、林之华，还有之前她接生过的产妇，大家都是冒着风险去生育的，为了家庭社会的延续，这些孕妇都敢于承担着这一份风险，也正因为如此，孕妇才更值得歌颂。陆灵姗心里默念着：华姐，你很坚强！好了，我不能再懦弱下去了，我也该坚强一点了！许家怡说过，我之前自己怀疑的产后抑郁应该只是我的不自信，事情远远没有那么严重。但是，这一次，有了家庭的齐心协力，我就没有什么好害怕的了。谢谢你，是你让我变得无所畏惧。

陆灵姗走到孩子的跟前，问着婴儿："孩子，要不要我生一个妹妹陪你一起玩玩。"婴儿迎着阳光，看着陆灵姗就咧嘴笑了起来。